潘多拉的盒子

(日)太宰治
Dazai Osamu
著
吕灵芝
译

上海译文出版社

目录

潘多拉的盒子

作者寄语：

这篇小说采取了在某“健康道场”治病疗养的二十岁男子写给其亲友之信件的形式。书信形式的小说在报纸上连载也许前例较少，因此看了头四五回，读者可能感到困惑。不过，书信的形式承载了更多的真实感，一直以来无论在外国还是日本，都有许多作者进行过尝试。

关于《潘多拉的盒子》一题，将在明日刊登的第一回连载中阐明，此处便不再赘述。

这段寄语着实无甚文采，但打招呼无甚文采之人，写的小说往往趣味十足。

（昭和二十年秋，《河北新报》连载之际，作者寄读者语）

开幕

1

你可不要误会了。我丝毫没有感到沮丧。收到你那封安慰的信，我反倒困惑异常，继而羞愧得面颊发烫、坐立难安。我这样说你也许会生气，因为我看了你的信，产生了“真古板”的感想。你听我说，新的帷幕已经拉开了。而且，那是我等祖辈从未经历过的，全然崭新的帷幕。

事到如今，不如弃去那古板的作态吧。那些作态大多已化作了诳语。我早已不在意这胸肺的疾病。我已经忘却了自己的病。不只是病，我已经忘却了一切。我之所以来到这座健康道场，并非因为大战终结后突然惜命，当然也不是为了恢复强健的体魄，将来在世上做出一番成就，更不是为了尽早康复，让父亲放心，让母亲高兴，尽上几分引人落泪的孝道。我也不是突然自暴自弃，将自己放逐到这种偏僻的地方来。为每一种行为寻找理由，难道不是陈旧“思想”的谬误吗？牵强的解释往往会沦落为谎言，我已经受够了理论的游戏。所有概念已被言尽，而我来到这座健康道场，没有任何理由。有一天，有一瞬间，圣灵降临在我的心中，令我头脑变得清明透亮。从那一刻起，我就不再是从前的我。那一刻，我不再隐瞒自己的病情，马上告诉了母亲：

“我咳血了。”

父亲为我挑选了这座半山腰的健康道场。仅此而已。想必，你已经知道那一天那一瞬间的真相。就是那一天啊，那一天的正午。那个天降玉音奇迹，我们哭泣着恳求原谅的瞬间。

自那天以来，我就像乘上了新造的大船。我也不知道这艘船将驶向何处。直至现在，我都如同身陷梦境。大船已经离岸。我能隐约预感到，它将走上从未有人踏足过的全新处女航路。但此时此刻，我不过是坦然接受了大船的召唤，随它朝着天际的航路徐徐进发。

你可不要误会了。我绝没有堕入绝望之末的虚无困境。无论启航的性质如何，我都从中感受到了一丝期待。那是亘古不变的人性之一。你知道希腊神话中的潘多拉魔盒吧？潘多拉打开了绝不能打开的盒子，病痛、悲哀、嫉妒、贪欲、猜疑、阴谋、饥饿、憎恶，种种不祥汹涌而出，黑压压覆盖了天空。从那以后，人类就永远陷落在不幸之中。可是，盒子一角尚留存着绽放光芒的小小宝石，上面隐约可见“希望”二字。

2

早在远古便已注定如此。人类绝不会断绝希望。虽然人类常常为希望所欺骗，但“绝望”的观念同样会欺骗他们。说白了，人类即使被推入不幸的深渊，向着最底部不断滚落，也总会摸索到一缕希望的细丝。自潘多拉打开魔盒，这便是奥林匹斯众神定下的命运。有的人煞有介事地演讲乐观或悲观之论，个个散发着逼人的气势，而我们这艘新时代的大船，会将那些人抛在岸上，先行一步启航，且不会遇到任何阻滞。那就像植物藤蔓的蜿蜒生长，又好似超越了意识境界的天然向阳性。

今后，不如放下将他人视作非国民，对其大加谴责的惺惺作态吧。在这不幸的世间，那样只会留下更沉重的阴影。谴责他人者，才是最阴险邪恶之人，难道不是吗？多少政治家见日本战败，就匆忙捏造出搪塞之词，企图耍些小聪明。若世上没有那样的人，自然甚好。正是那些浅薄的借口让日本衰退成了现在这副模样，今后务必要谨言慎行。若再次出现那样的事态，也许就要被全世界所唾弃。还是戒除吹嘘的习性，成为更单纯的人吧。新造的大船，已经驶出了海面。

一直以来，我都承受了不少痛苦。你知道，去年春天我从初中毕业便发起了高烧，继而引发肺炎，整整卧床三个月，因此错过了高中的考试。等到终于能起身行走，依旧低烧不断，医生怀疑我得了胸膜炎，我只能在家无所事事地养病，又错过了今年的考试。从那时起，我便失去了升学的热情，又觉得前途一片黑暗，不知该做什么才好。话虽如此，一直待在家中又对不起父亲，还让母亲面上无光。你从未中断过学业，也许不理解这种感觉。可以说，那就是充斥着痛苦的地狱。那段时间，我整日只到农田里拔草。做这种农夫的活计，便是我能尽到的最大努力。如你所知，我家屋后约有百坪[1]农地。那片地很早以前就登记在了我的名下。虽然不全是因为这个事实，但我只要踏入其中，就会感到周围的压迫稍微减弱了几分，浑身轻盈自在。这一两年来，我就像这片农田的工头，带头在地里拔草，或是在不操劳身体的范围内翻翻土，给西红柿做些支架。我每天都在用这些工作安慰自己：至少我为食物的产出做了一些贡献。但是我告诉你，我心里始终笼罩着一团好似乌云的不安，无论如何都无法驱散。整天做这种事，我今后将会沦落成什么样子？我岂不是会变成一事无成的废人？想到这里，我不禁呆滞。我一点都不知道该怎么办。我感到自己无所事事的生活只会给他人增添烦恼，全然不存在一丝意义，因此痛苦万分。你这样的人才一定无法理解，世上最痛苦之事，便是意识到“我活着只会给别人添麻烦。我是多余的”。

3

可是啊，就在我为这些幼稚、老套而浅薄的烦恼忧虑之时，世界的风车也在以惊人的速度旋转不止。纳粹在欧洲全盘覆灭，东方继菲律宾战役之后又爆发了冲绳战役，美军的飞机飞进日本本土展开轰炸。我虽然对军队作战一无所知，但有着年轻而敏锐的天线。我可以相信自己的天线。这个天线已经感知到了国家的存亡与民族的危机。不为什么，这就

1. 坪：日本面积计量单位。1 坪约为 3.3 平方米。

是我的直觉。从今年初夏开始，我这年轻的天线就感应到了前所未有的巨大海啸之声。我为之震颤，却无计可施，只能仓皇失措。我愈发投身于农地的劳作，顶着烈日奋力挥动沉重的锄头，翻开土块，种下甘薯苗。我至今都不太明白，自己为何要每日投身如此高强度的农耕劳动。我似乎痛恨自己这副无用的身躯，只想施加痛苦于其上，变得有些自暴自弃了。死吧！赶紧去死吧！死吧！赶紧去死吧！有时，我一边挥动锄头，还一边喃喃自语。就这样，我一共栽下了六百株甘薯苗。

“别再下地干活了，你的身体承受不了。”晚饭时，父亲说了我一句。第三天深夜，我半梦半醒之时，突然剧烈咳嗽起来。咳着咳着，胸口竟有些辘辘作响。我意识到事情不妙，顿时清醒过来。我在一本书上看到，人咳血之前，胸口就会辘辘作响。刚翻身换成俯伏的姿势，我便感到胸口一闷，继而满口生腥。我紧闭牙关，慌忙跑向茅房——果然是血。我在茅房里站了许久，但没有再咳血。于是，我又悄声走进厨房，化了一杯盐水漱口，再洗了把脸，回到被窝里。为了不引发咳嗽，我屏息静气地躺着，心中竟异常平静。我甚至觉得，自己早已在等待这个夜晚的到来，脑中还冒出了“如愿以偿”的字眼。明日，我还是瞒着家里再去地里做事吧。没办法，因为我除此以外别无价值。我必须要有自知之明。啊，像我这样的人，还是早点死了最好。我要拼命劳动自己的身体，为食物栽培尽上一份力量，然后与世长辞，为国家减轻负担。身为一个无用的病人，这是我唯一的报国之道。啊，好想早点死去。

翌日早晨，我比平时早起了一个小时，飞快地叠好被褥，饭也不吃便下了地。之后，我疯了似的干起农活。如今回想起来，那就像一场地狱之梦。当然，我到死都不打算将这个病告诉任何人。我要静悄悄地让病情恶化下去。也许，这种心情便是所谓的堕落思想吧。那天夜里，我悄悄溜进厨房，喝了一大碗配给的烧酒。深夜，我再次咳血了。我蓦然从睡梦中醒来，轻咳两三下，血立即涌了出来。这次我连茅房也来不及去，只得打开玻璃门，光脚跑到院子里吐了。鲜血不断涌上喉头，我甚至感觉双眼和两耳都喷出了血。吐了也许有两杯血，总算是止住了。我又拾起一根木棍，翻起泥土覆盖了染血的地面，免得让人看出来。就在那一刻，空袭警报突然响了起来。现在我知道，那是日本的，不，是全世界最后一场夜间空袭。等我昏昏沉沉地爬出防空洞时，八月十五日的朝阳已经照亮了大地。

4

那天，我还是下了地。看到这里，你定然也要苦笑了。但是听我说，这于我而言并非什么可笑之事。我只是觉得，除此之外自己已无从表态。没别的办法了。经过一番苦思冥想，我终于想通了。既然早已决心以农民的身份死去，若能穿着农民的衣裳，死在自己亲手耕种的田地里，那不就了结心愿了吗？别的都不管了，我只想早点死去。头晕目眩、身感恶寒、遍体冷汗的痛苦都习以为常，我只觉得意识模糊，躺倒在豆田的枝叶间。那时，母亲来叫我了。她叫我快把手脚洗净，到父亲的起居室去。母亲平时脸上总挂着温柔的微笑，那一刻却格外严肃，像个陌生人。

我走进父亲的起居室，被吩咐坐下来听广播。正午时分，我为天降的玉音悲泣，泪流满脸，宛如神圣的光芒穿透了身体，踏入了截然不同的世界，或是乘上了悠然摇摆的大船，等到回过神来，我已不是从前的我。

万万没想到，我竟得到了生死一如的顿悟。这并非我自夸，难道死亡与生存不是一样的吗？不管选哪条路，都是同样的痛苦。那些非要寻思的人，往往矫揉做作。我以前经历过的苦难，不过是追求虚荣自寻的苦难罢了。不如将陈旧的做作抛下吧。你在信中提到了“悲痛的决意”，然而在此刻的我眼中，悲痛就像蹩脚戏剧中徒有其表的男演员脸上的表情。那已然不是悲痛，而是谎言的表情。大船缓缓离开了岸边。船的启航，总是伴随着微弱的希望。我已经不再沮丧，也不在意胸部的疾病了。收到你充斥着同情的书信，我着实难堪得很。我现在已经不做任何思考，决定一心一意跟随着船身的摇摆了。那天，我立刻向母亲坦白了事实。我的态度无比平静，连自己都感到不可思议。

“我昨晚咳血了。前一天夜里，也咳血了。”

没有任何理由。我并非突然开始惜命。只是昨日之前的所有矫揉造作，全都消失殆尽了。

父亲为我挑选了这座“健康道场”。如你所知，我的父亲是一位数学教授。他也许擅长计算数字，却从未做过结账的事情。因为生活总是贫穷，我并不指望多么奢侈的疗养。从这一点看，这座简陋的“健康道场”，倒十分适合我。我没有任何不满。据医生说，我只需六个月便能痊愈。后来我再未咳过血，连血痰都没有。我已经忘记了自己的疾病。这里的场长说，“忘记自己的疾病”乃是通往痊愈的捷径。他这人有点奇怪。毕竟他给结核病的疗养医院起了“健康道场”这样的名字，在战争中为了应付粮食和药品不足的问题，还发明了前所未有的治疗方法，并激励了众多住院患者。总而言之，这是一座奇怪的医院。这里有许多有趣的事情，且待我下次娓娓道来。

对于我，请你务必不要担心。就这样，请你也要保重自己。

昭和二十年八月二十五日

健康道场

1

今日，我便遵照约定，给你讲讲健康道场的情况吧。从E市乘坐公交车约一个小时，在小梅桥车站下车，再换乘一趟车即可到达这里。不过小梅桥离道场不算太远，与其等候换乘的公交车，不如走过来更快。因为实际距离只有一公里左右。来道场的人基本都从那里走过来。从小梅桥出发，使群山在右，顺着县道往南走上约莫一公里，就能看见山脚下有座小石门。穿过石门，沿着松林走上山腹，再穿出林子，便能看见一座两层建筑的房顶。那里，便是我正在暂住的、名为“健康道场”的奇怪结核病疗养院。这里共有两座房子，分为新馆和旧馆。旧馆不怎么值得一提，新馆却是格外明亮宽敞的建筑。在旧馆锻炼日久的人，都会被陆陆续续迁移到新馆。但是我精神特别好，所以一开始就被安排住在新馆。我的房间是道场进门右手边第一间，名叫“樱之间”。这里还有“新绿之间”“白天鹅之间”“向日葵之间”等病房名称，漂亮得让人有点害羞。

“樱之间”大小约为十五平方米，是个略呈长方形的西式房间，里面摆着四张结实的木床，床头一律朝南。我的床位在房间最深处，床头挨着大窗户，伸头就能看到三十多平方米的“乙女池”（我不太喜欢这个名字）。这池子总是澄澈清凉，能清楚看见里面的鲫鱼和金鱼。因此，我对自己的床位没有任何不满。这也许是最好的位置。木床特别宽大，因为没有劣质的弹簧，反倒更显牢靠，两旁附有许多斗柜和架子，收纳完所有生活用品还绰绰有余。

介绍一下我的前辈病友吧。我旁边的是大月松右卫门先生。他人如其名，是个富有人格的中年大叔。据说是东京的报社记者。他夫人早逝，现在与正值青春的女儿相依为命，那女儿随他从东京疏散到了健康道场附近的山间小屋，时常来看望孤单的父亲。他本人总是寡言少语，可别看他平时不说话，有时却会突然变成令人敬佩的果敢之人。他的人格称得上高洁，甚至带有一些仙风道骨，但这只是我的猜测，实际并不清楚。他留着一口漆黑气派的胡髭，近视眼很严重，镜片背后那双小而发红的双眼总是湿漉漉的。圆圆的鼻头上永远沁着汗珠，因此他隔一会儿就要拿手巾使劲揉搓，搓得鼻头通红，仿佛随时都要渗出血来。不过，他闭上眼睛若有所思时，看起来很有威严。这也许是个地位很高的人。他有个绰号叫越后狮子，我并不知晓其由来，但觉得很符合他。松右卫门先生似乎也不讨厌这个绰号。有人说那绰号是他自己起的，但我不知实情。

2

松右卫门先生旁边的是木下清七先生。他是个糊墙师傅，二十八岁，至今单身，算是健康道场一等一的美男子。他皮肤白皙，鼻梁高挺，丹凤眼微挑，很是英俊。只不过微微踮着脚、轻轻摇晃尻部走路的样子应该纠正一下。他为何会那样走路呢？莫非觉得那样更有韵律感？真令人费解。他好像熟悉很多流行歌曲，但最擅长都都逸俗谣。我已经听他唱过五六曲了。松右卫门先生每次都闭着眼睛默听，我则坐立难安。什么存钱要有富士山高，每日花掉五十钱，这种歌词实在太蠢了，完全看不出意义何在，令人无言以对。还有一种加入名句的都都逸，同样令人费解。歌词里竟加入了戏剧的台词。哎呀，小哥儿如何如何，真叫人听不下去。好在他每次都只唱两首，绝不多唱。就算他想再唱下去，松右卫门先生都会制止。唱完两首，越后狮子便开了眼，低声道：好了吧。有时还会添上一句：对身体不好。不知是唱多了对身体不好，还是听多了对身体不好，反正不甚清楚。不过，这位清七先生并不是坏人。据说他喜欢俳句，每天睡前都要对松右卫门先生发表自己的近期作品，并询问他的感想。然而越后狮子每次都不做声，清七先生便泄了气，躺下睡觉了。这种时候，我就十分可怜他。清七先生很敬重越后狮子。这风流男子之诨名，却是单相思。

在旁边是西胁一夫先生，听说是邮局局长还是什么的，今年三十五岁。整个病房中，我最喜欢的就是这个人。他有个温柔娇小的夫人，时常来看望他，与他凑在一起低声交谈。那幅光景看了真让人心中一暖。单相思和越后狮子都避嫌，故意不看他们。我觉得那也是一番心意。西胁先生的绰号是笔头菜，也许因为身材又瘦又高。他虽称不上美男子，但很是优雅。给人一种像是学生的感觉。他那含羞的微笑最具魅力。我时常想，如果他的床位在我旁边，那该多好啊。然而，他有时睡到深夜会发出奇怪的梦呓声，我又觉得他还是不要睡在旁边的好。这几位就是与我同房的病友。接着我再介绍一下道场的特殊疗养生活吧。首先，请看每日的时间表：

六点：起床

七点：早饭

八点至八点半：伸展锻炼

八点半到九点半：摩擦

九点半到十点：伸展锻炼

十点：场长巡视（星期日只有指导员巡视）

十点半到十一点半：摩擦

十二点：午饭

一点到两点：讲话（星期日为慰问广播）

两点到两点半：伸展锻炼

两点半到三点半：摩擦

三点半到四点：伸展锻炼

四点到四点半：自然

四点半到五点半：摩擦

六点：晚饭

七点到七点半：伸展锻炼

七点半到八点半：摩擦

八点半：报告

九点：就寝

3

上次也提到过，很多医院在战争中被烧毁，就算是幸免于难的医院，也有不少因为物资和人手不足而关闭了。许多需要长期住院的结核病患者，尤其像我们这种家庭不太宽裕的患者就没有了去处。所幸这一带几乎没有遭到敌机轰炸，又有两三位当地的有志之士及政府当局出资，将山中原有的县属疗养院加以扩建，聘来了现在这位田岛博士，建成了不依赖于物资的独立结核病疗养院。单看我们每日的时间表，想必就能猜到这里的生活与普通疗养院截然不同。这里的体制，是为了让人抛下医院、病人这样的观念。

在这里要称院长为场长，副院长及以下的医生都是指导员，护士则是助手，我们这些住院患者都被称为塾生。一切都是田岛场长的设想。田岛医生自从来到这里，就将内部机制改换一新，还对患者实施了独特的疗法，据说获得了非常好的成绩，备受医学界关注。我看他脑袋全秃，看似有五十岁上下，可是他才三十多，还没结婚呢。他又高又瘦，有点含胸，不苟言笑。秃头的人大多五官端正，田岛医生也有一张鹅蛋脸，长着标致典雅的眉眼，另外，他也像一般的秃头之人一样，有着猫一样难以捉摸的阴性气质。我有点怕他。

每天上午十点，场长就会带着指导员和助手展开巡视。那段时间，整个道场都鸦雀无声。塾生见到场长，全都神情肃穆，但是在私底下却会叫他的绰号——清盛。

那么，再来详细讲讲本道场每日的生活吧。简单来说，伸展锻炼就是锻炼手脚和腹肌的运动。若写得过于详细，你一定不爱看，我便简明扼要地说一说。首先在床上仰天躺成大字，依次活动手指、手腕、手臂，接着收腹、鼓腹。这是需要多次练习才能掌握的动作，也是伸展锻炼最重要的环节。接着是运动腿部，拉伸或放松腿部肌肉，这样就算做完一轮。一轮结束后，再回到手部运动，必须做满三十分钟。按照上一次写给你看的时间表，这个锻炼上午要做两次，下午要做三次，每天不间断，因此并不轻松。用以往的医学常识来说，让结核病患者做这么多运动非常危险。想必这也是战争期间物资不足促生的新疗法吧。就本道场而言，的确是越认真做这个运动的人恢复得越快。

下次再讲讲摩擦吧。这也是本道场独有的东西，全都由活泼开朗的助手们完成。

4

摩擦用的刷子与理发时用的硬毛刷有些相似，只是刷毛较柔软一些。所以刚开始那段时间，我被刷得很痛，甚至因为耐不住摩擦全身起疹。但是大约过了一个星期，我就完全习惯了。

到了摩擦的时间，那些活泼开朗的助手就会各自分头行事，按顺序给所有塾生做摩擦。小小的钢盆里放入手巾，然后泡上水，毛刷压到手巾上沾水，唰唰地摩擦皮肤。原则上说，摩擦的范围几乎遍及全身。入住的头一个星期先从手脚开始，慢慢扩大到全身。塾生侧躺在床位上，先摩擦手脚，然后是胸腹、腰背，接着翻过身来，摩擦另一边的手脚、胸腹、腰背。一旦习惯了，还是挺舒服的。尤其是摩擦背部时，那种舒服简直无法用话语形容。有的助手很擅长这个，有的则不太擅长。

关于这里的助手，还是过后再说吧。

你大可以认为，道场的生活被伸展锻炼和摩擦两件事占满了。即使战争结束，物资不足的情况依旧持续，所以暂时用这种事情展示与病魔抗争的意志倒也不坏。除此之外，还有下午一点开始的讲话、四点的自然、八点半开始的报告。讲话就是场长、指导员或前来道场视察的各方名人轮流上台演讲，我们通过走廊上设置的扩音器，坐在床位上默默倾听。

还在打仗时，因为电力供应不足，扩音器停用过一段时间。战争结束、用电压力稍有缓和后，就恢复使用了。场长最近一直在讲关于日本科学发展史的内容。他的讲座很不错，用平淡的语调简明易懂地讲解了我们祖先的辛劳。昨天，他给我们讲了杉田玄白的《兰学事始》。玄白他们是头一批翻看西方书籍的人，但对于该如何翻译的问题，则“如无舵之船驶入大海，茫茫无尽无处可依，无可奈何哉”，这个部分实在讲得太好了。对于玄白等人的苦心，我也在中学时听历史课的木山菜豆腐老师教导过，但是他的教导与场长的讲话，给人感觉全然不一样。

菜豆腐老师尽爱说玄白满脸麻子、相貌丑陋之类的事情。总之，我很喜欢场长每天的讲话。星期天没有讲话，而是播放音乐。我虽不太喜欢音乐，但是每星期听一次倒也不坏。放音乐的间隙，也能听见助手自己唱歌，听着与其说乐呵，更应该说让我心慌意乱、坐立难安。不过其他塾生似乎很喜欢听这个。清七先生甚至高兴得眯起了眼睛。想来，他一定也很想通过广播展现自己的都都逸带名句俗谣。

5

下午四点的自然，总的来说就是安静的时间。每天这个时间段，我们的体温都会升至最高，身体瘫软无力，心情烦躁、脾气不好，十分痛苦。于是我们就有三十分钟的自由时间，随便做点什么都行。不过，大部分塾生在这个时间都是安静地卧在床上。顺带一提，道场除了晚上的睡眠时间，绝对不允许在床上使用被子。白天连一条毛毯都没有，只能穿着睡衣躺在上面。一旦习惯了，就觉得这样很干净，反倒让人心情舒畅。晚上八点半的报告，是介绍每一天的世界形势。当班的职员在播音室用格外紧张的语气播报，我们依旧是躺在病房里倾听。道场禁止看书，连报纸也不行。也许耽读对身体不好吧。不过，在这段养病的时间里，我得以逃脱嘈杂的思念洪水，坚信自己乘上了全新的大船，每天过着质朴的生活，却也不是一桩坏事。

只可惜给你写信的时间过于稀少，让我很是为难。每次我都在饭后匆忙拿出纸笔写上几行，但是要写的事情实在太多，连这封信都花了整整两天才写完。不过，随着我渐渐习惯道场的生活，想必会更擅长利用短暂的空闲时间。我似乎在所有事情上都变得异常乐观了。没有什么事情值得我担心。我把它们都忘了。另外再告诉你一件事吧，我在道场的绰号是“云雀”。多么无聊的绰号啊。因为我叫小柴利助，发音很像小云雀，所以就有了这个绰号。这算不上多有面子的事情。一开始我很不喜欢别人那样叫我，每次都甚为害羞，但是到了最近，我对任何事都变得很宽容，不再是以前那个小柴了。现在，我就是道场里的云雀，吱吱喳喳地叫闹着。所以你今后收了我的信，也请带着那样的心情去阅读。请不要皱着眉，说我是个浅薄的家伙。

“云雀。”一位助手在窗外尖声喊道。

“怎么了？”我平淡地应答。

“好着吗？”

“好着呢。”

“加油啊。”

“得嘞。”

你知道这是什么对话吗？这是道场打招呼用的话语。助手和塾生在走廊上擦肩而过时，好像一定要这样打招呼。我不知道这个习惯何时形成，但应该不是场长规定的。定然是助手们自己想出来的。这里的护士似乎都很活泼，还有点男孩子的脾性。场长、指导员、塾生、职员，都被她们起了辛辣的绰号。没错，在这里负责起绰号的人，就是这些助手。实在是不能大意。我还要进一步观察这里的助手，下次通信再做详细汇报。

道场的概况就写到这里。失敬。

九月三日

铃虫

1

敬启。进入九月，周围果然变得不一样了。风像是掠过湖面而来，带着一丝清凉。虫子鸣叫的声音也变得愈发尖利了。我不像你是个诗人，即使到了秋天，也不会产生什么断肠愁绪，不过昨天傍晚，一个年轻的助手站在窗外的池边，看见我笑着说：

"你快告诉笔头菜，就说铃虫在叫呢。"

听了那句话，我意识到这些人深深体会到了秋天的清寂，不禁有点喘不上气来。这个助手早就对我病房里的西胁笔头菜先生有好感了。

"笔头菜不在，刚才去办公室了。"听了我的回答，她突然很不高兴，连话语都变得不客气了。

"哦是吗，不在就算了。云雀不喜欢铃虫吗?"她这火气有点莫名其妙，我不知如何是好。

这个年轻的助手总让我感到费解。一直以来，我对她都是最小心翼翼的。她的绰号是阿正。

顺便也介绍介绍其他助手的绰号吧。上一封信说到，这里的助手个个不能大意，因她们给男人挨个起了辛辣的绰号。不过，塾生们也不服输，全都用绰号称呼那些助手，所以，这里算是打了个平手。然而，塾生想到的绰号，终究带有对女性的照顾，听起来比较温和。她名叫三浦正子，故绰号为阿正。没什么特别的。有位助手叫竹中静子，就称呼其为竹姐，真是毫无风趣，平凡呆板。另外，那个戴眼镜的助手大可以唤作突眼金鱼，我们却不忍过分辛辣，称其为小金鱼。清瘦的助手，唤作脂眼鲱。一副孤单模样的助手，唤作拜拜。这些倒也尚可，只是过于客气了。有个助手长相异常丑陋，却烫了一头夸张的卷发，还将眼皮涂抹得通红，浓妆艳抹得格外奇怪，我们都叫她孔雀。这个绰号本是为了嘲笑她，然而她本人却很是得意，总是夸耀我就是孔雀，因此搞不好还让她增添了不少自信。讽刺的效果，是一点没有。如果是我，就叫她仙女。她总不会觉得，自己真的跟天仙一样吧。除此之外，还有驯鹿、蟋蟀、但丁、洋葱等等，听着都很无趣。唯独一个叫霍乱的，我认为起得很是巧妙。那位助手脸型较宽，还总是红光满面，让人情不自禁地联想到赤鬼的面具，但直接称她为恶鬼未免有些过分，便引了“鬼生霍乱”[1]这句熟语，称其为霍乱。这想法着实高尚。

“霍乱。”

“干什么？”她若无其事地应道。

“好好干。”

“得嘞！”真是活力四射。若是霍乱真的好好干了，我可受不了。不仅是她一个，这里的助手多少都有些粗暴。不过，她们都是些心地善良的好人。

---

1. 鬼生霍乱：指平时身体强健的人少见地生病倒下。

2

塾生们最喜欢的助手，是竹中静子——竹姐。她生得并不漂亮，身高大约五尺二寸，胸部丰满、皮肤略黑、高大健壮。据说她已经二十五六岁，总之年纪不小了。不过，她的笑容很有特征，也许正因为这个，才让她成了最受人喜欢的助手。她一笑起来，大大的眼睛就会微微吊起，眯缝得像针一样细，露出的牙齿又白又净，感觉格外清爽。因为她身材高大，穿上护士的白色制服显得有模有样。而且她还非常勤奋，这恐怕也是她人气的来源之一。总而言之，她善解人意、手脚麻利，就算不是爱唱俗曲的单相思，也会忍不住感叹："那可真是日本第一的老板娘啊。"做摩擦的时候，别的助手都跟塾生或是闲聊，或是互相介绍流行歌曲，说得好听点就是一片祥和，说难听点就是偷懒拖延。唯独这位竹姐，无论塾生对她说什么，都只是微微一笑，含糊地点头，飞快地做好摩擦，别人好不容易做好一个人，她已经做好了两个人。而且她的力道不强不弱，掌握得最好，又最是仔细，总是挂着明快的微笑，没有一句怨言，也绝不做无聊的闲谈，总感觉她跟别的助手不太一样，宛如鹤立鸡群。也许正是那微妙的疏离和孤独的气质，让塾生们深深感到了她的魅力。因为她真的极受欢迎。根据越后狮子的说法："那姑娘的母亲定是个很能干的女人。"也许确有其事。听闻竹姐出生于大阪，口音里也留有轻微的关西腔调。这在塾生眼中，似乎也是魅力的来源。然而我从小见到身体健硕的女人就会联想到大鲷鱼，总是忍不住苦笑，只觉得她很可怜，并不会产生任何兴趣。比起品格高尚者，我更喜欢娇小可爱的女人。阿正就是那种娇小可爱的人。最吸引我的，果然还是那个令人费解的阿正。

阿正今年十八岁，从东京的府立女校退学出来，不久便来到了这里。她生着一张圆脸，皮肤白皙，睫毛纤长，双眼皮，眼睛又大又圆，眼角微微吊起，总是像受了惊吓似的瞪大眼睛，在额头挤出皱纹，让本就狭小的前额更显狭小。她很爱笑，一笑嘴里的金牙就闪闪发光。她好像不笑就坐立不安，始终兴冲冲地瞪大眼睛，什么话题都要好奇地参与进来，聊几句就发出欢快的笑声，笑得前仰后合，咚咚地捶打肚子，几乎顺不过气来。她的鼻头圆润，鼻梁高挺，薄薄的下唇比上唇略微突出一些，虽不是个美人，但异常可爱。她工作起来不怎么上心，摩擦也做得很是蹩脚，但胜在活泼可爱，因此人气几可与竹姐媲美。

3

说起来，男人真是种可笑的生物。给不喜欢的女人起绰号，要么是霍乱，要么是拜拜，其中隐藏着轻蔑。但是给喜欢的人起绰号，就文思枯竭，只说得出什么竹姐阿正，何其平庸无趣。哎呀，今天怎么一直在讲女人的话题。不知为何，我今天就是不想谈论别的。昨天阿正说：

“你快告诉笔头菜，就说铃虫在叫呢。”

那句话让我有些沉醉，也许到现在尚未清醒呢。别看她平时那么爱笑，也许比任何人都害怕孤单。爱笑的人，不是也爱哭吗？一提起阿正，我就变得很奇怪。而阿正似乎默默喜欢着西胁笔头菜先生，这又让我很是无奈。我今天匆匆吃完午饭，就为了写这封信。隔壁的“白天鹅之间”传来了塾生的大笑，中间还混着阿正尖利而夸张的笑声。他们究竟在闹什么呢？我气愤极了，真受不了。原来她从来不分对象，跟什么人都那样闹腾。真丢人。这不是白痴吗？你看，我今天确实有点奇怪。我还有很多话想写下来，无奈隔壁的笑声过于刺耳，让我再也写不下去了。还是休息一会儿吧。

隔壁的喧闹总算停下来了，我决定再写一点。那个阿正，着实令人费解。我也不是特别在意她，只是随口说说。十七八岁的女人，莫非都是那样的吗？她的性格像个谜团，叫人分不清究竟是好人还是坏人。每次见到她，我都像杉田玄白第一次见到西方的横排文字书籍那样，“如无舵之船驶入大海，茫茫无尽无处可依，无可奈何哉”。这样说也许有些夸张，但事实上我确实会感到不知所措。我就是很在意她。就像刚才，我也因为她的笑声而无心写信，扔下笔倒在了床上。可是我又难以平静，便侧过身子对旁边的松右卫门先生说：

“阿正好吵啊。”

我噘着嘴说出这句话后，松右卫门先生泰然自若地盘腿坐在床上，一边剔牙一边点点头，随后拿起手巾擦去鼻头的汗水，这样说道：

“是她母亲没教好。”

什么都归结到母亲头上。

不过，阿正或许真是被坏心眼的继母抚养长大。别看她平时开朗吵闹，有时却会突然显得无比孤寂。唉，我今天似乎喜欢上这个阿正了。

“你快告诉笔头菜，就说铃虫在叫呢。”

从那一刻起，我就有点奇怪了。然而她只是个无趣的女人呀。

九月七日

生死

1

昨日那封信想必很怪异，实在是失敬。季节更替之时，世间万物都像崭新的，叫人好生爱怜，一时按捺不住，就连连说起了喜欢。一切都怪这初秋时节。近段时间，我仿佛真的成了上蹿下跳、吱吱喳喳叫个不停的云雀。不过，我已经不再因此感到咬牙切齿的自我厌恶。一开始，我还奇怪于厌恶感的消失，后来仔细一想，其实并不奇怪。我不是变成了一个截然不同的人吗？我成了一个新的人。不再感到自我厌恶和悔恨，现在对我而言是无上的欢欣。我觉得这是件好事。我身为一个全新的人，有着爽朗的自负。我已经从值得尊重的人那里得到了这个资格，在这六个月期间，我可以在道场过上质朴的生活，不做任何思考。吱吱喳喳的云雀，潺潺流淌的清水。透明而轻快地活着吧！

昨日，我在信中一味地夸奖了阿正，现在我想收回那些话。其实今天发生了一件奇怪的事，为了补充上一封信的疏漏之处，我马上又给你写信了。叽叽喳喳的云雀，潺潺流淌的清水，请你别笑话我的轻浮。

今早的摩擦，我久违地轮上了阿正。阿正做摩擦很差劲，也不认真。她给笔头菜做摩擦也许会仔细些，但是对我，她总是马马虎虎，还很冷漠。在阿正眼中，我也许不过是路旁的石子，一定是这样，真没办法。但是在我眼中，阿正远比石子耀眼得多，所以她为我做摩擦时，我总是喘不上气来，浑身僵硬，连句笑话都说不出口。莫说笑话，我只觉声音都堵在嗓子眼，什么话都说不出来。最后我只能一言不发，看似生气的样子。阿正见我这个样子，恐怕也很不自在，只有为我做摩擦时不苟言笑，也不怎么说话。今早的摩擦，就是这么尴尬而憋屈。尤其是自从那句“你快告诉笔头菜，就说铃虫在叫呢”以后，我的心情就越来越急迫，实在是受不了，无论如何都尴尬得很。阿正给我擦背时，突然小声说：

“云雀最好了。”

我并不高兴。我还奇怪她究竟在说什么。阿正能说出那种没来由的奉承话，证明她并不在意我。若她真的觉得我最好，一定不会大大咧咧地说出来。别看我这样，其实也懂得一些细微的人心。我没有出声。她又小声说：

“我最近有烦恼呢。”

我吓了一跳。她怎么能说这种话呢。我很不耐烦。这下子，“铃虫在叫”就成了彻头彻尾的反效果。真叫人怀疑她是否低能。我一直觉得她的笑声听起来有些呆傻，原来果真如此。想着想着，我的心情也放松下来，极尽轻蔑地问了一句：

“你能有什么烦恼？”

2

阿正没有回答，只是吸了吸鼻子。我瞥了她一眼，她竟然在哭。我更是无奈了。爱笑的人，不是也爱哭吗？昨天我刚在信上随手写过这样的话，没想到现在竟成了真，这反倒让我有些泄气。我觉得这真是太无稽了。

“听说笔头菜要离开了。”我调侃似的说道。事实上，道场的确有这样的传闻。听说因为家里的情况，笔头菜要转到故乡北海道的医院去了。

“别戏弄我啊。”

她猛地站起来，还没做完摩擦，就端着盆子快步走了出去。我看着她的背影，不怕实说，心中悸动了片刻。就算我再怎么自恋，也不会肖想她因为我而烦恼，可是那么开朗阳光的阿正，竟在一个男子面前流泪，最后又生气离开了。这也许是个重大的信号。也许、说不定——我难以抑制内心的自恋，早已忘掉了刚才的轻蔑，突然觉得阿正万分可爱，恨不得跳起来大声叫喊，最后只在床上高举双手使劲挥舞了几下。不过，那其实是我的一厢情愿。我很快发现了阿正流泪的原因。因为片刻之后，正在为隔壁的越后狮子做摩擦的小金鱼若无其事地告诉了我。

“她啊，总是一有机会就大笑大嚷，昨天晚上被竹姐说了。”

竹姐是助手组长，想必也有斥责的权力。总之这下我都明白了。原来根本没什么。我总算清楚明白了。什么啊！不过是被组长训斥了一顿，有什么好烦恼的。我害羞极了。我感觉小金鱼、越后狮子和周围的人都看穿了我那可悲的自恋，正暗自露出怜悯的微笑。就算我已是个全新的人，依旧羞愧得说不出话来。我真的明白了，一切都明白了。我打算完全放弃阿正。全新的人，就该行事果断。全新的人不需要留恋和不舍。我从现在起，要彻底忽视阿正。那是一只猫。是个无趣的女人。啊哈哈哈哈，我真想兀自大笑几声。

中午，竹姐端着饭菜来了。她平时送了饭就会掉头走开，今天却放下膳台，踮着脚看了看窗外，又朝窗边走了两三步，双手搭在窗台上，背对着我默默驻足。她像是在凝视院子里的池塘。我坐在床上，吃起了饭菜。全新的男人绝不抱怨。今天的菜是盐渍小鱼和煮南瓜。我夹起小鱼，连头吃下。必须细细咀嚼，让每一口鱼肉都成为身体的滋养。

“云雀。”我突然听见不成声音、仿佛只由呼吸发出的话语，便抬起头来。竹姐背着双手，不知何时竟靠在窗边看向了我。她露出那富有特征的微笑，依旧像呼吸一般喃喃道：“阿正哭了？”

3

“嗯。”我用正常的声音回答道。“她说她有烦恼。”要细细咀嚼，使它化作纯净的血液。

“真讨厌。”竹姐小声说着，皱起了眉。

“不关我事。”全新的男人就要干脆利落，对女人的矛盾不屑一顾。

“我感觉好矛盾呀。”她说完咧嘴笑了。脸蛋涨得通红。

我有点慌乱，顾不上嚼就咽下了一口饭。

“多吃点。”她压低声音飞快地说完，从我面前走过，离开了病房。

我忍不住噘起了嘴。做什么呢？表面一副了不起的样子，真没出息。不知为何，那一刻我心里生出这种感觉，很是不愉快。她不是组长吗？责骂别人，自己倒矛盾起来，这成何体统。我苦涩地想着。竹姐还需要再锻炼锻炼自己啊。可是盛第三碗饭时，我突然脸红起来。桶里的饭太多了。平时盛个三碗，这小小的饭桶就该见底了。我有点无所适从。我不喜欢这样的善举。它的形式太古老了。我比别人多吃一碗饭，既不会感到快乐，也不会觉得多么好吃。不好吃的饭，变不成血和肉。什么都变不成。只能浪费掉。用越后狮子的话说，那就是：“竹姐的母亲定是个十分传统的人。”

我像平时一样只吃了三小碗，多出那一碗就这样剩下了。不一会儿，竹姐一副若无其事的样子过来收碗筷，我故作轻巧地对她说：

“我剩饭了。”

竹姐看也不看我一眼，只是稍微揭开饭桶盖子，用只有我能听见的声音说了一句：“真讨厌！”然后便拿起膳台，依旧若无其事地走了出去。

“讨厌”好像是竹姐的口头禅，没有什么特殊的意义，但我每次听见女人说“讨厌”，内心就很不愉快。真的很不愉快。若是从前的我，也许会抬手打竹姐。凭什么说我讨厌？你才讨厌。听说过去的女佣盛饭时都会给自己偏爱的小帮工悄悄压实一些，何等愚蠢又讨厌的偏爱，何等可悲的行为。别小瞧我了。我可是全新的男人，有我独自的骄傲。饭这种东西，就算不太足够，只要怀着明快的心情细细咀嚼，就能得到充分的营养。我还以为竹姐是个稳重的人，现在看来，女人就是不行。平时那么聪明伶俐的人，一旦上演这种愚蠢行径，就显得格外扎眼，格外肮脏。太可惜了。竹姐必须让自己更可靠一些。如果换作阿正，无论什么样的失败，都能衬得她更加可爱可怜，可是强悍的女人闹这种失败，就叫人为难了。我利用午饭后的休息时间写到了这里，走廊的扩音器突然发出通知，让新馆的全体塾生立即到新馆露台集合，所以不得不停笔。

4

我收好信纸，去了二楼的露台。原来昨天深夜，旧馆的年轻女塾生鸣泽伊都子去世了，我们都要为她送行并默哀。新馆的二十三名男塾生和新馆别馆的六名女塾生在露台上排成四列横队，各自带着紧张的表情等待出棺。过了一会儿，白布包裹的鸣泽小姐的寝棺迎着美丽的秋日阳光，在近亲之人的守护下离开旧馆，沿着松林间的狭小山路，朝沥青铺就的县道方向缓缓而去。貌似鸣泽小姐母亲的人边走边用手帕擦拭眼角，显然是在哭泣。身穿白袍的指导员和助手一行也都垂着头跟在后面。

我觉得很好。人因死而完整。只要活着，每个人都是不完整的。虫子和小鸟在活着时已是完美，死了却只是一具尸体。它们没有完整与否，只会归于虚无。人类则与之相反。人类怀抱着一种悖论，一个人唯有死了才最有人味。鸣泽小姐与疾病作战，最后死去，包裹在美丽洁白的布匹中，穿过松林间的坡道，若隐若现地下了山。这一刻，正是她年轻的灵魂最为肃穆、最为明晰、最为雄辩的时刻。我们从此将绝不会忘记鸣泽小姐。我朝向光洁的白布，合掌默祷。

可是，你可不要误会了。我虽然说死是好的，却绝不会轻视一个人的生命。另外，我也不是那些情绪化的、软弱无力的“死亡赞美者”。我们与死亡只相隔一层窗户纸，不过是早已不再畏惧死亡罢了。这一点，请你务必不要遗忘。看了我之前的信，你一定认为，在这个全日本都沉浸在悲愤、反省与忧郁的时期，唯独我的周围显得那样闲适明快，这未免过于不合时宜。这也难怪。然而，我也不是白痴，并非从早到晚只知傻笑度日。这是理所当然的。每晚八点半的报告时间，我们能听到各种各样的新闻。就算默不作声地裹着毛毯躺下，也有夜不能寐的时候。但是，我并不想对你诉说那些不言自明的事情。我们是结核病患者，今夜就可能突然咳血，像鸣泽小姐那样去了。我们的欢笑，全都发自潘多拉的盒子角落里的小石头。与死亡相伴的人，比起生死的问题，更在意一朵花的微笑。我们现在全被若隐若现的花香吸引着，上了莫名其妙的大船，委身于无尽的波涛。这条所谓天意之船，将会到达什么样的岛屿，我并不知晓。只是，我们必须相信这段航程。生或者死，好像都不是决定人类幸与不幸的关键了。死者因死而完整，生者站在航船的甲板上合掌默祷。这艘大船，正渐渐远离岸边。

“死是好事。”

这像不像游刃有余的航海老手？全新的男人，绝没有关乎生死的感伤。

九月八日

阿正

1

感谢你如此快的回信，我带着想念的心情拜读了。上次我写了“死是好事”这种容易招致误会的话，而你却丝毫没有误解，准确读取了我的想法，这让我万分高兴。这让我忍不住思考时代。面对死亡的平静，对上一个时代的人来说，恐怕难以理解。你在信中写道：“当代青年都过着与死亡相伴的生活，并不只有结核病患者是这样。我们的生命，都已经献给了那位贵人，早已不是我们自己的东西。正因如此，我们才能毫不犹豫地踏上那艘所谓天意的大船。这便是新世纪新勇气的形式。自古以来，大船都与地狱仅有一板之隔。但不可思议的是，我们对此并不在意。”看了这番话，我反倒不得不服输了。我此前竟说你写来的第一封信何等“陈旧”，看来不得不郑重道歉才是。

我们绝不是不珍惜生命。然而，我们也不会一味地因死亡而沉浸于感伤，更不会感到恐惧。证据就是，我目送鸣泽伊都子小姐裹着白布、泛着美丽光泽的棺木离开后，早已把阿正和竹姐这些人抛到脑后，怀着秋高气爽的心情躺下来休息。走廊上又传来了塾生与助手的问候。

“好着吗？”

“好着呢。”

“加油啊。”

“得嘞。”

我发现，那不是平时半开玩笑的腔调，而多了几分严肃。见塾生如此不遮掩自己的紧张，我反倒觉得他们这样非常健康。换个装模作样的说法，那天一整天，道场都包裹在神圣的气氛中。我相信，死亡绝不会让人的心情萎蔫。

旧时代的人把我们的感情当成年幼的逞强或是绝望的自弃。他们无法理解，是如此的可怜。旧时代与新时代，能够明确理解两个时代不同感情的人，恐怕没有几个。我们将生命视作鸿毛，却绝非轻视生命，只是将其当作轻盈的鸿毛般怜爱。那鸿毛又向着远方展翅高飞。此刻，大人们理所当然地高声谈论着什么爱国思想，什么战争责任，我们则早已将他们抛下，遵照那位贵人的亲言扬帆起航。我甚至觉得，新日本的特征就在于此。

我从鸣泽伊都子的死发展出了如此长篇大论，可我实在不擅长“理论”这种东西。全新的人就应该不置一词，委身于新造的大船，并分享意外明快的船上生活，这样反倒更为轻松。如何？不如再来谈谈女人吧。

2

你在信中似乎很拥护竹姐呀。若是如此喜欢她，不如直接给她写信如何？不，还是直接见上一面吧。等你有时间了，请来看望我，实则见见竹姐吧。等你见到她，就会幻灭了。因为她着实是个强悍的女人，甚至臂力都可能比你强大。你在信上说，阿正哭泣的事情算不得什么问题，但竹姐那句“我感觉好矛盾”才是大问题。其实我也这样想过。阿正在我这里说她有烦恼，接着就哭了。竹姐听了这件事，“感觉好矛盾”，换言之，那就是竹姐早就对我有意的证据吧？我倒是很想生出这种愚蠢的自恋之情，然而就是一点儿都无法那样想。竹姐身材高大，没有半点女人味，总是忙于工作，似乎顾不上考虑别的事情。她不过是身为助手组长，责任重大，是个只知辛勤工作的人罢了。头天晚上，竹姐斥责了阿正。阿正为此格外沮丧，还哭了出来。竹姐听别的助手说起此事，担心是否自己骂得过重了，才对我说“我感觉好矛盾”。这个假说虽不解风情，但也最合常理，不会有错。说白了，女人终究只会在自己的立场上思考。全新的男人在对女人的问题上，毫无自恋之情。同时，他们也不会得到女人喜爱。清爽得很。

竹姐说“我感觉好矛盾”时涨红了脸，但她是因为斥责了阿正感到矛盾，在话语脱口而出之后突然感到不妥，一时慌乱下才红了脸，并非为了别的。就是如此无聊。要解释那天阿正在我面前流泪，竹姐感到矛盾，又偷偷给我加了一碗饭的怪事，还需要结合一个重要的事实进行考虑。那就是鸣泽伊都子的死。鸣泽小姐头天晚上去世了。爱笑的阿正之所以被责骂，结合那件事一想就能理解。助手跟鸣泽伊都子一样，都是年轻的女子。她们同样有着强烈的冲动。女人内心依旧残留着陈旧的情绪。她们会感到寂寞和困惑，又拥有偷加一碗饭的慈悲，全都因为那种奇怪的情绪。总而言之，那天大家之所以那么奇怪，都与鸣泽伊都子的死有着很深的关系。阿正也好，竹姐也好。这并非我的臆想，也不是玩笑话。

如何，这下你明白了吧？现在，你还喜欢竹姐吗？你大可以亲自到这里来，见见她的真人。我认为比起竹姐，阿正反倒更有让人耳目一新的感觉，因此要好上许多。不过你好像很不喜欢阿正呀。还是再考虑考虑吧。阿正其实很不错。前天阿正表现出了大方开朗的一面，让我对其刮目相看。今天就给你讲讲那件事吧。你看完了，一定也会喜欢上阿正。

3

前天，与我同室的西胁笔头菜先生因为家中情况有变，即将离开道场。那一天正好是阿正的休息日，于是她答应送笔头菜到 E 市去。出发前一天，塾生们就不断调侃阿正，纷纷叫她带些礼物回来。阿正也不在意，全都点头答应了。到了第二天清早，阿正就穿上久留米絣[1]的便服，追着笔头菜先生出去了。下午三点左右，我们开始做伸展锻炼时，她才笑眯眯地走了回来，一点没有刚与心仪之人别离的感伤，还满屋子发起了先前答应的伴手礼。

在这个物资紧缺的时代，哪怕上等人家的姑娘也要出来

1. 久留米絣：日本久留米地区出产的絣织面料，絣织即用预染纱线纺织的工艺。

工作了，这阿正好像就是那一类人，把工作当成了玩乐，又因为口袋里有几个钱，总是特别大方，因此也成了受塾生欢迎的要素之一。总之，能在这种时候得到伴手礼，算是一件奢侈的事情。不知阿正去哪儿买的伴手礼，塾生们拿到的都是一两寸大小的小镜子，背后还贴着电影女演员的照片。这种东西过去是粗点心店用来招揽客人的赠品，可是现在，哪怕是这种小东西，真要买下恐怕也不便宜。阿正也许是买下了哪个粗点心店攒下的库存，而且这样的小礼物着实符合她的性格。塾生们都很喜欢镜子背后的女明星照片，个个吵闹不休。单相思也拿到了一块。我不愿意收女人送的东西，所以一开始就没管阿正讨要礼物。何况，就算跟别人一样得了一块镜子的恩惠，又有什么意思呢？阿正走进我们的病房，把镜子塞给单相思，对他说：

“你认识这上面的女明星吗？”

“不认识。但她长得真好看，跟阿正很像。”

“哎呀，你这人真是的。那是达妮埃尔·达里约呀。”

“怎么，原来是美国明星啊。”

“不对，她是法国人。有段时间她在东京可受欢迎了，你不知道吗？”

“不知道。管她是法国人还是什么人，你还是拿走吧。我不喜欢老外，给我换个日本的女明星吧。最好是这样。你把这个送给对面的小柴云雀吧。”

“你好挑剔啊，这可是我特意为你留下的。我才不要给云雀，他可坏了。”

“谁知道是不是真的。算了，那我就收下吧。叫什么达妮埃？”

“是达妮埃尔。达妮埃尔·达里约。”

我一边做伸展锻炼，一边听他们说话，听到后面实在是忍不住了。原来阿正这么讨厌我吗？我当然没妄想她会喜欢我，但也万万没想到她竟会格外讨厌我。我原以为自己的地位已经很低，没想到还得更低一些。莫非人生在世，全都陶醉在自己的幻影之中？我顿觉现实竟是如此残酷。我究竟做错了什么呢？下次，我定要严肃地问问阿正。没过多久，那个机会就来了。

4

那天过了四点，正是自然的时间，我坐在床上呆呆眺望窗外，看见身穿白衣的阿正抱着洗好的衣服走进了院子。我忍不住站起来，探出上半身小声喊道：

“阿正。”

阿正转过头，看见我便笑了。

“你不给我礼物吗？”我问道。

阿正没有立刻回答，而是飞快地看了看四周，像在担心别人发现我们。道场正是最安静的时刻，周围一点声音都没有。阿正僵硬地笑了笑，接着抬手挡在嘴边，先做了个张大嘴的动作，接着噘起嘴唇收拢下巴，继而半咧开嘴微微点头，最后张开三分之二，又点了点头。她没有发出声音，只用口型对我说话。我很快就看明白了。

她在说："过后给你。"

虽然很快看明白了，我还是做了同样的口型反问："过后？"于是阿正再次一字一顿地摆了"过后给你"的口型，像小孩子一样摇头晃脑，可爱极了。最后，她摇了摇挡在嘴边的手，像是对我说"你要保密"，然后耸耸肩，微微一笑，朝着别馆一路小跑过去。

"过后给我啊，那我就尽管高枕无忧吧。"我暗自想着，躺倒在床上。此刻我感到的欢快，想必不用对你明言。你可以大胆猜测。

到了昨晚做摩擦的时候，我得到了阿正说要"过后给我"的礼物。其实从昨天早上起，阿正就像在围裙底下藏了什么东西，还若有所思地在走廊上晃来晃去。我猜测她藏在围裙下的东西，可能就是给我的礼物，但是若厚着脸皮走过去伸手，万一被反问一句"有什么事"，那我可就太丢人了。所以，我便一直装作没看见。不过最后我知道，那果真是给我的礼物。

昨晚七点半的摩擦，时隔一周轮到了阿正。阿正左手抱着脸盆，右手藏在围裙下，笑眯眯地走过来，在我床边弯下腰说：

"你真坏，一直都不来拿。我一整天在走廊上等了好多次呢。"

说完，她打开我床头的抽屉，飞快地把围裙下的东西塞进去，又合上了抽屉。

“你可别说出去，谁也别告诉。”

我躺在床上连连点头。接着，摩擦就开始了。

“好久没给云雀做摩擦了，怎么都轮不上呢。我一直都好烦恼，不知怎么把礼物交给你。”

我抬手在脖子上做了个打结的动作，无声地问她礼物是不是领带。

“不对。”阿正噘起下唇，笑着否定之后，又小声说：“你真笨。”

我是真笨。我连西装都没有，为何会想到领带这种东西呢？真是太奇怪了。也许看了她送给别人的小镜子，我下意识地联想到了领带。

5

接着，我又抬起右手做了个写字的动作，问她是不是钢笔。我真是个自以为是的男人。这段时间，我的钢笔有点毛病，也许内心一直有想要新钢笔的潜在意识，并在这个时刻冒出头来了。做完那个动作，连我都为自己的厚颜无耻感到无可奈何。

“不对。”阿正还是摇了摇头。真是猜不透。

“也许有点不起眼，但你也别送给别人哦。那可是店里最后一件了。上面的装饰不算太高档，你一定要等离开这里后再用哦。云雀是个绅士，一定会用到的。”

我越听越糊涂。难不成是手杖？

“总之先谢谢你了。”我翻了个身，对她说道。

“说什么呢，你好傻啊。快点好起来，快点走吧。”

“你真是多管闲事，信不信我干脆死在这里？”

“啊，那可不行。有人会哭的。”

“阿正吗？”

“瞎说什么呢，我才不哭。我怎么会哭啊。”

“我猜也是。”

“就算我不哭，也有会为云雀哭的人。”阿正想了想，“有三个，不，四个人。”

“哭有什么意义。”

“怎么没有，当然有意义了。”阿正坚持说道，然后凑到我耳边，“竹姐会哭呀，还有小金鱼，还有洋葱，还有霍乱。哇。”她掰着指头数了数，然后笑了。

“霍乱也会哭吗？”我也笑了。

那天晚上的摩擦很快乐。我没有像以前那样见到阿正就全身紧绷，仿佛有了坐在高处俯视众生的从容，还能随口开玩笑了。也许我在这半个月时间里，完全抛下了希望得到女人喜爱的苦闷欲望，心中没有任何牵挂，能够毫无顾忌地乐在其中，连我自己都感到惊讶。喜欢与被喜欢，都像五月风中摇摆的树叶，没有一丝我执。全新的男人，又实现了一次飞跃。

那天晚上摩擦结束，到了报告的时间，我听着扩音器播报美国驻军终于来到这个地区的消息，拉开床头的抽屉，取出了阿正给我的礼物。

那是个三寸见方的小盒子，里面装着雪茄盒。“你一定要等离开这里后再用哦。云雀是个绅士，一定会用到的。”这下我终于明白她那句神秘的话语是什么意思了。

我拿出雪茄盒放在手上把玩，心中突然万分悲伤。我一点都不高兴。但这也许不能都怪在外面的新闻上。

6

这是个银色扁平的盒子，材质像是不锈钢，又像是蛋糕刀用的铬。盖子上刻着蔷薇藤蔓的花纹，还有交错的细细黑线，边缘涂着暗红色珐琅一样的装饰。要是没有这圈珐琅就好了。因为有了它，雪茄盒就成了阿正说的“有点不起眼”“不算太高档”的东西。不过这是阿正买给我的，我还是应该好好珍重才对。

然而，我就是高兴不起来。收了别人的东西还说这种话当然不好，可我真的高兴不起来。这是我第一次收到女人送的礼物，心里实在是苦涩难堪。真不是滋味。我把雪茄盒藏在了抽屉最深处，只想早点把它忘掉。

虽然这雪茄盒收着有些烫手，但我希望你能通过这件事了解到阿正的好，才写下了上面的文字。如何，这下你对阿正有所改观了吗？莫非还是竹姐更好？请说说你的想法。

今天，原本住在隔壁“白天鹅之间”的硬面包搬到了笔头菜的床位上。他的大名叫须川五郎，今年二十六岁，据说是法学的学生，在这里很受欢迎。他肤色略黑，浓眉大眼，戴着副赛璐珞眼镜，鼻子像个弯钩，不怎么好看，但听说助手们都对他着了迷。看来越让男人看不顺眼的人，就越受女人欢迎。硬面包过来后，“樱之间”的空气也变得莫名淡漠起来。单相思好像已经对他怀有些许敌意了。今天晚饭前做摩擦时，助手们向硬面包询问了许多英语的问题。

“你教教我呀，对不起用英语怎么说？”

“I beg your pardon.”硬面包煞有介事地回答道。

“好难记呀，有没有更简单的说法？”

“Very sorry.”太装模作样了。

“那再教一个。”另一个助手说，“请你保重怎么说？”

“Please take-care of yourself.” 他把 take care 连读了，多做作啊。

助手们听得津津有味。单相思似乎比我更看不惯硬面包说的英语，便小声唱起了他最擅长的都都逸。

“今后管他是博士或大臣，眼下啊就是个穷书生。”他唱着这些有的没的，似乎在一个劲给硬面包使绊子。

但是我很精神。今天测了体重，我胖了快三斤。恢复得算是十分顺利了。

九月十六日

关于卫生

1

近来一直在讲女人的事，忽略了同病房的各位前辈。现在就来说说“樱之间”塾生们的消息吧。今天，“樱之间”发生了一场争吵。单相思直接对上了硬面包。

原因是梅子干。

这件事说起来很复杂。单相思有个濑户产的陶瓷小钵，里面装了好些个梅子干，每次吃饭他都从床下的柜子里拿出梅子干送饭吃。可是近来，他的梅子干发霉了。单相思觉得，这应该是容器的问题。因为那小钵的盖子盖不紧，总有一条缝，才会让细菌跑进去，使梅子干发霉了。单相思爱干净，为了这件事很是烦恼，一直在想该换个什么样的容器。今天吃早饭时，单相思见硬面包每顿饭都拿出来的酸藠头瓶子正好空了，觉得那东西最合心意。因为瓶口够大，又能塞得很紧，肯定什么细菌都不会放进去。既然已经空了，想必硬面包会大方地借给他。虽然很不情愿向硬面包低头，但为了防止细菌，他必须得到那个酸藠头瓶子。日常生活要讲卫生。于是，单相思吃完饭，小心翼翼地对硬面包提出了借用他的空瓶。

硬面包直勾勾地盯着单相思。

“你要这东西做什么？”

单相思听了那句话，火气一下就上来了。这两个人关系一直不好。单相思自认为是健康道场第一等的花花公子，最近却被硬面包抢了风头，让他渐渐无人问津，他早就为此怀恨在心了。

“这东西？须川先生，你这样说不太好吧。”单相思的说法也挺奇怪。

“为什么不好？”硬面包不苟言笑，真是个死板做作的男人。

“你这都不明白吗？”单相思有些落了下风，强装出笑眯眯的模样，“我又不是管你借猪尾巴，你把它说得如此冷淡，岂不让我没面子了吗？”他的话越来越奇怪了。

“我可没说什么猪尾巴。”

“你可真够迟钝的。”单相思语气尖锐了一些，“就算你没说猪尾巴，让我听出了话外之音，那不是一样吗？别小看我了。管他是大学生还是糊墙工，不都是日本国的臣民吗？你竟把我当成猪尾巴一样对待。若我是猪尾巴，那你就是蜥蜴尾巴。这叫一视同仁。我虽然没有才学，但知道讲卫生。人啊，若是不讲卫生，就跟畜生没什么两样。”

这架吵得是越来越让人摸不着头脑了。

2

硬面包并不理睬他，双手叠在脑后，躺了下去。他看着像是个有胆量的男人。单相思盘腿坐在床上，前后左右地晃动身体，一会儿撸起袖子，一会儿用拳头敲打膝盖，十分烦躁。

“喂，那个大学生，你听见没？你该不会懂得柔道吧？大学生有时候会那个，真让人避之不及。我可不想碰那个。听好了，我今天就把话说清楚。这个道场可不是柔道的道场，也不是你修行花花公子的道场。场长清盛上次不是说了嘛，我们都是选手，要向日本全国人民展示，结核病是可以根治的疾病。他还说什么来着？万望自重。听到那句话，我感动得眼泪都流出来了。男人啊，就是见义则奋勇。这勇又分大勇和小勇，所以说，人必须重视智仁勇这三样东西。受女人喜欢，这根本不算什么。”他的话已经堪称支离破碎。尽管如此，单相思还是铁青着脸，提高了音量。“正因为这样，自然就有了要讲卫生的说法。讲究卫生、小心火烛，这都是平时要注意的事情，所以我才这么说。你怎么能把一个人比作猪尾巴呢？”

“好了好了。”越后狮子开始劝架。他一直默不作声地躺在床上，那时突然撑起身子下了床，走到单相思背后拍拍他的肩膀，用略有威严的声音叫他住嘴。

单相思转过去看着越后狮子，接着抱了上去，还把脸埋进越后狮子怀里，一字一顿，清脆响亮地哇哇大哭起来。五六个其他病房的塾生聚集在走廊上，窥视着屋里的情况。

“看什么看。”越后狮子朝他们吼了一句。单这样还算不错，但是后面就有点糟糕了。“这可不是吵架！只是、只是，嗯……只是、只是，嗯……”他结巴了一会儿，最后无助地望向我。

“演戏。”我小声说。

“只是……”越后狮子恢复了精神，高喊道，“演戏的作用！”

我不明白演戏的作用究竟是什么意思，兴许是他羞于完全遵照我这个小辈的教导行事，便在情急之下改编了这么一个奇妙的词汇。大人啊，可能都像这样，总喜欢拧着来。

单相思就像母狮子怀里的小狮子，摇头晃脑地抽泣，叽叽咕咕地说着听不明白的抱怨。

3

“我生下来就没受过这样的委屈。我的教养可不差。连老爹都没揍过我。可是现在，我却被当成了猪尾巴，你说这多气人啊。我这人就爱讲礼貌，对别人只说好话，从来只挑最好的说。真的，我对他真的只有好话。可他却躺在床上佯装不知。那是什么态度！气死人了，真是气死人了。你说他那算什么态度啊！我在这边说好话，他却那样！我真是太讨厌这个世界了。我说的都是好话——”

他渐渐说起了车轱辘话。

越后狮子轻轻放单相思躺下，单相思翻了个身背对硬面包，双手掩面，又抽泣了一会儿，接着像睡着了似的安静下来。到了八点做伸展锻炼的时间，他也没有动弹。

真是一场奇怪的争吵。不过到了午饭时间，单相思又恢复了原来的样子，硬面包洗干净了酸藠头的空瓶，一脸严肃地递给他，他也老老实实地接过来，点头道了谢。午饭过后，他高高兴兴地将陶钵里的酸梅子一个一个转移到了酸藠头瓶子里。若世间之人都像单相思那样直爽，世道也许会更好一些吧。

吵架的事且说到这里，我再做个简单的汇报。

今天下午的摩擦由竹姐给我做。我对竹姐提起了你。

“我认识一个人，他很喜欢竹姐。”

竹姐做摩擦的时候几乎不说话，总是挂着微笑沉默不语。

“他说竹姐比阿正好上十倍。”

“谁呀？”沉默的女士终于小声问了一句。看来这句称赞让她很受用。女人真肤浅。

“你很高兴吗？”

“一点都不。”竹姐再没有说话，摩擦的力道略微重了一些，还皱着眉，看上去很不高兴。

“你生气了？他是个好人，是个诗人。”

“真讨厌。云雀最近学坏了。”她抬起左手抹了一把汗，对我说道。

“是吗？那我以后再不跟你说了。”

竹姐没回答，只是做着摩擦。做完离开时，竹姐撩起鬓边的碎发，奇怪地笑了笑，对我说：

“Very sorry.”

她这是在对我道歉吗？看来竹姐也不坏。如何，等你有空了，不如来道场看看吧？我带你去见你最喜欢的竹姐。失礼了，只是玩笑话。近来早晚有些凉了，正是讲究卫生、小心火烛的时节。愿你连我那份一块儿努力，专心学习。

九月二十二日

大波斯菊

1

收到你的回信，我马上就拜读了。进入高中，学业一定更繁忙了，你却给我写这样长的回信，一定很不容易吧。今后没必要每封信都写这么长，以免耽误了学业。

你责备我不该对竹姐说那种话，我实在是万分愧疚。但我并不赞成你说的“这下我再也没法去探望你了”。你真是爱操心。若不能若无其事地对竹姐打招呼，就称不上全新的男人。你啊，务必要舍弃情情爱爱的心思。不是有句话叫“诗三百，思无邪”吗。要切记保持天真烂漫的心灵。前不久，我对隔壁床的越后狮子提起：

“我有个朋友在学习诗学——”

“诗人都做作。”

我还没说完，就被越后狮子妄下了定论。这下我有点生气了，就反驳道：

“但不是自古就说，诗人会发现新的话语吗？”

越后狮子咧嘴一笑，满不在乎地回答：

“是啊，人必须有新的发明。”

我不禁想，这越后狮子有时也会说出一些发人深省的话来。你这么聪明，想必已经发现了。请你今后继续诗学的研究，并且在任何事上，都要表现出作为新男人的严肃认真。这么说可能有点故作老成的嫌疑，总之我只想说，你不必在意竹姐的事情。请你鼓起勇气来看我，顺便看看竹姐吧。只要见到真人，你的幻想就会烟消云散。毕竟她着实高大健壮，像条硕大的鲷鱼。话说回来，你对竹姐真上心啊。我在信中如此强调阿正的可爱，你却说“那个叫阿正的女性像个没能走红的电影演员”，对她毫不关心，一心只想着竹姐，实在叫人佩服。我打算暂时不向你汇报竹姐的近况。若害你越看越爱，夜不能寐，那可就不好了。

今天就介绍一下单相思的俳句吧。下个星期日要播放塾生们的文艺作品，对和歌、俳句和诗歌有自信的人，要在明晚之前将作品提交到办公室。我们“樱之间”决定派出单相思为代表，提交他擅长的俳句。他从两三天前起，就整天耳朵上夹着铅笔，端坐在床上摇头晃脑，默默沉思。今天一早，他好像总算整理好了想法，在纸上写下十句，拿给我们看。他先给了硬面包，硬面包却苦笑着说：“我不懂俳句。”很快就把纸片还给了单相思。

接着，他又拿给越后狮子批阅。越后狮子弓着背，盯着纸片看了好一会儿，最后说道：“胡扯。”

若说他写得不好倒也罢了，胡扯这种批评未免有些过分。

2

单相思霎时失去了血色，问道：

“不好吗？”

“你去问那边的大老师。”越后说着，朝我努了努嘴。

单相思拿着纸片向我走来。我不谙风流，因此看不出俳句的妙趣，只想像硬面包那样推脱两句还回去便作罢，然而单相思实在太可怜，我又很想安慰他，便不懂装懂地拜读了那十条俳句。我觉得并不坏，更像是普普通通，或者说随处可见。可是真要自己想出这个水平的俳句，恐怕也要煞费一番苦功。

“少女心似野菊盛放”这种句子多少有点奇怪，但也不至于被说成胡扯。可是看到最后一句，我吃了一惊，并且明白了越后狮子的愤慨。

我知道这世界，如露水般短暂，然而，然而……

这是别人的俳句。这确实不行。可是若露骨地指出来，恐怕要让单相思蒙羞。我不想这么做。

“这些句子都很好，如果能把最后一句换成别的，那就更好了。当然，这只是我一个外行人的看法。”

“是吗？”单相思有点不服气地噘起了嘴，“我觉得那句最好。”

那当然了，毕竟这是连我这种门外汉都熟知的名句。

“好嘛，当然是好的……”

我有点不知所措。

“你能看出来？”单相思来劲了，“这个句子里还融入了我对当今日本的真情实感。你真的能看出来吗？”他的语气似乎有点轻蔑。

“什么真情实感呀?”我面无表情地反问道。

“你真看不出来?”单相思皱着眉，似乎嫌我过于愚钝了。“你认为日本现在面临着什么样的命运?不正是如同朝露般飘忽不定吗?这世界如露水般短暂，然而，你们依旧要去寻求光明。切勿过分悲观。不就是这个意思嘛。这就是我对日本的真情实感。现在看出来了吗?”

我内心只有无奈。这句子分明是小林一茶失去了孩子，感叹尘世如露水的悲情难舍之句。他这么说也太过分了。这不完全颠倒了吗?这也许是越后狮子所谓的“今日之新发明”，但还是太过分了。我很赞成单相思的真情实感，可是盗用古人的诗句，强安上别的意义乃是一件坏事，更何况若将它作为单相思的作品提交到办公室，可能有损“樱之间”的名誉。想到这里，我鼓起勇气，跟他把话说清楚了。

3

“不过，古人写过一句跟这个类似的。我知道你肯定不是抄袭，但让别人知道了，可能会招致误解，所以才说最好换一句。”

“有人写过类似的?”

单相思瞪大眼睛看着我。他的双眼如此美丽清澈，令人叹息。我不禁想，痴迷俳句的人不自觉地盗用他人的句子，这种奇妙的心理也许真的存在。那他们便是无邪的罪人。果真是思无邪。

“那真没意思。做俳句啊，有时就会遇到这种事，真叫人为难。毕竟它一句只有十七个字，出现类似的并不奇怪。”看来单相思还是个惯犯。“好吧，那就去掉这句……”他拿起夹在耳朵上的铅笔，干脆地划掉了露水那句。“换成这句如何？”他趴在我床头的小桌上飞快地写好，拿给我看。

“大波斯菊呀，舞影自干涸。”

“可以。”我松了口气。哪怕做得差劲，只要不是抄的，就已经够让我放心了。“顺便改成‘大波斯菊哉’，如何？”因为一时松懈，我说了多余的话。

“‘大波斯菊哉，舞影自干涸。’原来如此，情景历历在目啊。真不错。”单相思砰砰地拍着我的背说，“看来你也是个人才。”

我涨红了脸。

“别瞎捧我了。”我变得坐立难安，“也许‘大波斯菊呀’更好。我毕竟全然不懂俳句，只是觉得改成‘大波斯菊哉’，我们普通人可能更好懂。”

其实我内心在呐喊：用哪个又有什么差别呢！

结果，单相思似乎对我生出了一丝敬重之意。还一脸严肃地让我今后也给他的俳句提提意见，听起来不太像是奉承话。接着，他就得意洋洋地迈着踮起脚尖、轻摇臀部的步子，富有节奏地回到了自己的床位。我目送他离开，心里很不好受。我觉得给他的俳句提意见，比听他唱带名句的都都逸还让人为难。我站也不是坐也不是，万般无奈之下，忍不住对越后抱怨了一句：

“这下事情闹大了。”

连我这样全新的男人，对上单相思的俳句，也只能落了下风。

越后狮子一言不发，重重地点了一下头。

故事到这里并没有结束。后来又发现了惊人的事实。

今早八点做摩擦的时候，轮到阿正给单相思摩擦。我听见他对阿正小声说：

“阿正啊，你那句‘大波斯菊’很不错，但是要注意，‘大波斯菊呀’不好，应该改成‘大波斯菊哉’。”

我大吃一惊。那竟是阿正的句子。

4

这么说来，那句子确实有点女性的感觉。如此一来，之前看到那句“少女心似野菊盛放”也十分可疑。搞不好那也是阿正或别的助手写的句子。想到这里，我觉得那十句都变得可疑起来了。真是太过分了，叫人无言以对。“露水”的俳句和“大波斯菊”的俳句都事关“樱之间”的名誉。就算不这么夸张，那也事关单相思的人格。我不禁担心这件事究竟会如何发展，可是听到单相思和阿正后来的对话，我又完全放下心来，变得无比舒畅了。

“大波斯菊？什么啊，我早就忘了。”阿正慢悠悠地说道。

“是吗？那也许是我自己写的句子？”单相思的脸皮真厚。

“是不是霍乱的呀？你以前不是跟霍乱偷偷搞过俳句交流嘛，哇呀呀。”

“那么，这果真是霍乱的句子吗？”单相思异常镇定，叫我不知如何形容。该说他平淡，还是轻快？“不对，霍乱写不出这么好的句子。我知道了，她肯定是抄别人的。”听到这里，我只能佩服他真是天衣无缝了。“我要提交那个句子。”

“交到办公室播放吗？那你把我的句子也交上去吧。就是上回对你说的，少女心那句。”

果然如此。然而单相思依旧面不改色。

“嗯，我已经加进去了。”

“是吗？你可真仔细。”

我不禁微笑。

在我看来，这才是所谓的“今日之新发明”。这些人根本不在乎作者的姓名，都觉得那是大家合力想出来的。如果这能让大家开心过上一天，就足够了。艺术与民众的关系，不是向来如此吗？什么只有贝多芬值得一听，什么李斯特不过二流，这些领域的所谓“专家”在争论得口角冒泡时，民众早已抛下他们，各自去听自己喜欢的曲子了。他们都不会感谢作者。不管是一茶写的，单相思写的，还是阿正写的，只要句子没意思，就无人关注。什么社交礼仪，什么提升情操，他们不会为了这种事情勉强自己“学习”艺术。他们只用自己的方法记住触动心灵的作品。仅此而已。此时此刻，我学到了一样新的东西，那就是艺术与民众的关系。

今天的信似乎充斥着大道理，不过我希望这个关于单相思的故事也能为你的诗学研究提供一些“新发明”，所以没有将它撕毁，而是决定寄出。

我是流水，拂过一切堤岸。

我爱所有人。这算是做作吗？

九月二十六日

妹

1

我总是给你写这样蹩脚无趣的信，心中时常感到内疚。虽然再三决意不再写那些愚蠢的信，但我今天读到了一个人堪称伟大的来信，不禁感慨果然是天外有天，原来世上竟有人能写出如此愚蠢的书信，想来我写给你的信都不算是多么大的罪恶了，于是稍感安心。这世上充满了千奇百怪的事情。那个人写的信何其可怖，真叫人怀疑写信的人是什么妖魔鬼怪。总而言之，就是令人咋舌。

今天，我就来讲讲那封伟大的书信吧。

早上，道场举行了秋季大扫除。虽然大扫除一个早上就做好了，但我们下午也无需履行平时的日程，而是有两位理发师来给塾生理发。五点左右，我理完发，正在盥洗室冲洗新理的和尚头，突然有个人走了过来。

“云雀，好着吗？”

是阿正。

“好着呢，好着呢。”我一边往头上抹肥皂，一边漫不经心地回答。近来，我总觉得这样死板的招呼麻烦得很，特别不耐烦。

“加油啊。”

“哎，你看见我的手巾没？”我没回答阿正的话，而是闭着眼睛，朝她伸出双手。

右手传来了轻盈的纸张触感。我微微睁开一只眼，那是一封信。

“这是什么？”我皱着眉问道。

“云雀这个大坏蛋。”阿正笑着瞪了我一眼，“你怎么不说‘得嘞’。别人说‘加油’，你要是不回答‘得嘞’，病情会加重哦。”

我很是烦躁，终于气愤起来。

“你没看我在洗头吗，哪里顾得上说话。这封信是怎么回事？”

“笔头菜寄来的。你看末尾不是附了一首和歌吗，告诉我是什么意思吧。”

我生怕肥皂液流进眼睛里，便小心翼翼地睁开双眼，看了看信上的和歌。

一日不相见，三秋此日长，近来常念妹，是否尚安康。

看来笔头菜也是个有情趣的人。

“我看不懂，兴许是《万叶集》里摘抄的，肯定不是笔头菜自己写的。”我并没有吃醋，只是没来由地想贬损两句。

“什么意思啊？”阿正低声说着，越凑越近。

“你好烦啊。我在洗头呢，过后再告诉你。你先把信放下，替我拿手巾来好吗？我好像忘在房间里了。若是床上没有，你就在床头的抽屉里找找。”

“坏蛋！”阿正一把抢过信纸，小跑着朝病房去了。

2

竹姐爱说“讨厌”，阿正爱说“坏蛋”。以前每次听她们这样说，我都会心里一凉，现在则早已习惯，不为所动了。现在趁阿正不在，我得好好想想刚才那和歌里的“是否尚安康”该如何解释。那一段有点难，我之所以支使她去找手巾，也是为了避免当场答复。我想了又想，顺便洗掉了头上的肥皂水。阿正不一会儿就拿来了手巾，还一脸严肃，什么都没说，递过手巾就要走。

我心中一惊，很快意识到是自己不好。近来我不知是适应了还是麻木了，不知不觉融入了道场的生活，再没有刚来的时候那样紧张，被阿正搭话也不再感到兴奋，感觉愚钝了许多，认为助手照顾塾生乃是理所当然，不再试图从中寻找特殊的好感。正因如此，我才不小心用粗鲁的语气叫她去拿手巾，阿正听了一定很生气。前不久，竹姐还对我说：“云雀这段时间不太好哦。”看来，我近来真的有点“不太好”。今早大扫除时，为了让塾生远离屋里的尘埃，我们都被集中到了新馆的前庭，因此我久违地踏在了土地之上。有时我会悄悄下楼到后院的网球场走走，但这还是第一次正式得到外出许可。我抚摸了松树的树干。树干就像有血有肉的活物，摸起来带着一丝温暖。我蹲下来，惊讶于脚下小草散发的清香，继而双手掬起一捧泥土，感叹其湿润的重量。自然是活生生的。那一刻，我真真切切地感受到了这个事实。

但是不到十分钟，那种惊奇就消失得无影无踪。我再也没有任何感觉。我已经麻木，并且习以为常了。当我意识到这一点时，不仅为人类的驯服性或者说变通性，以及自己的没出息感到气愤。我暗自感慨：我多想对世间万物保持最初的新鲜感。然而对这道场的生活，我也许已经产生了无所谓的情绪。意识到阿正生气时，我突然醒悟了。阿正也有自尊。虽然那自尊可能像堇菜花一样细小，但我也要照顾到。然而我的举动却辜负了阿正的友谊。她愿意给我看笔头菜写给她的信，也许证明她对我的好感胜过了对笔头菜的好感。她的行动也许在向我展示这一点。不对，就算不做这种自恋的妄想，我也辜负了阿正的信任。虽说我不再像以前那样喜欢阿正，但这仍是我的任性之举。我将别人的好意当成了理所当然。我甚至忘记了她曾送给我一个雪茄盒。这样不好。真是太坏了。

若是有人对你说“加油啊”，就应该感谢其好意，大声回答“得嘞”！

3

知错就改何须犹豫。全新的男人洗心革面也很快。我走出盥洗室，返回病房的途中，在堆炭的仓库门口碰巧遇到了阿正。

“那封信呢？”我马上问。

阿正似乎呆呆地看着远处，一言不发地摇了摇头。

“床头抽屉里？”我猜想阿正会不会在帮我拿手巾时，将那封信扔进了抽屉。然而她只是摇头，依旧不回答。所以说女人最讨厌了，真像别人家借来的猫那样难以捉摸。随你的便罢。我心里虽这样想，但又感到有义务关照阿正可怜的自尊，于是挤出了名副其实的甜腻腻的声音说道：

“刚才对不起了，那首和歌的意思——”

“够了。”没等我说完，阿正就扔下一句话，快步走开了。她的语气异常尖锐，我感觉像被人扎了一刀。女人真的好厉害呀。我回到房间，一头倒在床上，心中大呼“万事休矣”。

可是到了晚饭时间，竟是阿正给我端来了饭菜。她冷冷地将膳台放在我床头的小桌上，离开时绕到硬面包那里，突然像变了个人似的说起了笑话，还哈哈大笑，拍打硬面包的背部。硬面包戏谑地吼了一声，试图抓住阿正的手，她大喊“不要”，跑到我床边来，凑近了小声说道：

“这个给你看，记得告诉我意思。”

阿正飞快地说完，塞给我一张折得小小的信纸，接着马上转向硬面包。

“硬面包，赶快从实招来！”她大声说，“在网球场唱江户日本桥的人是谁？”

“不知道，不知道！”硬面包红着脸，拼命否认道。

“我也会唱江户日本桥。”单相思愤愤不平地嘟哝了一句，开始吃饭。

“大家慢慢吃。”阿正笑着朝我们鞠躬，转身走了出去。真是搞不懂。我觉得自己被阿正玩弄了，心里有点不愉快。就这样，我手上多了一封信。我并不想窥看别人写的信，但为了照顾阿正小小的自尊，我又不得不看。我感慨自己惹了个大麻烦，并在吃完饭后偷偷看了一眼。你听我说，这真是一封伟大的书信。也许应该称它为情书，可我真的完全无法理解。没想到那位举止得体、看似老实的西胁笔头菜先生私底下竟会写这种愚蠢至极的信，真让我大吃一惊。莫非所有大人都隐藏着这样愚蠢而天真的一面？总而言之，我先摘抄这篇鸿文的内容，让你过目吧。刚开始在盥洗室，我只看到了最后一页的短短几行，这回阿正把前面三张也一并给我了。以下便是书信全文。

4

“忆往昔，道场的森林，我倚靠窗边，静静描绘人生的新篇章，凝视周而复始的浪潮。浪花静静地冲刷着海岸……远处的波涛却声声震耳，只因那海风恣意吹拂。”开篇这段话，有什么意义吗？难怪阿正会感到困惑。这段话简直比《万叶集》还令人费解。笔头菜离开这个道场，去了故乡北海道的医院，可以猜测那座医院应该毗邻大海。但我只猜到了这个，其余的意义是一概不明。这样的文章真是罕见。且让我再摘抄几行给你看。接下来的脉络，变得愈发离奇了。

“夕月沉入波涛，黑暗向我袭来，遥远的天空闪烁着引导我灵魂的星光。任凭世事变迁，我将努力行走正道！我是男人！是男人！是男人！！我将要加倍努力。此时此刻，我想称呼你为妹妹。我心怀着上天赋予的天分，啊，我还是想称呼你为恋人，对你倾诉我的热爱。”

简直狗屁不通。再看下去，文章的脉络又更加奇怪癫狂，堪称惊涛骇浪了。

“那既非人，也非物，而是学问，是工作的根源。理应朝夕热爱者，乃是科学，是自然之美。二者合为一体，由衷热爱着我，而我也热爱着它。啊，我得到了好妹妹，得到了好恋人，这是何等的幸福。妹妹啊！！我的妹妹！！你一定打从心底理解为兄的心意和愿望。正因为你是我的妹妹，我今后也想继续与你通信。你一定理解我吧，妹妹啊！！

“这些文字也许艰深晦涩，而且平日受尽了你的照顾，却要称呼你为妹妹，实在叫人惭愧，但我知道，你一定能理解。到了你这般年龄，每个人都会思考男女之情，然而这太过劳心，请你不必深思。我也将远离俗尘。今天天气很好，但是风很大。伟大的自然！叫人感动流泪！你一定明白吧。今天这封信，请你反复研读。谢谢你，正子！！加油啊，我亲爱的妹妹！！

“最后，请听为兄一言：

“一日不相见，三秋此日长，近来常念妹，是否尚安康。

“此致

“一夫兄”

这封信便是这样。他往自己的名字后面加了个兄字，着实令人摸不着头脑。就算有心模仿，我也决计写不出这样的东西。真是令人咋舌。然而，西胁一夫其人绝非疯子。他是个内向又和善的人。一个这样的好人，竟写出了如此莫名其妙的信，叫我不得不感叹世界之奇。难怪阿正要我告诉她信的意思。收到这封信的人真是受苦了。恐怕无论是谁，都得煞费一番头脑。不知该称其为大作还是魔幻之作，总之抄写完这封鸿文，我感到手腕莫名酸痛，字也写不好了。今日且到此为止，过后再谈。

十月五日

试炼

1

前天，我被笔头菜阁下的鸿文所震撼，只觉得手头发颤，怎么都写不好字，只能匆匆搁笔，实在是失礼了。那天晚餐过后，我正看着信发呆，却见阿正从走廊的窗户探出头来，无声地用眼神问我："看完没？"我轻轻点头，阿正也一本正经地点了点头。看来她一直惦记着那封信。当时我突然莫名愤慨，认为西胁先生太过分了。同时，我又觉得阿正着实可怜。坦白说，从那一刻起，我又在阿正身上感到了全新的魅力。换言之，我不再是个铁石心肠的男人了。不知不觉，我就发生了变化。恐怕是秋天在作祟。看来啊，秋天的确是个悲伤的季节。你可不能笑话我，我是认真的。

你且听我慢慢道来。大扫除的第二天，早上八点做摩擦时，阿正抱着脸盆出现在门口。她顶着一副憋笑的表情，径直朝我走了过来。我万万没想到这么快就会轮到阿正，一时间管不住嘴，嘀咕了一声："太好了。"

我真的很高兴。

"又在瞎说了。"阿正故作不耐烦地说完，马上做起了摩擦。"今天本来是竹姐，但是她有别的事，就由我代劳了。你不服气吗？"她的语气很是平淡，我心中略感不悦，就没有回答她。阿正也不再说话了。慢慢地，我开始觉得透不过气，全身憋闷。刚来道场时，阿正每次给我做摩擦，我都会莫名紧张，很不舒服。现在那种紧张又回来了，着实难受得很。很快，摩擦就结束了。

“谢谢。”我闷闷地说。

“把信还给我！”阿正压低了嗓门，但声音依旧尖锐。

“在床头抽屉里。”我仰躺着，皱起了眉，丝毫没有掩饰自己的不悦。

“不用了。你吃完午饭去一趟盥洗室好吗？到时候再还给我。”

说完，她不等我回话，就匆匆离开了。

她的态度生疏得奇怪。我稍微对她好一点，她就会这样蹬鼻子上脸。很好，既然如此，我也有我的想法。我决定今天非要教训她一顿，便耐心等待起了午休时间。

中午饭是竹姐拿来的。膳台角落里还有个竹子编的小娃娃。我抬起头，用目光问竹姐这是什么，竹姐皱着眉，异常烦躁地比了个手势，叫我别说出去。我不高兴地点了点头。真是搞不懂。

2

“我今早进城去了，为道场办点急事。”竹姐用正常的声音说。

“这是礼物吗？”不知为何，我有点失望，有气无力地问道。

“好看吗？这是藤姑娘。快收起来。”竹姐用大姐姐的腔调说完，转身走了出去。

我呆呆地坐着，一点都不高兴。头一天我才决定要坦率地接受别人的好意，但不知为什么，我就是接受不了竹姐的好意。这是我初来道场就形成的想法，现在已经无可动摇了。竹姐是助手组长，又是道场人人信赖的可靠人物，她应该更稳重一点才对。她跟阿正可不是一路人，为什么要去买这种无聊的娃娃，还说什么这是藤姑娘，好看吗？

我一边吃饭，一边盯着膳台上那个两寸多高的藤姑娘，越看越觉得不好看。品位太差了。这种东西，一定是被扔在车站小卖部的角落里，不知吃了多久的灰尘。性格爽朗的人都不擅长挑选礼物，竹姐似乎也不例外。反倒是看着有点离经叛道的阿正，挑选的礼物更讨人喜欢。这也没办法。我不知该怎么处置这个小玩意儿，甚至想过要不要还回去，然而头一天我才决心要照顾别人像堇菜花一样细小的自尊，现在只好垂头丧气地将礼物收进了床头抽屉里。若是再写竹姐的事情，你恐怕又要热血上头，就先写到这里吧。午饭过后，我姑且按照阿正的要求去了盥洗室。阿正靠着最里面的墙壁站在那儿，见到我便吃吃地笑了。我又有点不高兴，说出了连自己都感到意外的话。

“你是不是总干这种事？”

“啊？什么意思？”她脸上还挂着笑，瞪大眼睛仰头看我。我顿时觉得头晕目眩。

“总是把塾生……”拉到这种地方来。我觉得说这种话过于下流，就没敢说下去。

“是吗？那我下次不这样了。”阿正满不在乎地说着，像鞠躬似的弓着身子走了过来。

“信我拿来了。”我把信给了她。

“谢谢。”她面无表情地接了过去，“云雀啊，果然不是好人。”

“你凭什么这样说？”我瞬间落了下风。

“你是不是把我当成那种女人了？”阿正抬起苍白的脸，直盯盯地看着我，“你不感到羞耻吗？”

“我当然羞耻。”我没怎么反抗，就已丢盔弃甲，“因为我吃醋了。”

阿正咧嘴笑了，嘴里的金牙闪闪发光。

3

“我看过那封信了。”我本来打算好好教训阿正，可是半途收了竹姐那无趣的藤姑娘，一下挫了我的气势，反倒对阿正心怀内疚，带着近乎忧郁的心情来到了盥洗室。而阿正又那么娇媚，我突然生出了身为男子汉最叫人羞耻的心情，不小心说了丢人的话，被阿正听了个正着，几乎全然失措了。

“我都看了，特别有趣。笔头菜真是个好人啊。我都喜欢上他了。”我一味阿谀奉承，说出了违心的话。

“但是这封信太叫人意外了。”阿正若有所思地歪着头，展开了信纸。

“嗯，我也有点意外。”我是因为这信写得过于蹩脚而感到意外。

“太意外了。”阿正似乎觉得这是一件大事。

“你也写信给他了，对吗？”我又说了多余的话，不由得心中一凉。

“写了呀。”她倒是毫不在意。

我突然觉得很扫兴。

“那就是你诱惑了他。你真像个不良少女。你这种行为，就叫干蠢事，傻乎乎，像个小混子，也叫不要脸。你啊，太不像话了。”我恶狠狠地骂了一通，可是阿正非但不生气，还哈哈大笑起来。

“你认真听我说呀。笔头菜是有家室的人。这可不是开玩笑。”

“所以我给他的夫人写了感谢信呀。笔头菜离开道场时，我不是送他去了车站嘛。当时夫人送了我两双白足袋，我特意给她写了感谢信。”

“就这样吗？”

“就这样。”

“什么啊。”我心情又好了。“原来就这样而已。”

“没错。可他却给我写了这样的信，我看了很不舒服，都透不过气了。”

“那有什么好透不过气的，你不是喜欢笔头菜吗？”

“是喜欢呀。”

“什么啊。”我又扫兴了。“尽捉弄人，真没意思。你喜欢上有家室的人又能如何？他们夫妻俩看起来感情很好啊。”

“因为喜欢云雀更没用啊。”

“说什么呢，跟这有什么关系。”我愈发地不高兴了。“你太不认真了。我又没求你喜欢上我。”

“笨蛋，笨蛋。云雀什么都不懂。你明明什么都不懂——”说到这里，她就转过身去哭了起来。最后，她恶狠狠地对我说：

“你走开！”

4

我变得进退两难，气得在盥洗室来回踱步，也有一点想哭了。

“阿正。”我呼唤她的声音在颤抖，“你那么喜欢笔头菜吗？我也喜欢笔头菜。他是个善良的好人。我觉得阿正喜欢上他并不奇怪。哭吧，哭吧，痛快地哭吧，我也跟你一起哭。”

我为何会说出如此装模作样的话呢？现在回想起来，我觉得像在做梦。我很想哭，但只是眼角一热，并没有眼泪流下来。我瞪大眼睛，默默地注视着盥洗室窗外。网球场边上的银杏树已经染上了淡淡的黄色。

“快——”阿正不知何时来到了我身旁，“快回屋去吧，让别人看见不好。”她的语调冷静得让人害怕。

“看到又如何，我们没做坏事。”说出这句话时，我内心莫名雀跃。

“云雀真迟钝。”阿正跟我一起眺望着窗外的网球场，自言自语似的说道，“云雀来了之后，道场也变了不少。你肯定什么都不知道吧？我听场长说过，云雀的爸爸很厉害，是很出名的学者呢。”

“他倒是穷得出名。”一阵孤寂向我袭来。我已经两个月未曾见到父亲了。他现在还会大声擤鼻涕，连带纸门都震动起来吗？

“你肯定血统很好。自从云雀来了，道场突然变得更欢快，大家的心情也不一样了。竹姐也说，她从未见过这么好的孩子。竹姐很少谈论别人，但她可喜欢云雀了。不只是她，小金鱼和洋葱她们也一样。但是大家都很小心，害怕塾生传谣言给云雀添麻烦，所以故意不接近云雀。”

我不禁苦笑。多么廉价的喜欢啊。

“那叫敬而远之，不叫喜欢。”

“哎呀，你怎么这样说话。”阿正轻拍了我一下，随后手心轻轻搭在我的背上，“我不一样。我一点都不喜欢云雀，所以才能跟你说话。你可别想多了，我啊——”

我躲开了阿正。

“那你就尽管跟笔头菜通信吧。我直说吧，笔头菜写的信太差劲了。”

“我知道。就是差劲才给你看呀。若是写得好，谁会给你看。我对笔头菜一点感觉都没有，你别总这样说别人。”她的话语和态度都像变了个人，无比露骨，又无比低俗。“我已经没救了。你这么迟钝，肯定还不知道吧？现在大家都在说我跟你有一腿。这怎么办？你真的不在意吗？”

她低着头吃吃笑，还用右肩使劲顶我。

5

“停下，快停下。”此时此刻，我只能说出这句话来。大事不好了。

“你会为难吗？到底怎么样？你还要让我蒙羞吗？昨晚月亮那么亮，我睡不着就到院子里散步，看见云雀那边的窗帘拉开了一条缝，就跑去偷看了。你知道吗？云雀沐浴着月光，睡脸上挂着笑容呢。你的睡脸真好看。云雀，你说，该怎么办呀？”

她最终把我逼到了墙边。我突然觉得很没意思。

“不行，真的不行。我二十岁了，这样不好。喂，有人过来了。”我听见一阵拖鞋的脚步声朝这边走来。

“真没用，我说的不是这个。”阿正离开了我，仰头撩起发丝，哈哈笑了。她的脸红扑扑的，就像刚泡过澡。

“快到讲话时间了，我该走了。我讨厌拖拖拉拉地迟到。”

我跑出了盥洗室。那一刻，阿正突然压低声音说：

“你可不能跟竹姐好哦。”她的声音那么细小，却深深戳中了我的心。

秋天，果然是不好。

回到病房时，讲话还没开始。单相思躺在床上，哼着他最爱的都都逸。这首歌我听过几遍，是唱路边野草即使被众人踩踏也会在朝露中获得新生。每次他唱这首歌，我都不会感到烦闷和无趣，而是认认真真地倾听，想来真是奇怪。也许我变得懦弱了。

不一会儿，讲话开始了。这天的题目是日中文明交流，一位叫冈木的年轻医生给我们讲了医学上的交流，还列举了从古至今的许多例子，讲得深入浅出。这让我重新认识到，日本与中国向来都是互相帮助扶持的国家。然而，我心里依旧惦记着今天发生的秘密，很想彻底忘了阿正，变成跟以前一样纯真的模范塾生。

说到底，都是那个阿正不好。我本以为她多少有点头脑，没想到竟如此愚蠢。她刚才做了许多看似不顾一切的举动，但是连我都知道，那些举动毫无意义。我没有浅薄的自恋。阿正从来都只想着自己。笔头菜和我都不算什么。她只想陶醉在自己的美丽与楚楚可怜之中。她只是假装天真，实际虚荣心很强，肯定异常好胜，并且贪得无厌，别人的东西什么都想要。连我都能识破阿正的计谋。

6

阿正让我看笔头菜的信，兴许是想炫耀。可是她敏感地察觉到我瞧不起那封信，立刻换了态度，又是哭又是推，最后不小心说出了不成体统的话。她的自尊何止是堇菜花，更像是高傲的女王陛下。我可难以共情。她说别人都在谈论我跟她的关系，简直胡扯。从未有人因为阿正对我冷嘲热讽过。这都是她的一厢情愿。她从根子上缺乏教养，不识大体。也许正如越后所说，是她母亲不行。我冷静下来略加思考，顿时气不打一处来。我认为，阿正不配在道场当助手。道场是个何等神圣的地方。大家每天早晚认真锻炼，就是为了战胜结核病。若阿正以后再有如此露骨的言行，我会毅然将这件事告诉组长竹姐，请她赶走阿正。

下定决心之后，我总算不再沉湎于盥洗室那场噩梦了。

那就是一场噩梦。噩梦与人生毫无关联。即使我做了打你的梦，第二天也不会去向你道歉。我没有那种悲天悯人的宗教家或诗人的心。全新的男人，最厌恶麻烦的事情。

我本不想拘泥于噩梦，但是在盥洗室那场噩梦的第二天，也就是今天凌晨，我又做了一个梦。这回是个好梦。若是做了好梦，我就不想忘掉。我希望它与我的人生有所关联。所以，我一定要将这个梦说给你听。这是关于竹姐的梦。今天早上醒来，我又一次感慨，竹姐真是个好人。世上可没有多少像她那样好的人。难怪你会对竹姐如此上心。你不愧是诗人，拥有敏锐的直觉。目光高远。真不赖。由于你过于热衷竹姐，我担心你会相思误事，后来就不怎么提及竹姐的事情。然而，今早我清楚地意识到，自己全然没有必要那样做。

竹姐就是那种人，无论别人对她多么着迷，她都不会让那个人耽误了自己，甚至自甘堕落。所以，请你尽情地喜欢竹姐吧。我也决定向你看齐，从此更信任竹姐。不过话说回来，阿正真是个愚蠢的女人啊。她跟竹姐完全相反。正如你所说，她就像个没能走红的电影演员。昨天那件事之后，阿正又不顾轮班，到“樱之间”来做晚上八点的摩擦，并且像完全忘记了白天的事情，与硬面包和单相思嘻嘻哈哈、吵吵闹闹。当时是竹姐为我做摩擦，手法依旧干脆利落，听了阿正那边的无聊笑话，有时也会微微一笑。后来阿正大咧咧地走过来，用没礼貌的戏谑语气问：

“竹姐，我帮你吧？”

“谢了。”竹姐只是点点头，面不改色地回答，“我很快就完事。”

7

我就喜欢这样镇静自若的竹姐。竹姐蹩脚地向我示好时，显得那么落魄，叫人不堪入目。阿正听了她的话，转身回去找硬面包了。那时，我小声对竹姐说：

“阿正这个人好做作啊。”

“她其实是个好孩子。”竹姐慈爱地回答道。

那一刻，我心中暗道：竹姐做人方面果然比阿正更胜一筹吧？竹姐动作利索地做完摩擦，抱起喷子，去隔壁的“白天鹅之间”帮忙了。她走之后，阿正又笑眯眯地走过来小声说：

“你刚才对竹姐说什么了？我知道你肯定说了什么。”

“我说你很做作。”

“坏蛋！我就猜到是这样。”她竟不怎么生气。“你还拿着那个吗？”她用双手比了个方形。

“盒子吗？”

“嗯。你收在哪儿了？”

“那边的抽屉里。你要就还给你吧。”

“哎，我才不要。你得一辈子带在身上。不过应该很碍事吧。”她突然显得很低落，继而发出了好大的声音。“云雀这里看月亮果然好清楚啊。单相思，快来！我们在这儿赏月吧。今天是满月呢，不如作一首俳句吧？”

真是吵死人了。

那天晚上，我像往常一样睡下了。接近黎明时，我突然醒了过来。走廊的夜灯为室内带来一丝光亮。床头的时钟显示现在还不到五点。外面一片漆黑，窗口站着个人。阿正！我立刻猜到那是谁了。她的脸真白。只见她笑了笑，突然消失了。我站起来拉开窗帘，外面已经空无一人。这种感觉好奇怪。莫非是我睡糊涂了？就算阿正再怎么乱来，也不会这时候跑出来吧。看来我是个痴迷浪漫的人。我苦笑着钻进了被窝，心里始终惦记着这件事。过了一会儿，远处的盥洗室传来了哗啦啦的水声，就像有人在洗衣服。

就是那个！不知为何，我这样想道。刚才笑了笑又消失的人，肯定就在那里。没错，那个人就在那里。想到这里，我就再也躺不住，悄悄爬起身来，摸出了走廊。

盥洗间的灯泡发出了惨白的光芒。我伸头一看，发现那人穿着絣织和服，套一件白色围裙，圆润的身体蹲在地上缩成了一团。是竹姐，她在擦拭盥洗间的地板。她头上包着手巾，打扮得活像伊豆大岛的大姐。她转过头看见我，又默默地擦起了地板。那一刻，她的脸看起来无比纤瘦。道场的人尚在梦乡之中。莫非竹姐每天都这么早就起来打扫卫生？老实说吧，那一刻，我有生以来头一次生出了令人懊恼的可怕欲望。黎明前的黑暗中，翻腾着某种令人毛骨悚然的气息。

8

这盥洗室，对我而言就像鬼门。

“竹姐，你刚才……”我感到如鲠在喉，喘着气说，“到院子里去了？”

“没有啊。”她转过来，对我微微一笑，“小少爷，你怕不是睡糊涂了吧。哎呀，你怎么光着脚，真讨厌。”

这时我才回过神来，发现自己确实光着脚。我刚才过于兴奋，忘了套上草鞋。

“你这孩子真不让人省心。快把脚擦擦。”

竹姐站起来，在水槽里涮洗干净抹布，走到我身旁蹲下来，先拿起我的右脚，再拿起我的左脚，使劲擦了擦脚底。我觉得，连我内心最隐秘的角落，都变得光洁干净了。方才那奇怪的、可怕的欲望消失得无影无踪。我扶着竹姐的肩膀，让她帮我擦脚，同时故意模仿她的关西腔调说道：

“竹姐，今后你也多疼疼我呀。”

“你一定很寂寞吧。”竹姐不苟言笑，自言自语似的喃喃道，“好了，我的借给你，快去解了手，回房睡觉吧。”

竹姐脱下自己脚上的拖鞋，在我面前摆好了。

“谢谢你。”我假装平静地穿上了拖鞋，“也许我确实睡蒙了。”

“你不是来解手的？”竹姐冲洗起了地板，说话的声音就像成熟的大人。

“话是这么说……”

我如何开口对她说，自己看见窗外有个女人？看见那样的幻影，定是因为我的心不够清澈。我怀着龌龊的空想，鞋都顾不上穿就跑出了走廊。那样子是何等的浅薄，令我羞愧不已。相比之下，有的人却每日天不亮就起来，一心一意地做打扫。

我靠在墙边，又盯着竹姐看了一会儿，愈发意识到了人生的严肃。所谓健康，就是我眼前的这副身姿吧。多亏了竹姐，我心中的纯粹宝玉似乎变得更清澈透明了。

坦率的人真好啊，单纯的人最值得尊崇。我此前有点蔑视竹姐的善良，但是我错了。竹姐的爱不会让人堕落。这是很了不起的事情。我也要成为那种胸怀正确爱情的人。我日复一日地高飞，周围的空气逐渐变得冷冽了。

都说好男儿一生坎坷。全新的男人要懂得停下来休憩，然后身轻如燕地穿行而过，一路高飞。

如此想来，秋天看起来也不那么坏了。秋风送凉，心旷神怡。

阿正的梦是噩梦，我想尽快忘却，竹姐的梦……如果这是梦，我希望永远不必醒来。

这可不是热恋的痴语。

十月七日

硬面包

1

谨启。

外面的风好大，这就叫秋日的分野之风吧。美国驻军恐怕都要吓一跳。听说E市也来了四五百人，不过尚未来过这一带。场长曾告诫我们，不要过度惊慌，免得闹了笑话。所以，道场的人还算泰然自若。就是那个助手小金鱼有点低沉，因此总被大家调侃。听说小金鱼两三天前冒雨去E市办事，后来平安返回道场，晚上睡觉时竟哭了起来。大家都问她怎么了，小金鱼便哽咽着说出了下面这件事：

小金鱼在城里办完事，正在车站等候返程的汽车，看见一辆美军的空卡车在大雨中开了过来。那辆卡车不知怎的出了故障，恰好抛锚在车站前面，驾驶室里跳出来两个像孩子一样年轻的美国士兵，顶着雨水着手修车，却怎么也弄不好。两个人跟落汤鸡似的默默摆弄机械，没过多久，小金鱼她们要坐的汽车来了。她从站台跑出去上了车，在那一刻，突然像着了魔似的，从自己拎的包袱里掏出两个梨，塞给了修车的美国少年，并在他们说 thank you 的声音中跑上了汽车，正好赶上发车。就是这样一件小事。可是小金鱼返回道场后，随着脑子渐渐平静，心中竟涌出了莫名的恐惧，担心得不得了，最后到了晚上，干脆捂着被子哭了起来。第二天一早，整个道场都知道了这件事。有的人说这不怪她，有的人说成何体统，还有的人说莫名其妙，总之所有人都哈哈大笑。小金鱼被人调侃了也不苟言笑，只是摇摇头，说自己还心慌得厉害。

还有一件事。与我同病房的硬面包先生最近总是郁郁寡欢，似乎有什么烦恼。原来他也在为一件奇怪的事发愁。

硬面包这个人有点神秘主义，或者说很爱卖关子，平时并不亲近我们，总是保持疏远，叫人很是无奈。前天晚上七点刚过，大风就导致了停电，因此晚上的摩擦取消了，扩音器也无法工作，听不了晚上的报道，塾生们只得早早入睡。然而外面风声喧嚣，谁也睡不着。单相思躺在床上小声哼歌，越后狮子从抽屉里翻出蜡烛点燃，打着大大的哈欠铆足了劲修理自己的拖鞋。

“好大的风啊。”

硬面包脸上挂着莫名其妙的笑容，走到我们这边来。他很少到别人的床位附近玩。

2

也许正如飞蛾扑火，人类在狂风呼啸的夜晚也会被一点烛光吸引过来。

“是啊。”我撑起上半身，回应了他，“驻军看到这样的大风，恐怕也要吓一跳。”

他笑得更诡异了。

“哎，你真别说……”他煞有介事地说，“问题就在驻军身上。你先看看这个吧。”说完，他递来一张信纸。

信纸上写满了英文。

“我看不懂英文。”我红着脸说。

“肯定看得懂。你们这些刚从中学毕业的人，英语记得最牢。像我这样的，早就忘光了。”他笑眯眯地说着，坐在我的床脚，突然压低了声音对我说：“其实这是我写的英文，里面肯定有语法错误，想请你帮忙改改。你看了就知道。道场的人好像都觉得我英文厉害，若是啥时候来了美国士兵，他们搞不好要拉我出去当翻译。一想到这个，我就担心得不得了，你理解理解。”说完，他害羞地笑了笑。

“你的英文确实很好，不是吗？”我呆呆地看着信纸说。

“别开玩笑了，我根本当不了翻译。我一时得意忘形，对助手炫耀了太多英语。万一被拉出去当翻译，我却支支吾吾说不出来，那些助手肯定要小瞧我的。你说这多难堪啊。这段时间我成天担心这个，晚上都睡不好。你就体谅体谅吧。”说完，他又嘿嘿笑了。

我看了看那封英文信。上面虽有不少生词，但大致意思如下：

请你别生气，原谅我的冒犯。我是个可怜人。因为我的英文无论听说还是其他方面，皆如初生的婴儿那般生涩。以我的能力，远远无法完成那些事情。不仅如此，我还患有肺病。你要小心！多危险呀！你被传染的机会太大了。然而，我深深相信着你。我以上帝之名起誓，你是一位气质高贵的绅士。我毫不怀疑你定会同情我这可怜的男人。我虽不擅长英语会话，但勉强能够读写。若你有充分的耐心和善心，请将要办的事情写在纸上，并耐心等候一个小时。在此期间，我将在我的私室中研读你的文章，并尽我的最大能力给出答复。

衷心祝愿你身体健康。请原谅我粗鄙不堪的文字。

3

相较笔头菜那篇怪异而不可理喻的书信，这篇文章写得井井有条。但我研读下来，还是觉得滑稽无比。通过这满纸的英文，我充分体察了硬面包有多害怕被拉出去当翻译，又出于虚荣心，有多害怕自己出丑，辜负了助手们的期待，因此才会苦思冥想，做了这么一番准备。

“这看起来好像重要的外交文书呢，严谨庄重。”我憋着笑说。

“你别嘲讽我了。”硬面包苦笑着抢走了信纸，“这上面有什么错误吗？”

“没有。文章简洁明了，堪称典范了。”

“你是说拿来当反面教材的典范吧。”硬面包硬要谦虚，看表情倒是非常受用。接着，他又正色道：“一旦当了翻译，那责任可就重大了。我就是不想担那责任，才希望用笔谈的方式。然而我炫耀自己的英文知识有点得意忘形了，搞不好会被拉去当翻译。到时候我也不能推脱，真叫人伤脑筋。”他说完一脸沮丧，还做作地叹了口气。

我不禁感慨，每个人担心的事情都不一样啊。

也许因为外面刮着狂风暴雨，也许因为屋里微弱的烛光，那一夜，我们病房的四个人都围在越后狮子的蜡烛旁边，久违地畅谈了一番。

“自由主义者究竟是什么？”不知为何，单相思说这话时声音压得很低。

“在法国——”也许硬面包对英文心有余悸，转而披露起了法国相关的知识，“有一群被称为 libertin 的人，他们四处宣传自由思想，掀起了很大的风浪。那是十七世纪的事情，已经过去三百多年了。”他扬起眉毛卖了个关子，“这些人主要呼吁宗教自由。”

“怎么，原来是捣蛋鬼的意思啊。”单相思意外地说。

“嗯，差不多就是这样。他们大多过着无赖一般的生活。演了知名戏剧大鼻子风流剑客那个人，当时就是 libertin 的一分子。他们反抗那个时代的当权者，救助弱小。那时的法国诗人大多数也是 libertin。应该跟日本江户时代的侠客差不多。”

“什么啊。”单相思嗤笑起来，“那幡随院的长兵卫不也是自由主义者了。”

4

硬面包并没有笑。

“我认为可以这样说。当然，现在的自由主义者跟以前有所不同了。十七世纪的法国 libertin 就是这个样子的。花川户的助六和鼠小僧次郎吉或许也是自由主义者。”

“哦？还能这么说啊？”单相思听了十分高兴。

越后狮子还在缝拖鞋，也跟着微微一笑。

“所谓自由思想——”硬面包严肃地说，“其本质就是反抗精神。甚至可以说是破坏的思想。它并非排除了压迫和束缚之后方能萌芽的思想，而是作为对压迫和束缚的反抗，与之同时产生的对抗性思想。常有人举这样的例子——有一天，鸽子向上帝祈祷：‘我飞翔的时候，空气总是阻碍我，让我无法飞得更快，请你将空气赶走吧。’上帝听了它的愿望，结果鸽子怎么拍翅膀都飞不起来了。换言之，这鸽子就是自由思想。有了空气的阻力，鸽子才能振翅高飞。失去了斗争对象的自由思想，正如在真空里振翅的鸽子，再也无法起飞。”

“我记得有个人的名字跟这类似。”越后狮子停下手说。

“啊……”硬面包挠挠头，“我不是那个意思。这是康德的例证。我不了解现代日本的政界情况。”

“但你多少要懂一些。听说今后的年轻人啊，都会有选举权和被选举权。”越后像个长老一般镇定自若地说道，“自由思想的内涵，每个时代都不一样。为真理而战的天才们，可以说全是自由思想家。我个人觉得啊，自由思想的本源是基督。不要为生命忧虑，看那天上的飞鸟，也不种，也不收、也不积蓄在仓里[1]，这是多棒的自由思想啊。我认为，西方思想都以基督教的精神为基础，或是其延伸，或是其通俗化，或是对其质疑。由此生出的诸多学说，归根结底都与《圣经》相连。就连科学也并非与它毫无关系。无论在物理界还是化学界，构成科学基础的皆是假说。一切研究都从未曾有人亲眼见证的假说出发。也就是说，一切的科学都源自对假说的信仰。日本人在研究西方哲学与科学之前，应该先好好研究《圣经》。我虽不是基督教徒，但我认为，日本失败的真相，就是未曾研究《圣经》，只顾着学习西方文化的表层。无论是自由思想还是什么，若不了解基督教的精神，就无法真正理解。”

5

他说完后，我们都沉默了一会儿。连单相思都若有所思地摇头晃脑，一言不发。

“还有其他自由思想的内涵在不断变化的例子。”越后狮子那一夜格外雄辩，甚至有点崇高的隐士风范。也许，他真是个相当了不起的人物。我暗暗想：他若是身体健康，此刻说不定已经在为国家担当重任。“过去，中国有一位自由思想家，他反对当时的政权，愤然隐居山中。换言之，就是时不利我。他并没有发现那是自身的失败。那个人有一把名

1. 摘自《圣经·马太福音》第六章 25、26 节。

刀，他自信只要时机来临，就能用这把名刀刺杀政敌。十年过去了，世间早已是沧海桑田。他认为时机已经来临，便出了山去，向世人宣传自己的自由思想。然而，他的思想在那时已成了陈腐的投机主义思想。最后，他拔出名刀，试图向民众展示自己的壮志。可惜哉，曾经的名刀早已锈蚀。这个故事告诉人们，十年如一日的政治思想不过是迷惘的梦幻。自明治以来，日本的自由思想最初是反抗幕府，然后是反对藩阀，继而针对起了官僚主义。我想，孔子说的君子豹变，其意就在于此。君子一词之于中国，并非日本所理解的不沾烟酒的死板之人，而是通六艺的天才之意。可以说，他们都是有天赋的能人。这一类人就会豹变，会发生美丽的蜕变。那绝不是丑陋的背叛。基督教也有不可轻下誓言的教诲，还说莫要思考明日之事。这不都是自由思想家的先驱之言吗？狐有穴，鸟归巢，人子却无高枕之地。这不也是自由思想家的哀叹吗？哪怕一天的安稳都不可期求。其主张时刻在变，甚至瞬息万变。我们现在去批判旧日的军阀官僚，也已经不再是自由思想，而是投机思想。真正的自由思想家，此刻最需要抛下一切振臂高呼的，是另一句话。”

“是、是什么话？要高呼什么？”单相思慌忙追问道。

“那还用问吗？”越后狮子端坐起来继续道，“当然是高呼天皇陛下万岁！这句话在昨天还陈腐不堪，但在今日已是最新的自由思想。十年前的自由与现在的自由截然不同。那已经不是神秘主义，而是人类本真的爱。今日真正的自由思想家，应该高呼这句话舍身赴死。都说美国是自由的国度。那么，日本必然也会认可这自由的呐喊。若我现在没有患病，定要站在二重桥前，高呼天皇陛下万岁！”

硬面包摘下了眼镜。他在流泪。经过这疾风骤雨的一夜，我彻底喜欢上了硬面包。男人真好啊。什么阿正，什么竹姐，那些都不是问题。以上便是风雨夜灯火的道场通信。此致。

十月十四日

口红

1

感谢你的回信。你似乎很喜欢上次谈到风雨夜谈的信，我非常高兴。你说越后狮子可能是当代罕见的大政治家或声名远扬的学者，但我并不这么想。当今时代，反倒是街头巷尾的平凡民众，才会说出最正确的道理。统治者只知道惊慌失措、坐立不安。照这样下去，他们就要被民众抛弃了。总选举将至，若这些人一味发表词不达意的演说，民众恐怕要将议员视作一群蠢蛋。

说到选举，今日道场发生了一件奇怪的事情。中午过后，隔壁的“白天鹅之间”送来了传阅板报，上书：妇女获得参政权，诚然值得庆贺，然则本道场之助手近来浓妆艳抹之态，令人不忍直视。长此以往，妇女参政权亦怒其不争。据闻美国驻军凡见口红浓艳之妇女，皆误认为娼妇，此乃一大问题，不仅有损本道场之名誉，亦令日本全体妇女蒙羞……接着，后面又逐一列出了化妆过于浓艳的助手的绰号，并附文：“以上六名，尤以孔雀之装扮最为丑怪，如同大啖马肉之孙悟空。吾等常劝告之，然其全无反省之色，应将其逐出道场，以儆效尤。”

隔壁的“白天鹅之间”一直都住着铁骨铮铮的硬汉，颇受助手追捧的硬面包就是因为受不了那里的气氛，才逃到了“樱之间”。兴许是有了越后狮子的人望，“樱之间”的生活可谓春风拂面。看了这份传阅板报，单相思首先就表示不赞同，认为其言辞太过分了。硬面包咧嘴一笑，表示支持单相思的说法。

“这也太过分了。”单相思转向越后狮子寻求认同，“我认为应该一视同仁，不需要赶走那些助手。爱美乃是人之天性，我们无论在哪儿都要牢记。”

越后狮子默不作声地点了一下头。

单相思见他赞同，就更来劲了。

“你说，是不是这个道理？自由思想不应该是这样小家子气的东西。这位小老师意见如何？你觉得我说的有错吗？”他又来寻求我的赞同了。

“隔壁房的人应该也不是非要赶走她们吧。也许只是想表明态度。”我笑着回答。

“不，你说错了。”单相思立刻否定道，“我认为妇女参政权和口红之间并不存在致命的矛盾。那帮人就是因为讨不到女人的欢心，想用这种方式报复。”

2

接着，他又说出了自己的名言。

“世上有大勇和小勇，那帮人不过是小勇罢了。他们还说我是没毛的娘娘腔。本来我就不怎么喜欢单相思这个绰号，被人说成没毛的娘娘腔，那谁受得了。”他越说越气，干脆跳下床来，系紧了腰带，“我要把这传阅板报退回去。

诸位，这件事就交给我吧。我要教训教训他们。”他脸色都变了。

“回来，回来。”越后狮子用手巾揩着鼻子说，“你不能去，还是交给那位老师吧。”

“交给云雀？”单相思甚为不满，“恕我直言，这个任务对于云雀来说过于沉重了。隔壁那帮人早有前科，已经不是一天两天的事情了。他们说我是没毛的娘娘腔，我怎能忍气吞声。这是自由与束缚的问题。自由与束缚，君子豹变。他们根本不懂得基督的精神。如果实在不行，还要叫他们看看我的厉害。云雀肯定不行。”

“我去吧。”我下了床，径直走过单相思面前，拿起他手上的传阅板，离开了房间。

“白天鹅之间”的人似乎都在焦急等待“樱之间”的回答。我刚进门，八个塾生就围了过来。

“我们的提案如何，是不是大快人心？”

“‘樱之间’那帮软弱的男人都佩服得五体投地吧？”

“他们该不会叛变吧？”

“我们塾生要团结起来，要求场长赶走孔雀。她那样的孙悟空，不配拥有选举权。”

他们你一言我一语，说得很是兴奋，看起来都像天真无邪的坏小孩。

“可以交给我吗？”我大声压过了他们。

几个塾生沉默了片刻，马上又吵闹起来。

“你凑什么热闹，别抢风头。”

“云雀难道是妥协的使者吗？”

“‘樱之间’的人太缺乏紧张感了。现在正是决定日本命运的重要时期。”

“日本都要堕落成四等国家了，你们还整天追在美女身后流口水。”

“你一进来就说这个，到底想干什么？”

“今晚熄灯之前——”我挺直身子大喊道，“我会把结果告诉你们。如果各位不同意我的做法，那就照你们说的做。”

他们又一次安静下来。

3

“你反对我们这个提案吗？”过了一会儿，一个外表三十多岁，眼神如同锦蛇的男人问道。

“我很赞成，并且想到了一个很有意思的计划。所以请让我先试试看。”

他们听了这话，似乎有点泄气。

“没问题吧？谢谢各位了。传阅板我先借走，晚上再还回来。”说完，我飞快地走出了“白天鹅之间”。这样就够了，一点都不难。接下来只需交给竹姐就好。

我回到自己的病房，单相思直呼可惜。

“云雀，你这样不行啊。我可在走廊上都听到了。你这么做，能解决什么呢？既不是基督教精神，也不是君子豹变。你就该用一句狠话叫他们哑口无言。自由与束缚！就该这么说。那帮人不明白道理，所以最好的办法是跟他们讲道理。自由思想就像空气和白鸽。你为何不这么说呢？”

“请把这件事情交给我，保证熄灯之前解决。”我只留下这句话，便躺到了床上。感觉有些累了。

“你就交给他吧。”越后虽然躺着，但声音很有威严，于是单相思不再说话，像是不情不愿地睡了。

其实我内心并没有计划，只是乐观地期待竹姐看了传阅板自然会想办法。下午两点做伸展锻炼时，竹姐从走廊经过，正好看了我一眼，我立刻不动声色地向她招了招手。她微微点头，立刻走了进来。

“有事吗？”竹姐严肃地问。

我一边伸展腿部，一边小声说：

“枕边，枕边。”

竹姐看见了放在枕边的传阅板，拿起来草草读了一遍。

“先借我看看吧。”她冷静地说完，将传阅板夹在了腋下。

“亡羊补牢，越早越好。”

竹姐了然地点点头，然后走向窗边，默默地看着外面的景色。

过了一会儿，她对着窗外，用毫不做作的语气说：

“源爷真是辛苦了啊。”那个叫源爷的老人这两三天一直在外面拔草。

“刚过完年中已经拔过一次。”源爷答道，“现在又长得老高了。”

我听见竹姐那句“辛苦了”，顿时佩服得五体投地。她那副丝毫不在意传阅板的冷静态度已然很了不起，但最让我感动的却是话语中的关怀。她是那么的泰然自若，游刃有余，就像大户人家的夫人站在廊前犒劳家中的园丁，给人以极富教养的印象。记得越后曾说过，竹姐的妈妈一定是个了不起的人。于是我彻底放下心来。这化妆的事情交给竹姐，一定也能完美解决。

4

我的信任得到了超出预料的回报。四点的自然时间，走廊的扩音器突然发出了声音。

“请各位留在原位，不必紧张。”播音员说道，“关于各位塾生一直关心的助手化妆问题，现在特在此向大家汇报，从今日起，助手将主动做出整改。”

隔壁的“白天鹅之间”传来了一阵欢呼。临时播报尚未结束。

“今日晚饭后，助手将各自洗去妆容，今晚七点半的摩擦时间，她们将以不会招致美国人误解的朴素容貌出现在各位塾生面前。另外，牧田助手还希望向各位塾生致歉，请大家认真聆听她由衷的话语。”

广播里说的牧田助手，就是绰号孔雀的人。孔雀清了清嗓子，开口道：

“本人——”

隔壁房间爆发出笑声，连我们这间房的人也都微笑起来。

“本人——”她的声音又尖又细，宛如蟋蟀鸣叫，“不分时间场合，而且身为最年长者，却犯了冒失的错误。本人要向各位再次深深致歉。还请今后继续不吝赐教。”

“很好，很好。”隔壁房间又传出了声音。

“多可怜啊。”单相思感慨着，瞥了我一眼。我有点尴尬。

“最后。”广播员接过话筒，“全体助手一同请求各位，请立即停用牧田助手以前的绰号。今日的临时播报到此为止。”

很快，“白天鹅之间”就送来了传阅板。

“我等皆心满意足，有劳云雀打点此事。现建议将孔雀更名为‘本人’。”

单相思当即反对了这个绰号的提案。他说“本人”这个绰号实在过于残忍了。

“这也太过分了。那姑娘发言的时候多努力啊，人家不也叫我们认真聆听她由衷的话语吗？这就是‘看那天上的飞鸟’呀。应该一视同仁。都说害人终害己，反正我坚决反对。孔雀都要洗掉脸上的白粉，露出底下的黑皮了，不如改名叫‘乌鸦’吧。”

这个绰号反倒更辛辣恶毒，一点都不好。

“孔雀改头换面，变成素面朝天的模样，不如去掉‘孔’字，单留一个‘雀’，叫‘麻雀’好了。”越后说完，呵呵笑了起来。

虽说“麻雀”这绰号安得过分死板，毫无新意，但毕竟是病房长老的意见。于是我在传阅板上写下：“本人”过于残忍，“麻雀”恐怕更为稳妥。接着，就让单相思拿过去了。听说“白天鹅之间”接到了各个病房的绰号提案，也许最后还是会保留“本人”。因为孔雀方才轻咳一声，开口说出“本人”的瞬间，着实是非常滑稽，叫人难忘。“本人”以外的绰号，都相形见绌了。

5

七点做摩擦时，小金鱼、阿正、霍乱、竹姐各自抱着脸盆走进了“樱之间”。竹姐一脸淡然，径直朝我走来。小金鱼和阿正都被列入了浓妆警告的名单，可是当天晚上她们走进来时，我只注意到发型略有一些改变，脸上依旧化了妆。

“阿正不是还涂着口红嘛。”我小声对竹姐说道。竹姐唰唰地做着摩擦回答道：

“就这样已经又擦又洗，去掉很多了。我叫她们都去掉来着，但能管用吗？都是年轻人嘛。”

“竹姐出了不少力啊。”

“其实场长也提醒过几次。他听了今天的临时播报，现在可高兴了，还问我今天这播报是谁提出来的。我说是云雀，那个不苟言笑的场长竟笑着说，这孩子真有意思。”今天的口红事件或许也影响了竹姐，她的话变得特别多。

“那可不是我提出来的。”必须明确功劳的归属。

“那不一样吗？要是云雀不说，我也懒得行动。你说谁会主动站出来招人嫌啊。”

“你招人嫌了吗？”

“没有。”她扬起那有特色的清凉微笑，摇了摇头，“虽然没有招人嫌，但我也不好受。”

“听了孔雀的发言，我也不好受。”

“嗯。是牧田助手主动提出要发言的。她心肠不坏，是个好人，只不过不太会化妆而已。其实我也涂了点口红，你看不出来吧？”

“怎么，原来你也是共犯。”

“看不出来就不碍事。”竹姐若无其事地继续做摩擦。

我不禁想：果真是女人啊。那一刻，我头一次觉得竹姐可爱了。就算是大鲷鱼，也不可小觑。

看完感觉如何？我再一次邀请你来访问道场。这里有一位值得尊敬的女性。她既不属于我，也不属于你。她是当今日本能向世界夸耀的唯一宝物。这样的称赞难免有些夸张，连我自己都无言以对，总而言之，这种毫无妖艳之色却叫人万分喜爱的年轻女子，难道不是少之又少吗？你对竹姐应该也没有了情色之爱，只对她怀有喜爱之情。这是我们全新的男人的胜利。唯有我们才能做到男女之间只存信任与友爱的交往。唯有全新的男人，才能品尝到这天赐的甘美果实。若你想品味这纯净的滋味，年轻的诗人啊，请立即造访本道场吧。

不过，你也可能早在自己的生活中品尝到了纯净甘美的果实。

十月二十日

花宵老师

1

昨日你来访问，我万分高兴。你还给我带来了花束，又分别赠予竹姐和阿正一人一册红色英语小辞典。不愧是诗人的心意。你为竹姐和阿正带来礼物之事，我尤为感激。

此前收到她们送的雪茄盒与藤姑娘，我虽然有些无奈，但依旧惦念着将来必须回礼，而就在这时候，你善解人意地带来了礼物，让我长出一口气。看来，你有着比我更崭新的一面。我对于女人的馈赠，以及赠人礼物这件事，总还有一些古板。我认为这是一件有失体统的事情。也许，这正是我的陈旧之处。我要努力修行，争取将来也能像你那样不亢不卑地互相赠答。我从你身上又学到了一课，那就是你清朗的美德。

阿正把你带进病房，告诉我“有客人”时，我的内心骤然一惊，几乎要发生内出血了。你明白这种感觉吗？久违地见到你，我自然非常高兴，可是看见你与阿正有说有笑地走过来，仿佛早已相识的旧知，我的喜悦都被巨大的惊愕冲淡了。我感觉，这就像一个童话。去年春天我也体验过同样的感觉。

去年春天，我从中学毕业后，立即罹患了肺炎，发起浑浑噩噩的高烧。一次，我不经意间看向旁边，发现中学的班主任木村老师正跟母亲有说有笑。那一刻，我也深受打击。

那两个人分别处在学校与家庭这两个相去甚远的世界，那时却在我枕边像旧知一般交谈。实在是不可思议，就像在十和田湖望见了富士山那样不可思议。我沉浸在一股混乱的童话感觉中，心中充斥着幸福。

“你看起来精神了好多呀。”你这样说着，将花束递给我。见我手足无措，你又用极其自然的态度对阿正说：“你能借一个花瓶给云雀吗？什么样的都行。”阿正点点头，去找花瓶了。我真的如同身在梦境，不知该如何理解眼前这一幕。

“你认识阿正吗？”我甚至问出了愚蠢的问题。

“不是通过你的信认识的吗？”

“也对。”

我们两人大笑起来。

“你一眼就认出那是阿正了？”

“一眼就认出来了。她比我料想的还好。”

“好在哪里？”

“你好烦啊，肯定是还对她有意思吧。她没有我想象的那样粗俗，只是个孩子罢了。”

“是吗？”

“但也不坏，骨架子看起来也很小。”

“是吗？”

我心情甚好。

2

阿正拿来了一只细长的白色花瓶。

“谢谢。”你接过来，将花束随便拢一拢便插了进去。“过后你就请竹姐帮忙好好弄弄吧。”

那句话啊，说得不太好。虽然你很快就从口袋里掏出小辞典送给阿正，可她还是不怎么高兴，只是有礼貌地接了礼物，大步走了出去。这证明阿正心里很不愉快。她平时并不会如此生分地对人鞠躬。但我知道你眼里只有竹姐，怎么说都没用。

“天气很不错，我们到二楼的阳台去说话吧。现在正是午休，可以上去。”

“我从你的信中都知道了，所以才瞅准午休时间来的。今天是星期天，还有广播听，对吧。”

我们笑着上了楼。从那里开始，我们突然一本正经地谈论起家国天下了。这究竟是为什么呢？我们早已将性命托付给那位尊贵的人，只需他一声令下，便会赴汤蹈火。既然已经做了决定，还有什么可谈论的呢？尽管如此，我们还是兴奋地谈论了所谓新日本重建的各种征兆。想来，男孩子无论关系多么亲密，在久别重逢之时，都会像我们这样高谈阔论，迫切地希望对方认可自己的进步吧。走到露台后，你又愤慨地说起了日本从初等教育开始就做得不好。

“一个人童年接受的教育能够决定其一生，我应该安排更有高知远见的人物从事初等教育。”

“没错，那些只知道惦记报酬的人靠不住。”

“正是这样。如果不重视功利性的危害，这教育就办不好。那些大人之间的利益纠葛，我已经受够了。”

“一点没错。虚有其表和装腔作势已经过时了。他们的本质早已暴露无遗。”

你似乎跟我一样，不擅长讨论。我总觉得，我们一直在重复同样的话。

后来，我们那蹩脚的讨论就渐渐持续不下去，开始一个劲地罗列“只不过”“简言之”“反正”“说到底”，变得越来越不知所云。就在那时，竹姐突然出现在楼下门口的草坪上。我忍不住喊了一声：“竹姐！”那一刻，你好像紧了一下裤腰带吧。那是什么意思？竹姐右手挡着额头，抬头看向露台，笑着说：

“干啥呀？”

竹姐说这句话时的模样，可是一点都不差呢。

“有个特别喜欢竹姐的人，到这儿来看我了。”

“你快别说了。”你对我说。面对那样的场景，确实只能笨嘴拙舌地叫人闭嘴。因为我就有过差不多的经验。

3

“欢迎啊！”竹姐脖子歪了四十五度以上的角度，笑着朝你说，“欢迎欢迎。”

你涨红了脸，还对她鞠躬了对不对？后来，你愤愤不平地笑着对我说：

“原来她这么漂亮。真是太丢人了。你只在信上说她又高又大，是个大方得体的人，我就安心地夸奖了一番。结果竟是个大美人嘛。”

“跟你想象的不一样吧。”

“不一样，不一样，太不一样了。你说她又高又大，我就猜她可能长得像匹马，结果呢，人家那叫高挑纤细。而且她也不黑呀。我可不想靠近那样的美人。太危险了。”你飞快地说着，竹姐已经在下面微微颔首，转身走去旧馆了。见她走开，你连忙从口袋里摸索出小辞典，对我说：

“哎，你快把竹姐叫住，我有礼物给她。”

“竹姐！”我大声叫住了她。

“我就这么扔下去了，你别见怪。这是云雀托我带的，可不是我送给你的哦。”你抛出那本可爱红皮小辞典的动作是那么的自然大方，我又一次暗中敬佩不已。竹姐灵巧地接住你纯净的礼物，护在胸口，对你说了一句：“谢谢了。”

无论你怎么说，竹姐都知道那是你送的礼物。你凝视着竹姐走向旧馆的背影，叹了口气，一脸严肃地嘀咕道：

“太危险了，她太危险了。”

你的样子可真是太滑稽了。

“哪里危险了。就算你跟她单独待在漆黑的房间里，也不用担心什么。我已经做过实验了。”

“那是因为你太迟钝。”你用怜悯的口吻对我说，“你压根分不清美人和普通人，对不对？”

我生气了。你才什么都不懂。竹姐在你眼中这么美，是因为她的心灵美反映在了你坦率的心中。只要仔细观察就会发现，竹姐一点都不美。阿正比她漂亮多了。不过是竹姐的品行之光让她看起来美丽罢了。在女人的容貌方面，我的审美可比你严格得多。不过在当时，我认为与你议论女人的容貌难免过于下流，才没有说话。不知为何，只要一提到竹姐，我们就容易较劲，变得有些尴尬。这样不好。真的，请你相信我。竹姐不是美人，你不必感到危险。哪里有什么危险呢？竹姐只是个跟你不相上下的、认真死板的人罢了。

我们在露台上默默地站了一会儿，你突然说起，我旁边的越后狮子是一位著名诗人，名叫大月花宵。就这样，我们再也顾不上竹姐了。

4

“怎么会？”我仿佛正在做梦。

“应该是真的。刚才我瞥见他，顿时心里一惊。我的兄长们都喜欢他的诗，所以我从小就经常看见他的照片，很熟悉他的长相。现在我也喜欢那个人的诗。想必你听过这个名字吧？”

“当然听过。”

我虽然不懂诗歌，但还是熟知大月花宵描写姬百合与海鸥的诗，甚至倒背如流。没想到那些诗的作者竟与我挨着病床生活了几个月，简直难以置信。我虽然一点都不懂诗，但正如你所知，在尊敬天才诗人这件事上，从来不落人后。

“原来是他啊……”我默默感慨了好一会儿。

“不，其实我也不确定。”你略显无措地说，“因为刚才只是匆匆瞥了一眼。”

我们认为应该进一步仔细观察，再加上快到广播的时间，于是便回到了楼下的“樱之间”。越后躺在床上。我从未感到过越后的身影是如此雄伟，真正是沉睡的狮子一般。你还记得吗？我们对视一眼，不动声色地点点头，同时不由自主地叹了口气。由于太过紧张，我们都顾不上说话，只是背靠窗户站着，听扩音器播放音乐。节目进行到助手们合唱《奥尔良的少女》时，你用力戳了戳我的侧腹。

“这首歌是花宵老师写的。”你兴奋地对我低语，接着我也想起来了。小时候，我在少年杂志上读到过介绍这首歌的带插图文章，还盛赞那是花宵老师的杰作。我们偷偷关注着越后的表情。他刚才一直仰躺在床上闭着双眼，听见《奥尔良的少女》便睁开了眼，似乎还略微撑起了脑袋。他认真听了一会儿，再次放松身体躺下，闭上了眼睛。啊，他闭着眼，脸上露出了何等寂寥的笑容。你握紧右手，做了个朝天空击拳的怪异动作，接着就要跟我握手。我们不苟言笑，用力地握住了彼此的手。现在想起来，我依旧不明白那究竟是为了什么而握手，可是那一刻，我们都异常激动，若是不握手，就难以压抑内心的兴奋。你与我都特别兴奋。《奥尔良的少女》结束后，你用异常沙哑的声音说：

“我该走了。”

我点点头，送你到走廊上，然后我们同时喊道：

“真的是！”

5

到这里为止，都是你亲身经历过的事情。我与你道别后，独自回到房间，心情早已超越兴奋，几乎到达了让人头晕目眩的恐惧状态。我故意不看越后，匆匆走到自己的床位上躺下，可是心情莫名惶恐焦躁，让我坐立难安，最后终于忍不住小声喊道：

“花宵老师！”

没有回应。我咬咬牙，转头看向花宵老师。越后一言不发地做起了伸展锻炼。我也慌忙做起了运动。先大大分开双腿，再用手指挨个搓动脚趾。做着锻炼时，我相对平静地说了一句：

“她们唱歌的时候，肯定不知道歌词是谁写的吧。”

“作者被忘掉了也没什么。”越后淡然回答道。这下，我更确定他就是花宵老师了。

“以前真是太失礼了。刚才还是朋友告诉我，我才知道了真相。我和他都是从小就喜欢上了您的诗。”

“谢谢。”他认真地说道，“不过，现在当越后让我感到更轻松。”

“您近几年怎么不写诗了？”

“时代变了啊。”说完，他呵呵笑了。

我内心一阵悸动，再也说不出轻佻的话来。于是，我们默默地做了一会儿运动。接着，越后突然生气说：

“别老在意别人的事情！你最近有点嚣张了！”

我吓了一跳。越后从来没用这样的语气对我说过话。总之，还是赶紧道歉为妙。

“对不起，我再也不说了。”

“没错，别再说了。你们不懂。你们什么都不懂。”

事情变得着实非常尴尬。诗人真的太可怕了，往往不知怎么的就感觉遭到了冒犯。那天一整天，我们都没有说话。助手来做摩擦，对我说了许多话，我也始终满脸不高兴，没怎么作答。其实我很想告诉阿正，我隔壁床的越后正是《奥尔良的少女》的作者，叫她大吃一惊。然而越后叫我别再说了，唉，实在是没办法，我昨晚都是哭着睡着的。

不过今天早晨，那位震怒的花宵老师竟然完全息怒了。这让我松了好大一口气。今天早晨，越后的女儿久违地来探望他了。她叫清子，跟阿正年龄相仿，性格恬静，只是面黄肌瘦，眼角微微吊起。她来的时候，我们正在吃早饭。那姑娘解开了她带来的一大包东西，还对越后说：

“我做了点佃煮。”

“是嘛，那你快拿出来，我现在就尝尝吧。对了，你分一半给旁边的云雀哥哥。”

我心想：哎？越后以前称呼我，不是叫那位小老师，就是叫书生或小柴君，从未亲昵地叫过云雀。

6

那姑娘拿着佃煮走了过来。

“你有东西装吗？”

“啊，哦。”我很是慌张，“在那边的柜子里。”说着，我就要下床去拿。

“是这个吗？”姑娘已经蹲下来，从我床下的柜子里拿出了铁皮饭盒。

“啊，就是那个。真不好意思。”

那姑娘蹲在床脚，将佃煮移到了饭盒里，还问我：

“你现在吃吗？”

“不，我已经吃好了。”

她将饭盒收好，又站了起来。

“哎呀，真漂亮。”

她夸奖了你胡乱插在瓶子里的菊花。当时你多嘴说了一句叫竹姐整理，害我反倒不好意思找她，去找阿正又显得过于刻意，于是就放着没动。

“这是我朋友昨天胡乱放下的，又没人帮我整理。”

姑娘看了一眼越后。

“帮他弄弄吧。”越后似乎也吃完了早饭，一边剔牙一边笑着说。他看起来心情那么好，反倒让人有点害怕。

姑娘红着脸，有点拘谨地走过来，先拿出了所有菊花，再一朵一朵插回去。得到这么一个合适的人帮忙整理花束，我特别高兴。

越后盘腿坐在床上，饶有兴致地看姑娘插花。

“要不，我再写写诗吧。”他喃喃道。

我怕乱说话又被吼，便没有吱声。

“云雀小哥，昨天不好意思了。”他说着，不好意思地缩起了脖子。

“没什么，是我不该乱说话。”

就这样，我们出乎意料地和好了。

“要不，我再写写诗吧。”他又重复了刚才的话。

“请您写诗吧。哪怕是为了我们，也请您写诗吧。我们现在最渴望的，就是像您写的那种轻快而纯净的诗歌。我虽然不懂诗，但我知道，我们现在渴求的，是莫扎特的音乐那样轻快、高雅而纯净的艺术。那些故作姿态、假装深沉的东西已经过时，早已被看透了。难道没有诗人来歌颂一下焦土缝隙间的茵茵青草的美丽吗？这并不是逃避现实。痛苦，我们已经品尝得无比透彻了。我们已经做好了坦然面对一切的准备。绝不逃避。我们早已交出了自己的性命。现在，我们身轻如燕。现在我感觉，唯有迎合了那种心情、轻快迅疾、如同一道清流的艺术，才是真正的艺术。我们不要生命，也不要名誉。否则，我们就绝对无法渡过这个难关。看那天上的飞鸟吧。主义不再重要，那种东西糊弄不了我们。只需轻轻触碰，我就能明白一个人的纯粹。问题在于那个触碰。那是音律。若它不高雅纯净，那便是虚假。”

我努力讲述了自己并不擅长总结的道理。说完以后，我突然很害羞，真希望自己一句话都没说。

7

“时代原来变成这样了啊。”花宵老师用手巾擦了一下鼻头，躺倒在床上。“总之，我得尽快离开这里。”

“没错，正是如此。”

我住进道场后，直到那一刻才真正产生了渴望尽快恢复健康、出去重新生活的焦急。说句不知好歹的话，我突然觉得日子缓慢得让人烦躁。

“你们不一样。”老师好像敏感地察觉到了我的心情。“无需焦躁。只要安安心心在这里生活，有一天必将痊愈。到事后，你就能投身重建日本的大业了。我啊，我已经老了——”说到这里，越后见女儿插好了花，便换上了欢快的语气说道：“怎么比以前还糟糕啦。”

姑娘回到父亲床边，用极其细小的声音气哼哼地说道：“爸爸！你又抱怨了。现在早就不流行那个啦。”

“连我的抒怀都不再被世间所接纳了吗？”越后说着，还是很高兴地呵呵笑了。

我已经忘却了方才的焦躁，沉浸在万分幸福的感觉中，露出了微笑。

新的时代的确已经来临了。它就像羽衣一样轻盈，像白砂上流淌的小溪一样清冽。中学的福田和尚老师曾教过，芭蕉在其晚年提倡了“轻”，将其置于“侘”“寂”与“栞”之上。像芭蕉这样的名人也要到晚年才开悟并憧憬的最高等的心境，我们早已自然而然地到达，这如何让人不感到骄傲呢？这个“轻”绝非轻薄。若不舍弃欲望与生命，就无法体悟这种心境。它是奋发努力、流尽汗水后吹来的一阵清风，是在全世界大混乱之后的窘迫空气中诞生的、羽翼几近透明的轻盈鸟儿。不明白这种心境的人，将永远被历史的奔流排除在外，抛在身后。啊，有多少事物都在渐渐陈旧。这里没有任何道理。唯有失去了一切，舍弃了一切之人的平安，才是“轻”。

今早，我对越后发表了一通极为蹩脚的艺术论，结束之后羞愧万分。可是我发现，越后的女儿似乎也暗暗支持着我们，便因此获得了莫大的自信，重新点燃了全新的男人的气焰，并尝试补足了那番发言。

顺带一提，道场的人对你的评价都很好，希望你为之骄傲。你来道场走了一遭，这里的气氛就突然变得明快起来了。看那花宵老师，仿佛年轻了十岁。竹姐和阿正都叫我代为问好。阿正说：

“他的眼神很不错，像个天才。他的睫毛好长，每次眨眼都能发出啪嗒啪嗒的声音。”她说话很夸张，你最好不要相信。再来说说竹姐的评价吧。希望你不要过于紧张，平静地听听就好。竹姐说：

“他跟云雀很好呢。”

仅此而已。不过，她说这句话时涨红了脸。以上。

十月二十九日

竹姐

1

谨启。

今天有个令人悲痛的消息。这悲痛就像读作悲痛，实则写作思恋，是种奇怪的悲痛。竹姐要嫁人了。她要嫁给场长了。她要嫁到本健康道场的场长、田岛医学博士家中了。今天，我听阿正说了这件事。

且待我从头说起。

今早，母亲给我带来了大包小包的换洗衣物和其他物品。她每月来两次，为我打理身边的琐事。今天，她凝视着我的脸，问道："是不是有点想家啦？"她每次都这么问。

"也许吧。"我故意撒了谎。每次都这样。

"听说今天能送妈妈到小梅桥呢。"

"谁？"

"不知道呀，你说是谁？"

"我吗？我能出去？批准了吗？"

母亲点点头。

"如果你不愿意，那就算了。"

"谁说不愿意了。我已经能日行十里了。"

"也许吧。"母亲学了我的话。

我脱下穿了四个月的睡衣，换上久违的絣布和服，跟母亲一起走出了玄关。场长双手背在身后，默不作声地站在那里。

“如何？能走吗？”母亲自言自语似的说了一句，咧嘴笑了。

“男孩子一岁就会走路了。”场长不苟言笑地说了句蹩脚的玩笑话，“我派个助手陪你们吧。”

阿正在白色护士服上披了印茶花的红色羽织，一路小跑着从办公室出来，慌慌张张地对母亲鞠了一躬。场长派的陪同，就是阿正。

我穿着崭新的马蹄屐，率先走了出去。马蹄屐不知怎的有点重，我踉跄了一下。

“哎呀，走得真好。”场长在后面调侃道。他的语气不像是关心，反倒让人感觉到冰冷强悍的意志，像在训斥我做得不够好。我很沮丧，也不回头，又匆匆走了五六步。场长又在后面说：“刚开始走慢点，刚开始走慢点。”这回他的语气已经是毫不遮掩的斥责，但他的话语却让人感到了令人欣慰的关怀。

我放缓了脚步。母亲与阿正小声交谈着跟了上来。我们穿过松林，来到柏油路的县道上，我突然感到轻微的眩晕，便停了下来。

“好大啊，这路好宽啊。”柏油路沐浴着秋日柔和的阳光，散射着微弱的光芒。但是那一刻，我仿佛看见了漫无边际的大河。

“能撑住吗？”母亲笑着说，“要不下次再请你送我？”

2

“没事，没事。”我迈开了步子，故意将马蹄屐磕出清脆的响声。“我已经习惯了。”那个瞬间，一辆卡车飞快地开了过去，我忍不住大喊一声。

“好大啊，那卡车真大。”妈妈立刻学着我的样子说。

“大倒是不大，但是很强悍。好厉害的马力。听说有十万马力呢。”

“那刚才的应该是原子能卡车吧？”母亲今天早上也格外兴奋。

我们慢慢走着，快到小梅桥的汽车站时，我突然听见了意想不到的消息。母亲与阿正边走边聊天，突然说道：

“听说场长最近要结婚啦？”

“对的，很快就要跟竹中小姐结婚了。”

“竹中？就是那位助手？”母亲似乎也吃了一惊。但我的吃惊胜过她百倍，真的像受到了十万马力的原子能卡车的迎头撞击。

母亲很快恢复了平静，说道：

“竹中助手是个好姑娘呀，场长真有眼光。”

说完，她露出灿烂的笑容，没有再细问，而是平稳地换了话题。

我已经想不起自己如何在车站与母亲道了别。我只觉得眼前一片昏蒙，心脏扑扑乱跳，真是太难受了。

向你坦白吧。其实我喜欢竹姐。从一开始就喜欢竹姐。我对阿正没有一点感觉。我就是为了想方设法忘掉竹姐，才故意亲近阿正，努力喜欢上阿正，但怎么都不成功。我在写给你的信中只说阿正的优点，又说了好多竹姐的坏话。那并不是为了欺骗你，而是希望通过这样的书写打消我心中的感情。就算我是个全新的男人，一想到竹姐还是会感到身体沉重、羽翼萎缩，变成一个如同猪尾巴那样无趣的男人。哪怕赌上我这全新的男人的脸面，我也想理清楚自己的情绪，消除对竹姐的感情，所以我不断鞭策自己，说竹姐只是个善良的人，长得如同大鲷，不擅长买礼物，说了她好多坏话。希望你稍微体察一下我的苦衷。我盼望着，如果你能体察我的苦衷，与我一起说竹姐的坏话，也许我真的会讨厌竹姐，一身轻松。然而事与愿违，你竟也迷上了竹姐，让我不知如何是好。于是我换了一种战术，对竹姐大加赞扬，然后向你鼓吹什么纯洁的友情、新型的男女友谊，试图牵制你的行动。这便是种种往事背后的可悲真相。我何止没有那种心思，实际想得很。简直可谓心猿意马，不思茶饭。

3

你对竹姐惊为天人，我一时气急，劈头盖脸地将其否定。其实，我也对竹姐惊为天人。从踏足道场的那一天起，从第一眼看到她的瞬间，我就这样想了。

竹姐那样的女子，才是真正的美人。回想那天黎明，她在盥洗间苍白的灯光下，被气氛微妙的黑暗包裹，静静地蹲在地上擦拭地板。那是何等惊人的美丽。这并非我不服输。我想，正因为是我，才没有在那一刻失态。若是换了别人，定然会犯下一些罪行。单相思常说，女人是祸水。也许女人真的会在无意识间失落人的本性，化作带来灾祸的恶魔。

此刻，我将表白自己的心意。我爱着竹姐。什么崭新陈旧，全不重要。

告别母亲后，我迈开颤抖的双腿往回走，没来由地很想喝水。

“好想找个地方歇歇脚啊。”我的声音沙哑得奇怪，就像别人在远处呢喃。

“你累了吧。再往前走一点，就有一座我们常去休息的房子。”

那座房子看起来很像开战前经营过盒饭店的地方。阿正带着我走进去，昏暗又宽敞的门厅扔着坏掉的自行车和包木炭的草卷，角落里摆着一张简陋的桌子和两三把椅子。还有一面大镜子靠在桌旁的墙边，反射着诡异的白光，叫人印象深刻。这里不再做生意后，还是会给以前脸熟的客人提供一点茶水，想必就这样成了道场的助手每次外出时偷闲的场所。阿正大大方方地进了里屋，拿来茶壶和茶杯。我们在正对镜子的桌旁相向而坐，一起喝了已经放凉的茶水。我长叹一声，稍微舒服些了。

“你说竹姐要结婚了？”我得以用轻快的口吻说出那句

话来。

“对呀。”不知为何，阿正最近看起来总是很寂寥。她怕冷似的微微缩着肩膀，凝视着我的双眼。“你不知道吗？”

“不知道。”眼角突然一热，我连忙低下了头。

“我懂。其实竹姐也哭了。”

“你说什么呢。”阿正那感慨万千的语气真的好讨厌，好讨厌，我感到气不打一处来。“你可别乱说话。”

“我才没有乱说话。”阿正也噙着泪水，“所以我不是说了吗，你可千万别跟竹姐好。”

“我们才不好。你别说那种没来由的话。真讨厌。竹姐结婚是件好事。是件喜事啊。”

“别这样。我都知道，你别想糊弄过去。”阿正大大的眼睛里满是泪水，打湿了睫毛，又顺着脸颊流淌下来。“我都知道，都知道。”

4

“别说了。那有什么意义。”我不想让别人看见自己这副模样。“一点意义都没有啊。”我当时并没有觉得自己不断重复的话语也毫无意义。

“云雀真是太迟钝了。”阿正用指尖拭去脸颊上的泪水，微微笑了笑。“竟然到现在都不知道场长和竹姐的事情。”

“我怎么知道那种下流的事。”我突然很不愉快，很想把一切都打碎。

“怎么下流了？结婚很下流吗？”

“不是那个意思。”我支吾着说，“在那之前，他们——”

“哎呀讨厌，哪会有那种事呢。场长可是个正经人。他没对竹姐说，而是直接找竹姐的父亲提亲了。竹姐的父亲正好疏散到这里来了。不久前，竹姐的父亲对竹姐说了这件事，竹姐还哭了好几个晚上呢。她不愿意嫁人。”

“那就好。”我顿时神清气爽。

“为什么好呀？她哭了很好吗？云雀真讨厌。”阿正笑着说完便侧过头去，眼中的光芒变得活泼起来。她伸出手，紧紧握住了我放在桌上的手。“竹姐是舍不得云雀才哭的。这是真的。”说完，她又加重了手上的力道。我被她握着，一时间不知该作何反应。我很快就觉得这握手毫无意义，抽回了自己的手，并为了遮掩羞涩说道：

“我给你倒茶吧。”

“不用。”阿正垂着眼，有点有气无力，却又干脆地拒绝了我。

“那我们走吧。”

“嗯。”

她点点头，抬起了脸。那张脸太好了。真是太好了。她面无表情，鼻子两侧浮现出透着疲惫的轻微细纹，微张着嘴，大眼睛冷漠而深邃，血色不像以前那般浓郁，显得格外高雅。那是彻底舍弃了一切的人特有的高雅气质。阿正也经历了痛苦的挣扎，最终出落成了清澈无欲的女人，显现出了全新的美丽。这一刻，她成了我们的伙伴，委身于崭新的大船，朝着轻快的天路一心向前。“希望”的风轻轻拂过面颊。这一刻，我惊讶于阿正的美丽，脑中浮现出“永恒的处女”一词。这平时让我觉得装腔作势的词语，此时却不再显得装腔作势，而带有了新鲜的感触。

我这种粗人竟用上了“永恒的处女”这般高雅的词汇，你看了也许会笑。但我在那一刻，真的被阿正高洁的面容所救赎。

我感到身轻如燕，竹姐要结婚的消息仿佛成了遥远的往事。这并不关乎放弃与否的意志。眼前的风景像在渐渐远去，变得像倒窥望远镜一般渺小。我的心中不再有任何纠葛，只余下一切圆满的爽快与满足。

5

美国的直升机在晚秋清朗的空中盘旋。我们站在那旧店面的门口，抬头看着天空。

“它飞得像是很没趣呢。”

“是啊。”阿正微笑着说。

“不过，飞机的形状散发着全新的美感。也许是因为它没有一点多余的装饰。”

“是啊。”阿正小声说着，像个孩子一样凝视天上的飞机。

“没有多余的装饰，这样的姿态倒也不错啊。”

我的感慨不仅针对飞机，也针对阿正那形同呆滞的坦率姿态。

我们再次迈开了步子。一路上，我注意观察了每个擦肩而过的女人的脸。我发现，现在的女人或多或少都散发着跟阿正一样无欲透明的美感。女人，变得像女人的样子了。但她们并没有变回大战以前的女人。那是经历过战争的痛苦，蜕变而成的全新的“女人味”。我该怎么说呢？将它形容为黄莺啼鸣般的美，你也许能理解吧。总之，那就是一种“轻”。

临近中午，我们返回了道场。来回走了半里多路，我实在有些疲累，连睡衣都不想换，羽织也没脱，径直躺在床上，昏昏沉沉地睡了。

“云雀，吃饭啦。”

我微微睁开眼，看见竹姐端着膳台，站在旁边对我微笑。

啊，场长夫人！

我猛地坐起身来，忍不住低头道歉。

“哎，真抱歉。”

“睡迷糊了吗？你这贪睡鬼。”竹姐像自言自语似的说着，将膳台放在床边。“哪有人穿着外衣睡觉呢，万一感冒了可怎么办。快换上睡衣吧。”她皱着眉，看似有点不高兴，还从抽屉里拿出了睡衣。“你这小少爷真叫人操心。过来，我给你换。”

我下了床，解开腰带。她还是平时的竹姐。那一刻，她要与厂长结婚的事情就像一番谎言。什么呀，原来我刚才昏昏沉沉地睡过去，做了一场梦。母亲来看我是梦，阿正在旧店面的屋子里哭泣也是梦。我心中闪过这样的想法，顿时高兴起来，然而，那并不是梦。

“这身久留米絣真不错。”竹姐脱下我的和服，说道，“很适合云雀。阿正运气真好。听说她回来时带你去阿姨那儿喝茶了？”

这果然不是梦。

“竹姐，恭喜你。”我说。

竹姐没有回答。她默默地为我披上睡衣，套上袖子，狠狠掐了我手臂根部的软肉。我咬紧牙关，强忍着疼痛。

6

我若无其事地穿好睡衣，开始吃饭。竹姐在旁边叠好了我的絣和服。我们都没有说话。过了一会儿，竹姐用极细小的声音喃喃道：

“对不起。”

我觉得，那句话里融入了竹姐所有的感情。

“真是个坏家伙。”我一边吃饭，一边模仿竹姐的口音说道。

我感觉，那句话里也融入了我所有的感情。

竹姐吃吃地笑了。

“谢谢你。”她说。

我们就这样和解了。我得以由衷地祈祷竹姐的幸福。

“你要待到什么时候?”

“这个月底。”

“搞个送别会吧。”

“哎呀，讨厌!”

竹姐夸张地浑身一颤，将叠好的衣服匆匆放进抽屉，面不改色地走出了房间。为何我周围的人都这样清澈善良呢?我正在下午一点听讲话的时间写这封信。你知道今天是谁讲话吗?请尽情欢呼吧，是大月花宵老师。近来，大月老师在本道场十分受欢迎，我们已经不好意思用越后狮子这样失礼的绰号称呼他了。自从你发现他的身份，我极力忍耐了两三天没有告诉任何人，但最后还是忍不住悄悄告诉了阿正。结果消息一下就传开了。人们听说是他写了《奥尔良的少女》，无不对他敬重有加，连场长巡视的时候，也郑重其事地对花宵老师说：此前不知是您，多有怠慢了。别说新馆，连旧馆的塾生都纷纷来请求他批改自己创作的诗、和歌及俳句。可是花宵老师并没有突然变得装腔作势、浅薄做作。他还是原来那个沉默寡言的越后狮子，把批改塾生诗歌的事情一股脑儿推给了单相思。近来单相思甚为志得意满，因为他把自己当成了花宵老师的大弟子，成天板着脸，毫不客气地恣意批改别人苦心创作的东西。后来办公室发出邀约，请花宵老师今天做一次讲话。他讲话的题目是“献身”，听着扩音器里发出的声音，我很有一种正在受贵人教导的严肃心情。花宵老师的声音格外稳重，富有威严。他也许是超出我想象的伟大人物。他讲话的内容也特别好，一点都不古板。

献身绝不是带着绝望的感伤了结生命。大错特错。献身是让自身得到最华丽的永恒。人类有了这般纯粹的献身，方能获得不朽。献身不需要准备什么。就应在今日，此时此刻，以现在的姿态献出一切。执锹镐的人便以穿农服、执锹镐的姿态献身。切不可欺瞒自己的姿态。献身不允许犹豫。人类的每一分每一秒都必须献身。琢磨如何献身才显得完美是最无意义的事情。这便是他强而有力的谆谆教诲。我听着他的讲话，好几次面红耳赤。我总把全新的男人挂在嘴边，似乎过分宣传自己了。我过于讲究献身的准备了。也可以说，我过于专注于粉饰自身了。我将毫不留恋地撤回全新的男人这块招牌。我的身边已经变得与我一样明媚。我们曾经到过的地方，不都自然而然地变得明媚了吗？接下来无需任何话语，只需保持着不紧不慢、极其自然的步调，笔直地向前行走。这条路通往何方？大可以问问不断伸展的植物藤蔓。藤蔓将会回答你：

“我什么都不知道。但我伸展的方向，似是阳光普照。”

别过。

十二月九日

微明

由于东京三鹰的住所被炸毁，我们一家转移到了妻子的故乡甲府。甲府的妻子娘家，当时只有妻子的妹妹一个人生活。

那是昭和二十年的四月上旬。盟军飞机不时飞过甲府上空，但几乎从未投下炸弹。城中的气氛远没有东京那般形同战场。我们得以久违地脱去防空服装，安心地睡下。我已经三十七岁了。妻子三十四岁，长女五岁，长子前一年八月刚刚出生，虚岁两岁。此前，我们的生活并不轻松，但一家人都无病无灾。即使是我，内心也有种想法，认为好不容易辛辛苦苦熬到了现在，希望能多活一些时日，看看世事如何发展。然而，我更害怕妻子和孩子先遭了殃，独留我一个人活在世上。只是想想，就十分难受。总而言之，我绝不能让家人死去。为此，我必须做好万全的措施。然而，我没有钱。哪怕偶尔能得到一笔钱，我也会马上拿去喝酒。我有酗酒这个极大的毛病。那时的酒价格高昂，但只要有朋友来访，我还是忍不住像从前一样，与之外出痛饮一顿。如此一来，哪里还有万全的措施。许多人早早便将家人送到了偏远的乡下躲避战火，我虽然万分艳羡，却苦于没有钱，又因为懒惰，便一直留在东京三鹰，最终挨了轰炸，不愿意再留在东京，便一家人转移到了妻子的故乡。在那里，我们时隔大约百日，总算得以脱去防空服睡觉，并且短时间内无需面对寒夜中叫醒孩子匆匆躲进防空壕的痛苦，纵是今后可能还会遇到各种困难，也终于是松了口气。

然而，我们这家人已经失去了“自己的家”，生活中有许多事都不同以往。我自诩经历过的生活辛劳与人无异，现在带着两个年幼的孩子，即便投奔了妻子的近亲，也难改寄人篱下的事实，令我体验到了从未有过的特殊辛劳。妻子的父母双亡，姐姐们都出嫁了，家中最小的弟弟成了户主，但他两三年前大学毕业后立即加入了海军，现在还留在甲府娘家的，便是那弟弟的幺姐、妻子的小妹，一个二十六七岁的姑娘。这姑娘常为弟弟的来信和甲府房子的事情与妻子商谈。我虽是二人的姐夫，但姐夫这种角色在家中并无实权。莫说实权，自我结婚以来，还受了妻家不少照顾。换言之，我是个靠不住的男人，小姨子与小舅子自然不会与我商量任何家事，我又对甲府这边的财产物什毫无兴趣，倒也乐得省事。话虽如此，一个不知二十五六还是二十七八（因我从未问过）的姑娘独自住在家中，三十七的姐夫和三十四的姐姐突然带着两个孩子登堂入室，虽不至于叫人怀疑是不是想骗她兄妹俩谋取家产，但我们毕竟是年长者，也许无意识间会伤害到小辈的尊严。那段时间我一直有种感受，宛如小心翼翼地踩着踏脚石在庭院中行走，生怕踩坏了满院柔软的青苔。我甚至想，若家中还有一位年龄更长、体会了更多世间疾苦的男人，自己也许能轻松一些。可见这些负面的挂虑是何等的累人。我借了面朝后院的六叠房间作为工作室兼卧室，另一间放了佛龛的六叠房间则是妻子的卧室，与小姨子商定了房租及餐费等事宜，以免妻子娘家蒙受损失。另外，我有客人来访时，也不会在会客室见面，而是请到我的工作室来，然而我毕竟嗜酒，又常有东京的朋友来访，就算再怎么照顾妻子娘家的损益，也难免常常招致令人抱歉的结果。小姨子对我们倒是客客气气，还为带孩子出了不少力，两家之间从未发生过正面冲突，但我们兴许是难以抹去“丧家”之人的卑微，始终如履薄冰。到末了，无论是妻家还是我们这一家，都因为疏散这件事劳心劳力。尽管如此，我们相比其他疏散出东京的人还算最优越的，也可以借此推知其他疏散者的凄凉。

“千万不能疏散。最好一直留在东京，除非房子彻底被烧没了。”

那时我曾给某个全家人留在东京的亲密朋友写过这样的信。

来到甲府市正值春寒料峭的四月，这里的樱花花期比东京晚了许多，那时才能看见星星点点的花朵，后来到了五月、六月，盆地特有的酷热袭来，石榴浓绿的叶子泛出油亮的光泽，鲜红的花朵在烈日下绽放，葡萄藤上结的青涩小果也日益丰满，渐渐形成了长而重的果串。这时，甲府市内突然骚动起来。全市都在流传攻击即将转向中小城市，甲府很快也要成为一片焦土。市民们个个都坐立不安，纷纷打包了家财细软，拖家带口逃往深山，其脚步声和车轮声甚至在深夜都不绝于耳。我当然早已料到甲府总有一天会遭殃，现在好不容易能够脱下防空服睡觉，心中稍感安乐，但要我重新整理衣装，拖着板车携妻带子又一次逃到山里陌生的人家避难，实在是令人头痛。

不如支撑一段时间吧。等到烧夷弹从头上落下来了，妻子可以背着小儿子，大女儿也已经五岁了，自己能跑能跳。妻子可以背一个，牵一个，先去郊外的农田里避难。我和小姨子则留下来，尽量扑灭火苗，守护这座房子。若是烧毁了，那便毁了吧。我们可以齐心协力，在废墟之上盖起一座小屋，再支撑下去。

我提出这个建议后，一家人都答应了，于是开始挖洞埋藏食物，又收拾出一套锅碗瓢盆、雨伞鞋子、化妆品和小镜子、针线小物，也都埋进了洞里，这样就算房子被彻底烧毁，人也能保持最低限度的体面。

“还要埋这个。”

五岁的女儿拿来了自己的红色木屐。

“嗯，埋吧埋吧。”我接过木屐，扔到洞穴角落，突然感到自己像在埋葬一个人。

“这下我们一家人的心都齐了啊。”

小姨子说。

对她而言，那也许是所谓的灭亡前夜的微妙幸福感。四五天后，房子就烧毁了。灾难比我预感的早来了一个月。

约莫十天前，两个孩子都患了眼疾，一直在求医问药。他们罹患的是流行性结膜炎。小儿子的病情不太严重，大女儿却一天比一天严重起来，到了甲府遭遇轰炸的两三天前，已经处在彻底失明状态。她眼睑肿胀，脸型都变了，若是强行掰开眼睑观察眼球，会发现里面一片糜烂，宛如死鱼之眼。我甚至开始想，这也许并不是单纯的结膜炎，而是被更可怕的霉菌侵蚀，已经没救了，于是又去找别的医生诊断，查出的结果还是结膜炎，虽然需要很长时间才能治愈，但绝非无望。然而，就算是医生，也会有看走眼的时候。不，他们看走眼的时候反倒更多。我这个人，天生就不太相信医生说的话。

真希望她的眼睛早点康复。现在我就算喝酒，也喝不醉了。有时在外面喝酒，回家途中还会呕吐。每次，我都在路边不带一丝戏谑、诚恳地合掌默祷。希望我回到家后，孩子的眼睛能睁开。真的回到家时，我听见了孩子纯真的歌声。啊，太好了，她的眼睛是不是睁开了？我冲进屋里一看，孩子却只是呆呆地站在阴暗的房间里，低头唱着歌。

那光景实在是令人不忍直视。我又转身走了出去。我感觉，这一切都是我一人的责任。我是个嗜酒如命的穷鬼，所以连累孩子也成了瞎子。若我此前能坚持良好市民的生活，也许就不会遇到这样的不幸。这就叫做父债子偿。这是报应。如果这孩子一辈子都睁不开眼睛，我也不要什么文学和名誉了，我要将那些全部舍弃，寸步不离地守在孩子身边。

“小朋友的脚脚在哪儿呀？手手在哪儿呀？”

有时心情好，与小儿子这样玩耍时，一想到若是此刻突然遇袭，我便忍不住战栗。到时候，只能让妻子背着小儿子，我背着大女儿逃生。可是那样一来，就只能丢小姨子一人独守房子，这又怎么能行？所以，小姨子也得跟我们一起逃生。这座房子，只能任凭它被烧掉。同时还要做好心理准备，预测盟军飞机的攻击模式将会与东京那时一样，先覆盖甲府全市。这孩子看病的医院，一定也会被烧毁。其他医院同样不能幸免。总而言之，整个甲府将不再有医生。如此一来，这孩子就只能一直失明，今后又该如何是好？万事，休矣。

“别的管不了那么多，我觉得还能再撑一个月。”

就在我晚饭时说出这句话的那天夜里，空袭警报便被拉响，同时传来了熟悉的轰炸声，周围霎时间亮了起来。烧夷弹的攻击开始了。我听见小姨子将餐具物品叮叮当当扔进庭前小池的响动。

这场袭击来得最不是时候。我背起失明的孩子，妻子背起小儿子，各自抱着一张垫褥跑了出去。途中，我们被横亘道路的瓦砾阻拦了两三次，弯弯绕绕地走了约莫一公里，总算来到了郊外的农田。我们在刚收割完麦子的地里铺上垫褥，刚坐下来喘了口气，火雨便从头上落了下来。

“盖上褥子！”

我对妻子喊了一声，自己也背着孩子将垫褥一披，俯伏在农田里。那时我想，若是被炮弹击中，应该会很疼吧。

炮弹并没有击中我们。我掀开褥子，直起身一看，发现身边已是一片火海。

“喂，快起来灭火！灭火！”我放声大喊，不仅让妻子听见，也让俯伏在周围的其他人都能听见。我们用披在身上的褥子去扑打周围的火焰。那些火灭得很快。背上的孩子虽然双眼失明，却也像感觉到了大事不好的气息，不哭不闹地攀附着我的肩膀。

“没受伤吧？”

等到火势基本平息了，我走向妻子询问道。

“嗯。”她轻声回答，“若是只有这样的攻击，那倒还好。”

相比烧夷弹，妻子似乎更害怕炸弹。

我们换到农地的其他地方，刚休息没多久，头顶又落下一片火雨。这么说也许显得奇怪，也许活着的人身上总带着一丝神性，不仅是我们一家，逃到那块农田里的所有人都没有被烧伤。每个人都用褥子和泥土扑灭了身边地上燃烧的火油，再次坐下来歇息。

小姨子担心明日没有饭吃，出发到距离甲府市足有六公里的深山里找远亲求助去了。我们一家四口将一块垫褥铺在地上，同盖了另一块褥子，决定就地睡上一觉。我真的累了。我已经厌倦了背着孩子四处逃窜。孩子们都被安顿在被窝里，睡得正香。父母们则呆呆地眺望着甲府市的火光。飞机的轰鸣声已经渐行渐远。

“差不多结束了吧。”

“应该是。我已经受不了了。”

“我们的房子肯定也烧了吧。”

“不知道呢。若是没烧到就好了。”

我心里知道不可能，但还是想：如果房子能奇迹般地留存下来，那就太好了。

“应该没希望了。”

“恐怕也是。”

尽管如此，我还是难以舍弃内心的一丝期冀。

不远处就有一户农家在熊熊燃烧。一座房子从着火到完全烧毁，竟需要如此长的时间。屋顶、梁柱，连同那一家的历史，都被付之一炬了。

天渐渐亮了起来。

我们背着孩子去了城郊幸免于难的国民学校，借了二楼的教室休息。孩子们都快醒了。虽说是醒了，大女儿的眼睛也睁不开。她正摸索着想爬上讲台，似乎并不关心自己身体的变化。

我把妻儿留在教室，回到城中查看房子的情况。道路两旁的房子还在燃烧，路上烟熏火燎，苦不堪言，而且不得不躲开障碍，绕了好远的路，好不容易才靠近了房子所在的区域。如果房子还在，那该多让人高兴啊。不，但那种事绝不可能发生。我不能怀抱希望。我试图劝诫自己的内心，但还是挥不去期待万一的心思。最后，我看到了房子周围被熏黑的围墙。

还在。

但只有围墙还在，里面的屋子完全烧毁了。小姨子正顶着被熏黑的脸，站在废墟之上。

“姐夫，孩子呢？”

“平安无事。”

“他们在哪儿？”

“学校。”

“我这儿有饭团。昨晚我走了好久，去要来了一点吃的。”

“谢谢你。”

“打起精神来吧。还有啊，咱们埋在地里的东西似乎都没什么问题。有了那些东西，咱就能支撑一段时间了。”

“早知道多埋一点。”

“没关系呀。有了那些东西，今后不管到谁家借宿，都不用低声下气了。这可是一大功绩呢。我拿着吃的去学校，姐夫就在这儿休息吧。来，这是你的饭团。多吃点。”

二十七八岁的女人内心有着男人四十的老成之处。小姨子如此镇定，显得无比可靠。我这个三十七岁依旧靠不住的姐夫，在她走后扒下了一截木板围墙，铺在屋后的菜地上盘腿一坐，吃起了小姨子留下的饭团。真是无能又无谋。不只是因为愚蠢或是天真，我几乎不去想自己一家人今后该如何是好。唯一在意的，便是大女儿的眼疾。我该如何为她治疗呢？

没过多久，妻子背着小儿子，小姨子牵着大女儿的手，来到了房子的废墟上。

“你是自己走来的吗？”

我低下头问大女儿。

“嗯。”女儿点点头。

“是吗？真乖。你走了好长的路呢。可是房子都被烧掉啦。”

“嗯。”女儿又点点头。

“医院应该也烧掉了，这孩子的眼睛可怎么办啊。”

我对妻子说。

“今早请医生洗过了。”

“在哪儿洗的？”

“医生到学校去出诊了。”

“那真是太好了。”

“也没什么，就是让护士稍微洗了洗——”

“是吗？”

那天，我们在甲府市郊外的小姨子老同学家落了脚。我们合力将挖出来的食品和用品搬到了那个老同学家中。我一边笑着，一边掏出怀表说：

“这东西当时摆在桌上，我跑出门时顺手塞进了口袋里，所以留了下来。”

那是加入了海军的小舅子的怀表，我很早以前便借来用了，一直摆在自己的书桌上。

“太好了。”小姨子笑着说，“这可是姐夫的大功劳。托你的福，我们的财产又变多了。”

“是吧？”我有些得意洋洋，“身上没有表多不方便啊。来，是怀表。”我让大女儿握住了怀表。“放在耳朵边上听听，它是不是在滴滴答答地走呀？看它还能给盲眼的孩子当玩具。”

孩子将怀表放在耳边，歪着头仔细听了一会儿，继而松开了怀表。只听见一声脆响，表盘的玻璃摔得粉碎，再也无法修复。市面上哪儿都不可能找到表盘的玻璃。

“哎，怎么就弄坏了呢。”

我大失所望。

“真是个笨蛋。”小姨子低声说着，但好像并不在意失去了唯一的财产这件事，我也就松了口气。

我们在那家人的院子一角做了饭，傍晚就挤在六叠的房间里早早睡下了。可是妻子和小姨子虽然极度疲劳，却好像怎么都睡不着，一直在小声谈论今后的事情。

“用不着担心，大家一块儿回我的家乡去吧。总有办法的。”

妻子和小姨子都沉默了。无论我提什么样的建议，这两个人好像都不怎么相信。她们像是各有所思，没有回答我。

“看来你们还是不信任我啊。”我苦笑着说，“但是拜托了，在这件事情上，请听我的话。”

小姨子在黑暗中吃吃笑了起来，似乎还是不信任我。接着，她又跟妻子商量起了别的事情。

“那我可就自己行事了。”我也笑着说，“你们怎么都不相信我。”

“那当然了。”妻子突然一本正经地说，“你总是说些不合常理的话，叫人分不清究竟是开玩笑还是认真的。这样谁能相信你呢。现在都变成这样了，你心里想的肯定还是喝酒。”

“怎么会，我哪有那么严重。”

“可若是有酒，你今晚要喝的吧。”

“那当然，要喝，也许吧。”

总而言之，她们二人商量的结果是，不能一直叨扰这家人，明天要找另一家投靠。第二天，我们便把洞里挖出来的物件装上板车，去了小姨子另一个朋友家。那户人家很大，家主约莫五十岁，看起来很有德望。我们得以借宿在里屋十叠大的房间里。此外，也找到了医院。

那家夫人告诉我们，县里医院虽已烧毁，但其设施转移到了郊外某座未被烧毁的建筑中，于是我和妻子便背上孩子出门去了。抄桑田中间的近道过去，十分钟便走到了那座山脚下的临时医院。

眼科医生是位女大夫。

“女儿的眼睛完全睁不开，实在是伤脑筋。我们本打算转移到乡下去，又怕火车的旅程太长，她的病情恶化，所以不治好这孩子的眼睛，我们哪儿都去不成，真是太为难了。”

我擦着汗，一口气道出了病情，希望得到女大夫的一些帮助。

女大夫轻快地说：

“没什么，眼睛很快就能睁开了。”

“这是真的吗？”

“眼球没什么大碍，再过个四五天，也能出远门旅行了。”

“这打针什么的——”妻子在一旁开口道，“能打吗？”

“能打倒是能打。”

“那麻烦您，务必给小女打一针。”妻子殷勤地鞠了一躬。

兴许是注射起了效果，或是病情到了自然康复的时机，去了医院的第二天下午，女儿眼睛就睁开了。

我只知道连声道好，接着便带她去看了房子烧毁的废墟。

“你瞧，房子被烧了。”

“嗯，被烧掉了。”孩子微笑着说。

“小兔子、小鞋子，还有小田桐家、茅野家，全都烧掉了。”

“嗯，全都烧掉了。”女儿依旧微笑着说。

庭院

东京的房子被炸毁，我们疏散到了妻子在甲府市的娘家，后来那座房子也被烧夷弹烧毁，于是我与妻子，以及五岁的女儿和两岁的儿子不得不转移到我的故乡津轻。故乡的父母已经离世，只有长我十多岁的长兄看守祖宅。也许有人说，何必等到二次遭灾，早早去故乡避难多好，只是我在二十多岁时做了许多让亲人蒙羞的事，如今实在无法觍着脸再让长兄庇护。不过，第二次遭灾之后，我们夫妻俩带着两个年幼的孩子，实在是无处可去，只能怀着破罐破摔的心情，发出一封“烦请收留”的电报，并于七月底离开了甲府。路上经历了重重困难，走了整整四个昼夜，总算抵达了津轻老家。大家都用笑容迎接了我们的到来。我的膳台上甚至摆着一壶酒。

然而，在这本州北端的城市，也常有舰载机飞来掷放炸弹。我抵达家乡的第二天，就帮忙搭建了荒野上的避难小屋。

不久之后，便有了那则广播[1]。

第二天起，长兄便在庭院里拔起了草。我也下去帮忙了。

“年轻时啊——”长兄拔着草说，“觉得庭院里杂草丛生也是一种野趣，现在年纪大了，哪怕看见一根草，都坐立难安。”

那么，我也许还算年轻人吧。因为我并不讨厌杂草丛生的废园。

“可是院子这么大——”兄长喃喃自语道，“若要一直保持干净，就得每天请园丁。给树木搭防雪板，也是一项大工程。”

“是很麻烦啊。”寄人篱下的弟弟小心翼翼地应和道。

兄长一本正经地说：

“以前还能做好，现在人手不够了，更何况头上还会掉炸弹，谁还顾得上请园丁。你别看院子里这副模样，它本来是个好院子。”

“是呀。”弟弟并不懂庭院的妙趣。毕竟他是个见了杂草丛生的废园，也当作一幅美景的野蛮人。

接着，兄长说起了这座庭院属于哪个流派，其传统从何兴起，又是如何传承，如何来到了津轻国，后来话题自然变为了利休。

1. 指 1945 年 8 月 15 日日本天皇宣布投降的“玉音放送”，即《终战诏书》。

"你们怎么不写写利休呢。应该能写出不错的小说。"

"哎。"我含糊地应了一声。哪怕是寄人篱下的弟弟，一旦说起了小说，多少也要摆出专家的高傲做派。

"那可是个不简单的人物。"长兄兀自继续道，"连太阁都奈何不了他。你应该知道柚子味噌的故事吧。"

"哎。"弟弟只剩下了含糊的答应。

"你这老师真是学业不精。"长兄似乎看透了我一无所知的事实，皱着眉这样说道。长兄皱眉的样子很可怕，会让我毛骨悚然。他似乎认为我是个不爱学习、从不读书的人，而这正是他最见不得的事情。

寄人篱下的弟弟暗道不好，这下可糟了。

"其实我不怎么喜欢利休。"我笑着说。

"毕竟他是个很复杂的人物啊。"

"正是这样。他有许多叫人难以理解的地方。看似瞧不起太阁，却又不能狠下心来远离太阁，总叫人感到含糊不清。"

"那当然是因为太阁的魅力。"长兄不知不觉恢复了心情，"很难说他们在人格上孰高孰低。那可以说是一场拼死的决斗。因为他们是彻头彻尾两极化的存在。一方出身卑贱、行为粗俗，而且尖嘴猴腮、个子矮小，又无学识，却兴起了豪放绚烂的建筑美学，创造了桃山时代的辉煌。另一方出身富贵人家，是个仪表堂堂的大丈夫，还是个饱学之士，这样的人在草庵之内创造出一方侘寂世界与之对抗，这难道不是有趣得很吗？”

“可是，利休归根结底是秀吉的家臣，或者说是茶人，不对吗？这难道不应该称作胜负已分？”我还是笑着说。

长兄脸上没有一丝笑意。

“太阁与利休的关系并非如此。利休的势力几乎胜过诸侯，而且相比无学识的太阁，当时那些可谓学者大名的人更倾慕风雅的利休。所以太阁才会烦恼不已。”

男人真奇怪——我默默地拔草，心中暗道。秀吉是个伟大的政治家，只是在风流这一点上败给了利休，难道不能一笑置之吗？男人这种东西，真的什么都要胜过别人才罢休吗？利休也是，为何非要胜主人一头呢？反正太阁肯定不理解风流的虚无，他何不飘然离去，像芭蕉那样过上旅居生活呢？可他偏偏不离开太阁，似乎还很受用他所给的权势，总围在太阁身边，你压我一头，我胜你一筹，双方争斗不休，实在是不够透明清澈，叫人难以理解。若太阁是如此有魅力的人物，利休何不干脆表现出生死与共的纯真爱慕呢？

“没有能够令人感慨的美丽场面呢。”兴许是我还年轻，着实不想写缺乏那种场面的小说。

长兄笑了。他可能在想，我还是那么的天真。

“那是没有。你啊，确实写不出来。我劝你多研究大人的世界，谁叫你不爱学习呢？”

长兄像是放弃了与我交谈，站起身来打量着庭院。我也站起来打量着庭院。

“变干净了呀。”

“是啊。”

我不喜欢利休。我寄居在长兄篱下，丝毫不想胜他一筹。这样的针锋相对，实在太羞耻了。就算不再寄人篱下，我也从未想过要与兄长竞争。早在我们出生那一刻，胜负已经有了定论。

长兄近来瘦了许多。他得病了。尽管如此，还是总有人传闻他要出任议员，成为民选知事。家里人都很担心长兄的身体。

总有许多客人来访。长兄会请他们到二楼的会客厅谈话，从不直言疲惫。昨天，新内[1]的女师傅来了。据说她是富士太夫的大弟子。那位女师傅在二楼金隔扇的房间里给长兄讲了新内的内涵。我也跟去旁听了。女师傅讲了《明乌》与《累身卖》的唱段，我听了许久，只觉得双腿麻木，痛苦不堪，如同患了重感冒，但患病的长兄却面不改色，甚至要求女师傅多讲了《后正梦》与《兰蝶》的唱段。讲完以后，我们转移到会客厅，彼时长兄说：

“时势所迫，您不得不回到乡间耕田务农，实在是令人同情，然而只要存有一颗艺术之心，纵是一年两年不去拿起那三味线，您的技艺也绝不会生疏。您今后定然还有机会的，现在还只是开始呢。”

---

1. 指新内节，由鹤贺新内创始的净琉璃派系，以悲伤的曲调歌唱了伤情女人的一生。

这位全然的外行竟如此坦坦荡荡地对在东京也家喻户晓的女师傅说出了这番话。

我霎时间觉得台下随时要传来一句叫好声。

长兄目前最推崇的日本文人，是荷风与润一郎。此外，他也很喜爱中国作家的散文随笔。据说，吴清源明天要来拜访长兄。但他们并非要谈围棋，而是闲聊世间百态。

长兄今天一早便起了身，在庭院里拔草。他那野蛮人弟弟昨天在听新内时像是罹患了感冒，正坐在偏房的里屋，怀抱火盆犹豫着是否要出去帮兄长拔草。我一边犹豫一边颇为自得地幻想，也许那个吴清源，也并不讨厌杂草丛生的废园。

亲这二字[1]

无学之亲切切语，亲这二字。这首川柳，是何等的悲凉。

“无论你去哪里，做什么，都莫要忘了亲这二字。”

“不对，亲只有一个字。”

“不管是一个字或是三个字，道理都一样。”

这样的教训，不行。

但我此刻并不想解说柳多留[2]的句子。其实，前段时间我恰好碰到了一位不识字的父亲，才突然想起了这句川柳。

凡是经历过战火的人应该记得，家中一旦遭灾，就总要跑到邮局办事。我遭了两次灾，最终不得不逃到津轻的兄长家寄人篱下，经常为了简易保险或出售债券等事宜跑邮局，而且不久之后，我开始在仙台的报纸上连载题为《潘多拉的盒子》的失恋小说，为了寄送原稿、打电报联络工作，跑邮局的次数就更频繁了。

我与那位不识字的父亲，便是在邮局的长椅上结识的。

邮局总是异常繁忙。我常常坐在长椅上，等候轮到自己。

“先生，求您帮我写一笔吧。”

那是个畏首畏尾、有些獐头鼠目、头和身体都小得出奇的老爷子。我以同类的敏感一眼就看出来，此人定是个嗜酒之人。他脸上的皮肤苍白粗糙，鼻子很红。

我一言不发地点点头，站起来走向邮局提供的写字台。老爷子拿出了存折、提款单（他说那是提出单）和印戳，加上那句“帮我写一笔”，我不用问便知道所为何事。

“写多少？”

“肆拾元。”

我在提款单上写了肆拾元整，然后填写存折账号、地址、姓名。存折上原有的青森市某町某番地住址被画了横线，旁边写下了北津轻郡金木町某方的新住址。由此可以轻易推断，这人应该是在青森市遭了灾，转移到这里来的。后来听他一说，事实果然如此。然后，到了填写姓名的部分。

竹内登纪。

我当时猜想：这是他老婆的存折吗？其实不然。

他将那些东西递进了窗口，又与我并排坐在长椅上。过

---

1. 日语中的“亲”写作“親”，读作“おや”，由两个假名组成。
2. 全称为《诽风柳多留》，是江户时代中期到末期几乎每年刊行的川柳句集。

了一会儿，另一个窗口的现金出纳员喊道：

“竹内登纪女士。”

“哎！”

老爷子面不改色地答应着，走到那个窗口。

“竹内登纪，肆拾元。是您本人吗？”

出纳员问道。

“不是我本人。那是我女儿。哎对，是我家小女儿。”

“下次尽量叫本人来吧。”

说着，出纳员将钱款交给了老爷子。

他接过钞票，耸了耸肩，坏笑着朝我走了过来。

“本人啊，早就没了。”

后来，我常在邮局碰到那位老爷子。他每次见到我，都会露出奇怪的笑容，叫一声“先生”，然后请我“写一笔吧”。

“写多少？”

“肆拾元。”

每次都是这个数字。

每次填单子的时候，老爷子都会跟我聊上几句。因此我知道，他果然是个酒鬼。这肆拾元整，其实是他那天的酒钱。原来那一带还能买到私下流通的酒。

他儿子上了战场，至今未归。大女儿嫁到了北津轻这个町的桶匠家。遭灾之前，他跟小女儿两个人住在青森。后来因为空袭，房子被烧了，那二十六岁的小女儿严重烧伤，虽然医生为她做了救治，可她病得满口胡话，最后念叨着“大象来了”，就这么断了气。

“她啊，兴许是梦见大象了吧。真是个莫名其妙的梦。嗐。”说着，老爷子像是在笑，但我仔细一看，其实在哭。

他说的大象，也许是大项吧。那位竹内登纪小姐一直在公家工作，“大项来了”也许是某个政府部门的特殊用语，以致成了那位女士的口头禅。可是按照这位不识字的父亲的解释，想象她梦见了大象，反倒加深了数十倍的凄凉。

我一时兴奋，没能管住嘴。

“您说的太对了。那些装模作样假正经的议论毁灭了这个国家。若所有人都软弱羞涩，事情总不至于变成这样。”

我虽觉得这是一番愚蠢的意见，可是说着说着，却也忍不住眼角发烫。

“竹内登纪女士。”

出纳员喊道。

“哎！”

老爷子应了一声，站起身来。喝吧，都喝了吧。我很想对他这么说。

但是过了不久，我倒是生出了干脆自己喝个痛快的想法。我的存折虽不是女儿的名字，但里面的东西也许比那位竹内登纪小姐的存折还要贫乏。若是报出准确的金额，想必会令人扫兴，总而言之，我存在邮局的这笔钱是为了保证万一出了什么事要立刻搬出兄长家，我们一家人也不至于太过凄惨。然而那段时间，一个人愿意转让手头的十瓶威士忌，充当谢礼的金额相当于我的全部储蓄。我只是想了想，便产生了花光钱财买酒的冲动。过后的事情，过后再说吧。若是实在没办法了，到时候也总有办法的。

我明年就三十八岁了，却还像这样一点都靠不住。然而，若能一辈子坚持这样的活法，不也是一种奇观吗？我带着这种愚蠢的想法，出发去了邮局。

“先生。”

那个老爷子又来了。

我走向窗口，准备要一张提款单。

“今天不要提出单，我要存钱。”

说着，他拿出了一叠厚厚的十元纸币。

“女儿的保险费下来了，我今天想存进女儿的户头去。”

“那真是太好了。其实今天是我要拿提出单。”

事情变得很奇怪。很快，我们都办好了事。我从出纳窗口接过的钞票，正是老爷子方才存进去的那些。我突然觉得很对不起老爷子。

当我把那笔钱交给转让威士忌的人时，突然感到自己在用竹内登纪小姐的保险金买酒。

几天后，威士忌被送到了我房间的壁橱里。我对妻子说：

“这些威士忌啊，融入了一个二十六岁处女的生命。喝了它，我的小说兴许能多出几分娇艳的气质。”

接着，我把自己在邮局结识了一位不识字的老爷子的事情原原本本说了一遍。妻子尚未听完，便抱起了恰好爬过来的两岁的孩子，对他说：

“骗人，骗人。爸爸又在编故事遮羞了。对不对呀，儿子？”

谎言

“战争结束后，突然又冒出了这个主义、那个主义，人人都在大吵大闹，搞什么演说，但我觉得那些都不可信。什么主义，什么思想，这些都没有意义。男人别再撒谎，女人舍弃欲望，单是这样就能建设全新的日本了。”

我接连遭遇战火，不得不回到家乡津轻寄人篱下，每日郁郁寡欢，忍不住对恰好来访的小学同学、如今在这个町上担任名誉长官职务的某人吐出了泄愤式的愚蠢言论。那位名誉长官笑着提出了坚定的反驳：

“唉，你说的太对了，但应该反过来吧？男人舍弃欲望，女人别再撒谎，必须得是这样才行。”

我顿时慌了手脚，便问：

“为何这么说？”

“虽然看起来都一样，但女人撒起谎来可是太厉害了。今年正月我就有过一次毛骨悚然的经历。从那以后，我就再也不相信女人了。你别看我老婆那样的邋遢婆娘，搞不好在外面也有别的男人。唉，这种事啊，真不好说。”他一本正经地说完，又讲了一些乡间秘话给我听。下面写到的“我”，便是这位时年三十七岁的名誉长官本人。

现在这件事虽然能公开了，可在当时还是机密事件，町内知道这件事的只有警察署长（后来那位署长就调走了。他可是个好人啊），再有就是我，没有别人了。

今年正月，正如日本全国各地，这个地方也迎来了几十年一遇的大雪，那积雪之厚，压得路上的电线都弯到了触手可及的高度。家家户户不是被压断了院子里的树枝，就是被压倒了围墙，有的干脆房子都被压垮了，其危害不亚于大洪水。不仅如此，还因为连续几天的暴风雪，这一带的交通完全断绝了整整二十天。这事啊，就发生在那段时间。

记得当时快到晚上八点，我正在教大女儿做算术题，警察署长像个雪人似的，突然敲响了我家的门。

我一看他就知道事情不妙，喊他进屋他也不动弹。那署长特别爱喝酒，是我的好酒友，我们之间根本不需要客气。唯独那天晚上，他显得很是生分，站在门口的土地上扭扭捏捏地说：

“唉，今天不行……”他顿了顿，又像被逼无奈一样继续道，“我有事想求你。”我听了他的话，心里知道果然大事不好，顿时更紧张了。

我穿上木屐下到门口，一言不发地领他去了鸡舍。为了给小鸡保暖，那间屋子里放了火盆。我俩悄悄走近漆黑的鸡舍，真的没发出一点动静，连鸡都没什么反应。

接着，我们便隔着火盆相对而立。

“请你务必要保密。我这边发生了一起逃走事件。”署长说。

兴许是有人从拘留所逃走了吧。我一开始是这么想的，便没有回话，而是静静地等他说下去。

“町上也许从来没碰到过这种事。我是说你亲戚家的圭吾先生。他啊，没去报到。”

我顿时感到被人兜头泼了一盆冷水。

“不、可是他……”我脑子一片空白，“我的确把他送到了青森部队的兵营门口呀。”

“正是，这我也知道。可是宪兵队打电话来，说他压根没去报到。本来宪兵队要亲自过来搜查，可是你看这大雪，他们想来也来不了。所以那边吩咐我，先秘密展开搜查。这不，我就来找你了。”

你一直待在东京，肯定不了解圭吾这个人吧。虽说现在时代变了，把这件事公布出去也没什么妨碍，可这毕竟不是什么好事，若要我详细说明他的身世经历，我实在是说不出口。总之你就记得他叫圭吾好了。他是我的远房亲戚，平时务农为生，刚娶了媳妇。

那家伙是个连火车都没坐过的乡下人，收到征兵令后，我就好心把他送到了青森部队的兵营门口，结果他竟没有报到。应该是先进去了，没多久又自己逃走了。

署长觉得，圭吾就算跑了，也没别的地方可去，肯定是顶着暴风雪翻山越岭好几天，逃回家里去了。死是肯定不会死的，必定是逃回家了。毕竟那小子的老婆是个绝世美人，配他简直是绰绰有余。所以他肯定是回家去了。署长就说：你是那对小夫妻的媒人，两人都很尊重你。哎，我可不是嘲讽你，是说真的。今晚想劳烦你跑一趟，去他家里跟他媳妇好好谈谈，就说咱们绝不会亏待他，如果圭吾回去了，就偷偷告诉你，一定不能耽误。若在这两三天内能找到圭吾，我可以出面保证他不受任何责罚。毕竟雪这么大，交通都瘫痪了，我打算借这个理由把他没去报到的事情搪塞过去。若是真出了逃兵，咱们这个町都得蒙羞。你为了町的名誉，就辛苦跑一趟吧。

于是，我就冒着大雪跟署长一道去了那小子家中。真的好远啊。说起来，人的这一辈子还真能见识到不少事。我这种免除兵役的人竟然要去苦口婆心说服帝国军人的妻子，无论怎么想都太难了。

来到那小子家门前，我跟署长无声地道了别，走进门去。你虽然在东京待了很久，可毕竟是这里出生的人，肯定知道咱们这儿农户房子的结构吧。走进家门，左手边是马房，右手边是兼作起居和厨房的地板房，里面有个大火炉。总之圭吾家基本就是这样的布局。

他媳妇还没睡，在火炉边上做针线活呢。

“哎，你可真勤快。我家那口子吃了晚饭就抱孩子睡了，那叫一个鼾声如雷。想叫她晚上做点活啊，真是比登天还难。你不愧是出征士兵的妻子，勤快，真勤快。”我说了一通蹩脚的表扬，脱下外套走过去。本来我们两家就亲如一家，不需要讲什么规矩，直接就盘腿坐在了火炉边上。

“老太太睡了吗？”我问道。

圭吾有个瞎眼的老母亲。

“老太太最大的乐趣就是睡着了做梦。”圭吾媳妇没有停下手上的针线，笑着回答道。

“嗯，有点道理。真是苦了你啊。不过现在这个时代，整个日本国，哪里找得出一个幸福的人。就算苦，也得熬着。若是遇到了什么事，实在不知怎么办，你就来找我。”

“谢谢叔。您今天从哪儿来的？都这么晚了。”

“我吗？我没去哪儿，就是从家来的。”

我实在很讨厌拐弯抹角，就算想拐弯抹角，也嫌它麻烦，做不出来。哪怕事情有点尴尬，我也更喜欢开门见山地说。有时因为这个，也遇到过意想不到的麻烦，但我总感觉，拐弯抹角就算能管得了一时，也管不了一世。

那天也是，我觉得要小伎俩没用，就直说了“我从家来的”。圭吾媳妇好像没怎么在意，往炉子里添了两根柴，又做起了针线活。

我问个问题，你可别嫌怪。咱们是小学同学，今年同是三十七岁，再过两三个星期，到了昭和二十一年，就三十八了。你到了这个年纪，还惦记那种事不？哎，我可不是开玩笑。其实我一直想问问别人。你瞧瞧我，头发也没了，家里有四个孩子，手磨得又粗又厚、开裂起皮的。用这样的手去摸女人柔软的衣服，肯定得刮坏，对吧。成了这副模样，我也早就没了谈情说爱的勇气，可是谁又能管得了自己的心思呢？跟有点漂亮的女人单独坐在一块儿，聊两句有的没的，不知不觉就有种奇怪的想法。你呢？你怎么样？我可能比一般人欲望强一点吧。你别看我现在成了一副灰头土脸的老大爷模样，还是没法跟女人心平气和地说话。我可不会瞎想自己爱上了眼前的女人，反正就是会有点心思。憋得慌啊。就是不能像跟男人说话那样敞亮。心里总觉得有点乱糟糟的，静不下来。我觉得那就是因为欲望太强了，你说呢？不过偶尔也有女人让我完全生不出那样的心思。我可不是说八十岁的老太太和五岁的小姑娘，那都不是问题。我是说正值青春年华，长得还很好看，但是我跟她说话一点都不憋闷，总能保持敞亮。我偶尔能碰见那样的女人。你说，这究竟是为什么呢？最近啊，我是越来越想不明白了。以前我是这么想的：不让我感到憋屈，就是激发不出我的欲望，证明这种女人的精神一定很高洁。而那些说话时会让我感到别扭的女人，心里虽然肯定没有这样那样的小九九，但她会不自觉地散发出一种情色气质，那气质会去纠缠着对方，令对方感到憋屈。换言之，我以前一直有点瞧不起那些说话时让我坐立难安的女人，觉得她们就算不是不守妇道，多少也有点媚气，同时我又很尊重说话时让我心平气和的女人，认为她们是正直高洁的人。

可是那圭吾的媳妇啊，我不知道别人怎样，反正我跟她说话时，从未生出过哪怕一星半点的心思。现在虽然不分地主佃农了，不过圭吾媳妇本来是我家老佃农的女儿，从小就爱摆出一副若有所思的表情。她不像普通农民那样粗鄙，长得又白又苗条，大了以后脸颊有点凹陷，说得不好听就是有点凶相，可她依旧是町上有名的美女，加上少言寡语、手脚勤快，最重要的是不会让我生出一点心思，所以我才介绍给了亲戚圭吾。

无论关系有多亲，我跟圭吾媳妇都没什么血缘关系，而我又还不是糟老头子的年纪，加上对方年轻貌美、丈夫出征，我大晚上的突然上门，跟她两个人坐在火炉边上闲聊，若是一般人，这可就不是什么见得了光的事情了。而我唯独对圭吾媳妇没有一点想法，并将其解释为这女子人格高洁，于是毫不在意地聊了下去。

“其实今天来找你，是有件大事要拜托你。”

“哦？”圭吾媳妇停下针线，愣愣地看着我。

“哎，你不用停下，心平气和地听我说吧。这是为了国家，或者说为了咱们町，不对，应该说为了你们一家，请你一定要听我的话。最重要的是，这是为了圭吾，为了你，为了老太太，还有为了你们家列祖列宗、子孙后代。所以我这个请求，你一定得答应。”

“您要我做什么呢？”圭吾媳妇小声说着，继续做起了针线活，看起来并不担忧。

“你听了可别太吃惊。当然，这事无论换作是谁，听了肯定都要大吃一惊。是这样的，刚才警察署长到我家来了——”我决定不拐弯抹角，直接说出从署长那儿听来的话。“就这样，圭吾犯了大错。不过人总会有昏了头的时候，一旦昏了头，就容易犯错误。人内心生来带有的毒气就跟麻疹一样，总有一天得冒出来。现在已经犯下的错误就别再多想，只想着怎么不让错误闹大就好。我猜，你我都是这样想的吧。署长也保证了，绝不会对圭吾怎么样。他不是那种说谎的人。为了咱们町的名誉，这两三天内若是能找到圭吾，署长还答应帮忙打点，让上头不惩罚他。署长和我，我们俩都对此保密，绝不对町上的任何人说起这件事。所以拜托你了。圭吾一定会回来，他若是回来了，你也不必多想，马上通知我就对了。这首先是为了圭吾，也为了你，为了老太太，为了祖先和后代啊。”

圭吾媳妇听我说话时，始终面不改色，一言不发地做着针线活。等我说完了，她就长叹了一声。

“真是个蠢货。”说着，她抬起左手，擦掉了眼泪。

“你肯定也不好受吧。这我理解。不过，现在全日本有数不清的人比你还不好受。希望你能够忍耐。若是圭吾回来了，你一定一定要告诉我。拜托了！我以前从来没求过你们什么，唯独这件事，真的拜托了，我给你鞠躬了。”

我深深低下了头。就在那时，暴风雪的响动里突然多出了细小的咳嗽声，像是从马房那边传来的。我抬起头，问道：

“刚才是你咳嗽了？”

“不是。”圭吾媳妇奇怪地看着我，小声答道。

“那刚才是谁咳嗽了。你没听见吗？”

“我没听见呀。”圭吾媳妇说着，微微笑了起来。

不知为何，那一刻我感到毛骨悚然。

“他就在这儿吧。喂，你可别骗我。圭吾就在马房那边吧？”

也许我慌张的样子很是滑稽，圭吾媳妇放下针线活，脸埋在膝头笑得喘不过气来。过了好一会儿，她抬起头，咬着下唇拼命憋笑，把通红的脸转向我，抹了一把笑乱的头发，突然正色道：

“您放心，我也不是笨蛋，他若来了，我定会通知您。到时候请您好生关照他。”

“哦，是吗？”我苦笑着说，“刚才那声咳嗽，应该是我听错了。唉，遇到这种事，女人反倒比男人更可靠。那就万事拜托了。”

“行，我知道了。”圭吾媳妇镇定地点了点头。

我松了口气，撑起身子正要离开，突然听见马房那边传来了声音。

“蠢货，不要白瞎了性命啊！”那显然是署长的声音。紧接着，是一阵巨大的响动。

名誉长官说到这里，拿着火钳拨弄了一会儿火盆，没有再说话。

“然后呢？”我追问道。“他在那儿吗？”

“那还用说嘛。”他把火钳深深插进火盆的灰里，“那小子两天前就回来了。你说这过不过分？两天前就回来了，跟媳妇一商量，在马房阁楼里铺了点干草，就躲里面啦。当然，这都是媳妇教的。家里老母亲瞎了，可以随便糊弄过去，就这么把圭吾藏在马房阁楼，一天三餐送上去养着了。这都是圭吾后来交待的。他那个媳妇啊，一句话都没说。直到现在还装作啥都不知道。那天晚上我去他家里，跟圭吾媳妇说了这么多推心置腹的话，一个大男人，都给她鞠躬恳求了，你看看她那面不改色的样子。反倒是在马房阁楼上听我说话的圭吾越想越羞愧，要在房梁上系绳子上吊了。

“署长跟我分开后，可能处于职业习惯，一直在周边巡逻监视，后来发现马房那边有动静，就在门口偷偷看，没想到竟然是圭吾挂房梁上了。所以他大叫一声：蠢货，不要白瞎了性命啊！刚把他抱下来，我们就赶过去了。署长刚喊出蠢货的时候，我们已经站了起来，忍不住面面相觑。那时圭吾媳妇一心一意伸长脖子倾听马房动静的模样，唉，真的像女神一样。太可怕了。接着我们就跑去马房，署长已经抓住了圭吾，他媳妇的谎言算是曝光了，可她还是在我身后看着圭吾，小声说：什么时候回来的？

“要不是后来我听圭吾说他已经回来两天了，还真就永远相信圭吾媳妇那时真不知道丈夫回来了。肯定是这样。圭吾媳妇后来再也没说话，脸上不时挂着微笑，也不知在想些什么，真叫人搞不明白。我曾经以为她身上从不散发一点娇媚，是个高洁伟大的人，现在想来，还是让男人忍不住生出一些小心思的女人更善良坦率。说真的，我再也不能相信女人说的话了。

“圭吾后来很快拿着署长开的证明，去青森顺利报到，一直服役到了战争结束。之后马上复员回家，又跟媳妇两个和和睦睦地生活在一起了。我被圭吾媳妇骗了一回，后来就不怎么去他家了。你说，她说谎的时候怎么就这么大方磊落呢？我感觉吧，只要女人还能这样面不改色地说谎，日本就没有出头之日。你觉得呢？”

“不光日本的女人这样，全世界的女人都这样吧。不过——”我给出了极为轻浮的感想。

“那个圭吾媳妇，会不会看上你了？”

名誉长官疑惑地歪着头，随后一本正经地答道：“那不可能。”他明确否定了我的说法，然后严肃地（我在东京生活了十五年，从未听过如此坦率的话语）轻叹一声，“不过，我老婆跟圭吾媳妇关系很不好。”

我露出了微笑。

货币

在异国语言中，名词各有男女性别。

而货币，乃是女性名词。

我是第七七八五一号百元纸币。请你打开钱包看看里面的百元纸币，也许里面就有我。我已是筋疲力尽、瘫软无力，全然不知自己如今被揣在谁的怀中，又或许被扔进了废纸篓里。有传闻说，近期就要推出现代型的纸币，我等老式纸币将要被付之一炬，与其一直沉浸在这不知自己是生是死的情绪中，倒不如干脆被一把火烧了，升天超度了事。烧成灰烬后，究竟是去天堂还是地狱，这要看神明的安排，我啊，也许会堕入地狱。

我刚出生时，不像现在这样卑贱。虽然后来出了许多比我更值钱的二百元和一千元纸币，但是在我刚出生时，百元纸币还是钱中女王，我在东京的大银行窗口第一次被递到别人手上时，那人的手还在微微颤抖呢。哎，我可没说谎。那人是个年轻的木匠。他都不舍得把我叠起来，平平地放进了围裙口袋里，还像闹了肚子一样，左手轻轻捂着围裙，无论走路的时候，还是乘电车的时候，总之从银行回到家中，他一路上都用左手捂着那个口袋。回到家后，他立刻把我摆到神龛上拜了几拜。我一生的开端，就是如此幸福。我真想永远待在那个木匠家里。然而，我只在他家待了一个晚上。那一夜，木匠心情大好，甚至喝起了小酒，对年轻娇小的夫人神气活现地说："你可别小看我，我也是个能养家的男人。"他还不时站起来，双手把我捧下神龛，好一番顶礼膜拜，逗得夫人笑出声来，接着夫妻俩吵了起来，最后我被对折两次，塞进了夫人的小钱包里。第二天早晨，夫人便带着我去了当铺，夫人拿回了自己的十件和服，我则躺在了当铺冰冷潮湿的钱柜里。那里的空气冰冷彻骨，我正觉得肚子难受，很快又被拿了出去。这回，我被一个医学生用一台显微镜换到了手上。那医学生带着我旅行了好远，最后在濑户内海某座小岛的旅馆里，医学生抛弃了我。后来将近一个月，我都躺在旅馆账房小账柜的抽屉里，还听旅馆的女侍应议论道，那个医学生抛弃我离开不多久，就跳进濑户内海死了。"一个人死，多没用啊。若是那么英俊的男人找上我，我随时都愿意同他一起死。"一个身材臃肿、四十上下、满脸疙瘩的女侍应把所有人都逗笑了。后来，我在四国、九州游荡了五年，变得又老又残。人们渐渐不再重视我，等到第六年回到东京时，我已经对自己急转直下的身世感到自我厌恶了。因为自从回到东京，我就成了黑市老板的下女。离开东京那五六年，我变了许多，可是东京的变化更大。晚上八点左右，我被一个醉醺醺的黑市商人带在身上，从东京站走到日本桥，又走到了京桥，穿过银座，一直走到了新桥，路上一片漆黑，宛如走在幽暗的森林中，别说路过的行人，连一只野猫都看不见。那幅光景，仿佛令人毛骨悚然的死城散发出了不祥的气息。不久之后，那轰隆轰隆、咻咻的声音就响了起来，可即使在每天每晚的混乱当中，我也没能闲着，不断从这个人手上转到那个人手上，好似接力赛跑的棒子一般过着眼花缭乱的生活，不仅变得满是皱褶，还沾上了各式各样的臭味，我羞耻万分，变得自暴自弃了。那时的日本，或许也处在自暴自弃的时期。我从什么人手上转到什么人手上，目的是什么，其间发生了什么对话，这些各位想必都很清楚，甚至早已见怪不怪了，因此我不做细说，总之我觉得，那时变得好似猛兽的人，不只是那些被称作军阀的人。同样，我认为这不只是日本人的问题，而是人性中普遍存在的大问题，我还认为面对今晚生死难料的事态，人会丧失一切的物欲和色欲，然而事实好像正相反，人类在落入走投无路的命运时，并不会对彼此微笑，反倒会互相残害。真正符合人性的情感，难道不是只要世上还存在一个不幸的人，自己也感觉不到幸福吗？可是他们却为了自己或自己家的短暂安乐，不惜辱骂邻人、互相欺瞒、彼此推搡（不，你其实也这样做过。你下意识地做了这件事，自己却没能发现，这其实是更可怕的事情。请你为之羞愧。若你是人类，请你为之羞愧。因为羞愧是只有人类才拥有的感情），仿佛早已成了地狱的亡魂，互相纠缠厮打，何等可笑可悲。可是，在我过的卑贱下流的生活中，还是有一两次经历，让我感慨生在这个世上真是太好了。虽然我已是筋疲力尽，全然不知自己身在何处，只剩下一副苍老的外壳，但心中依旧保存着一些难以忘怀的快乐回忆。其中一件，就是我被黑市的老婆婆带到了离东京乘火车要三四个小时的某个小城市遇到的事情，我来说给你听听吧。在此之前，我一直在黑市老板手上辗转，发现女老板用起我来，要比男老板管用上两倍。女人的欲望比男人的欲望更深邃可怕，令人为之胆寒。把我带到那座小城市的老婆婆也不是等闲之辈，她用一瓶啤酒跟一个男人换来了我，接着又到小城市来采买葡萄酒，黑市的葡萄酒通常一升要卖五十元或六十元，那老婆婆却挪动膝盖凑过去跟黑市酒贩嘀嘀咕咕地说了好久，不时露出狡诈的笑容，最后竟用我这一张纸币换了四升的酒，没露出一点嫌重的表情，背起就走了，也就是说，这黑市老婆婆凭自己的本事用一瓶啤酒换了四升葡萄酒，带回去兑点水灌进啤酒瓶里，恐怕能兑出二十瓶，总之啊，女人的欲望超越了想象。然而，那老婆婆还是没有露出半点的欢欣，反倒在走的时候黑着脸抱怨这世道越来越不行了。我被装进黑市酒贩的大钱包里，正昏昏沉沉地要睡过去，却又被拿了出去，交到了一个年近四十的陆军大尉手上。那个大尉似乎也是黑市一员，他用一百根专供军人的香烟“荣耀”（大尉是这么说的，但听说葡萄酒贩回去清点，发现只有八十六根，大骂了一顿“奸商”），总之是一个写着“内含一百根”的纸包换来了我，我被胡乱塞进大尉的裤子口袋里，当天晚上陪他上了肮脏小饭馆的二楼。大尉是个酒鬼，在饭馆里小口啜饮着一种叫白兰地的罕见葡萄酒，而且他酒品不好，不停地痛骂给他斟酒的女人。

“你这张脸怎么看都像孤狸（他说狐狸时说的是孤狸，不知是哪里的方言），给我记住了。孤狸嘴巴尖，长胡须，右边有三根，左边有四根。孤狸放屁啊，那叫一个臭。那玩意儿的屁就是一股黄烟，狗闻了就会拼命打转，最后倒地不起。我可没骗你。你的脸好黄啊，黄得真怪。肯定是被自己的屁染黄了。哎哟，真臭。这肯定是你放的吧。哎，你还真放屁啊。你也太没礼貌了。你懂不懂规矩啊，竟敢当着帝国军人的面放屁。你别看我这样，我可是个神经质的人。当着我的面放孤狸屁，我可受不了。”他就这么一本正经地痛骂了一通粗俗的话，接着敏锐地听见了楼下传来的婴儿哭声。“小鬼头，吵死了，真扫兴。我可是个神经质的人，别小看我。那是你的孩子吗？奇了怪了，孤狸的孩子还会像人一样哭吗？真是奇了怪了。你也太不懂规矩了，带着个拖油瓶，还想做这种生意，想得倒美。日本就是因为有你这种没有自知之明的女人，才会陷入苦战。像你这样肤浅愚蠢的人，肯定觉得日本能打赢吧。白痴，白痴。这场战争啊，根本打不赢。就像孤狸跟狗，原地打转，倒下了再也起不来。这哪能赢啊。所以我才每天晚上喝大酒，玩女人。这有什么错吗？”

“就是有错。”斟酒的女人抬起煞白的脸，对他说道。

“像狐狸又如何？若你看不上，就不要来。现在整个日本，只有你这种人还在喝酒玩女人。你的薪水是从哪儿来的，你仔细想想吧。我们赚的钱，一大半都上交给了国家。国家把那些钱发给你们，供你们在饭馆吃饭喝酒。小瞧谁呢。我是个女人，当然会生孩子。你知道现在的女人带个吃奶的孩子有多苦吗？肯定不知道。我们已经挤不出一滴奶水了。孩子只能吸空荡荡的乳房，现在连吸的力气都没有了。是啊，对啊，那就是狐狸的孩子，下巴尖尖，满脸褶子，整日哭个不停。不如我抱来给你看吧。尽管如此，我们还是忍耐着。就是希望国家能胜利，所以忍耐着。你们呢，又是怎么回事？”说到一半，空袭警报突然响了，爆炸声几乎同时传来，又到了轰隆轰隆咻咻的时候，屋里的纸门被火光映得通红。

“来了，到底还是来了。”大尉大喊着站起来，但是那白兰地好像很上头，害得他站都站不稳。

斟酒的人早已像鸟儿一样飞快地跑下楼梯，很快就背着孩子上来了。

“来啊，快跑啊，快点。哎，小心点，撑住啊，就算是个废物，你好歹也是为国而战的军人啊。”她这样说着，从后面搂住全身绵软的大尉，撑着他走到楼下穿上鞋，接着又拉起大尉的手，逃到附近神社的院子里，大尉一进去就仰天躺成了大字，对着天上的轰隆声骂骂咧咧。啪啦啪啦，火雨落下来，神社也烧着了。

“求你了，当兵的。再往那边逃一段吧。在这儿枉死了算什么英雄，能跑就跑吧。”

那个做着全人类最卑贱的生意、长得黝黑瘦削的妇人，在那一刻却成了我黑暗生涯中最崇高、最光辉的偶像。啊，欲望，滚吧。虚荣，滚吧。日本正是因为这两样东西而落败了。斟酒的女人没有欲望，亦没有虚荣，她只想拯救眼前这个烂醉的客人，她用尽力气拉起大尉，半拖半抱地逃向远处的农田。他们刚离开，神社院内便成了一片火海。

她拖着烂醉的大尉逃进了刚割完麦子的农田，让他躺在耸起的田垄背面，自己也在旁边瘫坐下来，喘了好久。那时，大尉已经发出了响亮的鼾声。

那一夜，小城市被焚烧殆尽。临近天明时，大尉从睡梦中醒来，站起身呆滞地看着仍在熊熊燃烧的大火，突然发现那斟酒的女人坐在自己身边，正耷拉着脑袋打瞌睡，他突然感到异常狼狈，连忙逃出去了五六步，却又走了回来，从上衣内袋里掏出五张百元钞票伙伴，又从裤子口袋里掏出了我，六张叠在一起对折，掀起孩子最贴身那层衣服，贴着皮肤塞到了背后，接着便匆匆逃走了。那一刻，我感到了无上的幸福。如果货币能一直被用在这种地方，那我该有多幸福啊。婴儿的背部又干又瘦，但我还是对别的伙伴说：

“世上没有比这更好的地方了。我们真幸福。真想一直待在这里，为孩子暖背，让他长得又白又胖。”

伙伴们都不出声，默默地点了点头。

已矣哉

自从来到这边（津轻），就有小学时代的朋友不时来访。我上小学时，在同学中似乎很有威势，连町议员都笑着说：“你可是我过去的老大啊。”这些老同学个个都成了一本正经的中年人，完全融入了町议员、农民、校长等角色，小有一些钱财，举止泰然自若。可是只要交谈一段时间就会发现，我的这些同学全都嗜酒如命，爱好女色，最后落得个谁也瞧不上谁，大笑而归的结局。

跟小学同学喝酒很是快乐，可是跟中学同学见面聊天，就觉得莫名局促。对方实在太做作了，甚至像是对我有所戒备。既然如此，本没有必要特意来见我，然而他们作为当地的知识分子，又习得了一些仁义之理，还是非要来见我。

就在前不久，该町医院的某医生给我打来了电话，说今晚要准备一些粗茶淡饭，希望我光临。据说，这医生常对我的各路亲戚提起，说他是我的中学同学，可我却丝毫没有中学与他来往过的记忆。不过是听了他的名字，能模糊地想起一个长相罢了。我想，他也许本来比我高一年级，不知在第三年还是第四年留了级，才成了我的同学。我感觉好像是这样。总而言之，我与那人并不相熟。

被那样的人请客吃晚饭，对我而言实在是痛苦，于是刚过中午，我便到他城郊的宅邸中道歉去了。那一天是星期日，所以他穿着长棉袄待在家里。

“请你取消晚餐吧。我仔细一想，在这物资匮乏的时期，独我一人享用美食又有什么用呢。这样实在是没有意义。”

“太遗憾了。不巧的是，内人正好外出了，但她应该很快就回来。这下可为难了。给你打电话，是不是反倒冒犯了呀。”

我被领到了面朝大街的二楼阳台。那天天气很好，算是当地最后的秋晴之日。再往后，就只有阴沉的乌云和冰冷彻骨的风了。

“是这样的。”医生露出怪异的微笑，“我这儿有两瓶配给的苹果酒，我又正好不喝酒，便想请你喝一瓶，听你好好儿说说东京空袭的事情。”

我早已猜到会是这样，所以才来拒绝了。用两瓶苹果酒要我“好好儿”交换一些社交措辞，真是太憋屈了。

“难得的苹果酒，真是可惜啊。”我说。

“不，哪有的事。反正我也不喝，你现在要尝尝吗？我去开一瓶吧。”

他那副郑重其事的模样，仿佛要去开香槟，也不顾我的劝阻，径直下了楼，没一会儿就用托盘端来了已经开瓶的酒。

“内人不在，难得你来了，也没什么正经东西可以招待，只能拿点儿现成的了，不过这东西还挺稀罕，你能看出来吗，是蒲烧鲇鱼呢。这是内人独创的调味。你别看是鲇鱼，做成这个样子，味道还真不错。好了，快尝一口吧。跟鳗鱼没什么两样。”

托盘上摆着他说的蒲烧，还有一只小酒杯。我平时都用大杯子喝苹果酒，倒是头一回用这么小的杯子，只不过将啤酒瓶里的苹果酒一点一点倒进小酒杯里给我喝，着实让我浑身难受。不仅如此，这酒还一点都不醉人。我听他的推荐，尝试了夫人的创意蒲烧鲇鱼。

“味道怎么样？这可是我内人自己发明的。我总夸她大大解决了物资不足的问题，而且这真的跟鳗鱼没什么两样。”

我咽下鱼肉，默默点头，同时暗自思忖：这位医生以前究竟吃了什么样的鳗鱼？

“这就叫小厨房里的大科学。你别说，料理也是一种科学呢。在这物资不足的时期，内人的发明创造力左右了国家的命运，哎，这可不是说笑，我是真的相信。对了对了，你的小说也提到过类似的话吧。我不怎么看现在的人写的小说，你的小说也只读过一本，说的好像是什么发明新型飞机，试飞的时候掉落在农田里的发明创造故事，挺有意思的。”

我还是默默点了点头。然而，我不记得自己写过那样的小说。

“总之啊，日本现在需要更多的新发明。我们男女都要齐心协力，探索新的发明才对。你别怪我自夸，内人在这个方面，实在是太令人感叹了。她总想着要搞些新的创意。托她的福，我在这个时代一点儿都没感觉到生活上的困窘。有的人只知道叫嚷物资不足物资不足，削尖了脑袋想从黑市搞东西，他们啊，说白了就是没有下足功夫。缺乏钻研之心。你瞧，隔壁草席店也住进来一户东京疏散过来的人，他们家夫人上回跑到我家来，跟我内人争论了一番，我躲在旁边听到了，真是太有意思了。原来疏散的人也有他们自己的说辞。那位夫人说什么乡下的农民就是淳朴，简直胡说八道。世上最可怕的莫过于农民。都说淳朴的乡下人被城里的暴发户用金钱腐蚀了，其实完全相反。大城市疏散过来的人基本都被烧了家，这不烧不知道，损失可谓不可估量啊。他们借着一点儿亲戚关系逃到乡下来，就算不是犯了事儿逃回来的，也过得不舒不展，凡事都得忍着，想尽办法为自己积攒新生活的准备，可再看乡下人呢，个个都薄情薄义。咱们也不是想白吃白喝，别管是下地干活还是什么别的，都愿意帮忙，可他们呢，帮了忙又嫌做不好，不帮忙又把你当成吃白食的，平时有什么事都不跟你商量，咱又没有工作，只能靠一点微薄的积蓄为生，再加上帮不上忙，只好咬着牙拿钱当谢礼，可是他们见了还是不高兴，说什么大城市的暴发户用钞票抬高了黑市的物价，扰乱乡下的和平稳定。可要说他们是不是一分钱都不收，却也不是，无论给多少都从不嫌多。他们明明就很想要钱，却故意装清高，说什么金钱如同废纸，简直太作孽了，无论什么钞票，不都印着皇家的菊纹吗，不过那些光用钱就能解决的农民已经算是好的，大多数不仅要你的钱，还要你的东西。本来咱们被烧了家，就是空着手跑出来的，那些农民却能面不改色地说什么你身上那条裤子挺不错，真是叫人毛骨悚然，他们就这样又拿又要，现在不也是仗着有钱作威作福，啥也不干了嘛。可是钱总有花完的一天，到时候又该怎么办呢，太肤浅了，就这还好意思嘲笑咱们。咱们以前做过对不起他们的事儿吗，为什么要如此坏心眼呢？什么乡下人淳朴，别开玩笑了。这就是隔壁那位疏散过来的夫人对我内人发表的长篇大论。你知道内人是怎么回答的吗？她说，那终究是怪你自己没有下功夫，现在这个世道，谁也不能艳羡他人，东京恐怕要在空袭中烧成一片焦土，这是早就知道的事情，所以在真的烧到自己家前，应该下功夫做好相应的准备，比如提前五年结束大城市的生活，回到乡下扎根，这样就不会如此为难了。一直磨磨蹭蹭地贪恋大城市的安逸生活，就酿成了失败的基础，所以说这点还是应该怪你，你还说遭灾的人都是空着手甚至光着身子逃出来的，那真是太过分了。甚至有卖弄悲惨的嫌疑。政府当时就给遭灾的群众发放了慰问，也保证了他们更方便地兑换公债、申报保险。更何况，没有哪个受灾群众真的是空手逃出来的，基本上都拎着四五箱行李去了疏散地点，吃穿暂且不必发愁。有了这些钱和东西，接着只要懂得下一些功夫，总会想到办法，不需要依靠乡下的农民也能开拓出自力更生的道路。反正嘛，内人就是用这个道理反将了一军，结果隔壁家的夫人竟然哭了起来，说什么他们在东京也不是成天花天酒地，谁不是辛辛苦苦活过来的，一把鼻涕一把泪地抱怨了好久，最后吃了一顿内人下功夫搞创意发明出来的美国荞麦面就回去了，怎么说呢，这些疏散过来的人啊，总把自己想得很惨，哎，你要回去了吗？再坐一会儿嘛，多喝点苹果酒吧，还剩这么多呢，你至少喝完这瓶吧。反正我是不喝的，怎么，你必须得回去吗？那真是太可惜了。内人也快回来了，本来想听你好好儿说说东京空袭的事情呢。”

那一刻，我突然无比思念东京荻窪的烤鸡串小摊，思念得胸口焦灼。我什么都不要，只渴望在那小摊上来一串二钱的烤鸡肉，再来一杯十钱的威士忌，坐在那儿大声咒骂世间俗物。然而，我不能。所以我微笑着站起来，道了谢，还说了些客套话。

“你有一位这么好的夫人，真是幸福呀。”这时正好有一个用麻绳捆了南瓜背在身上，累得浑身大汗的妇人路过。我指着她说：“一般人家的夫人都像那个样子，没有一点儿创意，也从来不知道下功夫。”医生听了，摆出奇怪的表情，含糊地应了一声。我刚意识到那是怎么回事，路上的妇人就走进了医生家的后门。已矣哉。原来是夫人归宅了。

十五年

此前蒙受战火灾难，若我还是独身一人，或许还有别的出路，然而带着年仅五岁和两岁的孩子，我实在不知如何是好，最终只能逃回津轻老家，一家四口寄人篱下。

许多人应该知道，我与家乡的人早有不和。说难听点，我二十几岁时做了一些丢人现眼的事，被断绝了关系。

如今两次遭灾，实在走投无路，我又拍了一封“烦请收留”的电报，觍着脸回来了。

不久之后，大战结束，我得以换下以备随时逃难的装束，散着和服下摆，带五岁的女儿在故乡的原野上漫步。

这着实是一种奇妙的心情。我已经离开故乡十五年了，故乡却没有什么变化。如今漫步在故乡原野上的我，也不过是个普通的津轻人。我在东京生活了十五年，丝毫没有染上大城市的颜色。我依旧是个脖颈粗大笨重的农民。我在东京究竟过了什么样的生活？怎的竟一点都没有洗去乡野的土气？真是不可思议。

在一个难以入眠的夜晚，我思索着自己十五年的都市生活，决心再记录一次自己的回忆。所谓再一次，是因为大约五年前，我曾以《东京八景》为题，如实讲述了自己在东京的生活，并发表出来了。现在过了五年，我饱尝战火之苦，《东京八景》已不足以概括我的生活，于是我想换一个方向，以自己在东京发表的作品为主轴，讲述我这个津轻的土农血统的人究竟过了什么样的城市生活，并补充《东京八景》之后的战时生活，彻底挖掘我的乡土本质。

我在东京发表的第一篇作品，是十八页的短篇小说《鱼服记》，翌月又分三回连载了大约百页的小说《回忆》。这些都发表在同人志《海豹》上，时间为昭和八年。我从弘前高中毕业，进入东京帝大法文科的时间是昭和五年春天，因此上述小说乃是我到东京第三年所发表。然而，我真正开始投入创作这些小说，是在发表的前一年。我在《东京八景》中，对当时的情况阐述如下：

“不过，我似乎一点一点地从呆蠢中觉醒过来了。我写了一封遗书。便是百页的《回忆》。如今，《回忆》已成了我的处女作。我自认为，自己不加掩饰地尽数写下了幼时至今所作之恶。那是二十四岁的秋天。我坐在偏房的小房间里，眺望着杂草丛生的开阔废园，彻底失去了笑容。我又一次想到死。若说这是做作，它的确是做作。那皆是我的自以为是。我果然将人生视作了一场戏。不，我将戏剧视作了人生。（中略）可是人生并非戏剧。谁也不知晓第二幕将会上演怎样的场景。有的人带着‘毁灭’的使命登场，却直到最后都没有退场。我想留下一封小小的遗书，坦白自己的幼年及少年时代，告诉人们世上也存在这般肮脏的孩童，那封遗书却让我极为挂念，成了我身处虚无中的微弱灯火。我没能死去。我唯独对那篇《回忆》，感到了难以释怀的不满。既然都写到这里了，干脆全部写出来吧。将我迄今为止的全部生活，毫无保留地倾吐出来吧。那些事情，这些事情。我有许多想要写下的东西。先写了镰仓那件事，可是不行。还遗漏了一些。我又写了一篇，依旧不满意。只得叹息，再写下一篇。迟迟画不上句点，只能不断勾勒小小的逗号。那恶魔永远在向我招手，我已经快要陷落了。这只是螳臂当车。

“我二十五岁了。现在是昭和八年。我今年三月就要从大学毕业。可是莫说毕业，我连考试都没去参加。故乡的兄长们并不知情。这小子从小到大干了那么多蠢事，哪怕为了表示歉意，至少也会顺利毕业给我们看吧。他们似乎暗中期待着，我是这样诚恳的人。而我完全辜负了他们的期待。我丝毫不打算毕业。欺骗信任自己的人，是种叫人癫狂的地狱。后来那两年间，我都生活在那个地狱里。明年我定会毕业，请再给我一年时间。每次向长兄如此泣诉，我都会再次辜负。那一年也是这样，第二年也是这样。我在近乎死亡的反省、自嘲与恐惧中度日，却没能死去，埋头写起了自以为是的，号称遗书的一连串作品。我定要将它写出来。也许，那不过是青涩做作的感伤。可是，我为那感伤拼上了性命。

我把写好的作品装在大纸袋里，每写好三到四篇就装进去。作品的数量渐渐增多了。我用毛笔在那纸袋上写了《晚年》二字。这是我为那些遗书起的标题。意思是，到这里，就结束了。”

这便是我当时那些作品的所谓“剧场后台”。我在昭和八年、昭和九年、昭和十年、昭和十一年这四年间发表了纸袋里的全部作品，创作时间则集中在昭和七年、昭和八年两年。基本是我二十四岁到二十五岁之间的作品。后来那两三年，只要有人管我要，我便从纸袋里拿一篇出来给他，仅此而已。

昭和八年，我二十五岁时在同人杂志《海豹》创刊号上发表了十八页的短篇小说《鱼服记》。它是我作家生涯的出发点，并得到了出乎意外的反响，一直为我耐心修改满纸津轻土腔的井伏先生甚为惊讶，并非常担心地说：

“你这篇作品得到这样的好评太奇怪了。你可不能沾沾自喜，兴许是出了什么错。”

后来，井伏先生也总是为我担惊受怕，担心是出了什么错。能够永远担心我的作品的人，除了这位井伏先生，或许只有津轻老家的兄长了。他们两人都比我年长十一岁，今年已是四十八岁，兄长的头已经秃了，井伏先生这几年也添了不少白发。他们二人都非常严格。甚至性格上也有些相似。然而，我是被他们养育长大的。若这二人离开了人世，我将会痛哭不止。

《鱼服记》发表后，井伏先生为我担心“兴许是出了什么错”，而我却仗着乡下人的厚脸皮，在那一年又发表了《回忆》，成为文坛新人。翌年，我接到了其他颇为有名的文艺杂志的邀稿，然而稿费时有时无，纵使有，也不过每页三十钱五十钱，价格极为低廉，想与当时来往亲密的学友出去喝酒，都不足以支付酒钱。后来，又出版了题为《晚年》的作品集，我的笔名“太宰”开始传播出去，但我丝毫没有感到幸福。直到我三十岁那年，井伏先生为我介绍了现在的妻子，我俩在甲府市郊外租下一间房租每月六元五十钱的小房子，存了二百元的版税，过上了不与任何人见面、每日下午四点便就着汤豆腐悠然喝酒的日子，我才稍微得到了休憩，多少感觉到一些宽松。我不需要在意任何人。然而，那样的日子也只持续了三四个月。二百元的存款支撑不了多久。我不得不再次前往东京，投身于坎坷艰难的生活。我的半生，其实是喝闷酒的历史。

我总是渴望富有秩序的生活，渴望洗净身体里的酒精与尼古丁，干干净净地躺在洁白的床单上，可我始终是个肮脏的醉汉，徘徊在人烟稀少的街头巷尾。事情为何会变成这样？若在这里用两三句话解释，却显得过于自以为是了。也许，这是我们那个年代的所有日本知识分子的问题。也许那是一个极其重大的问题，纵使我列出所有作品也无法解答。

我否定了沙龙艺术。驳斥了沙龙思想。简而言之，我受不了沙龙这种东西。

那是知识的妓院。不，若是真的成了妓院，倒能从中发现真实的宝玉。那是知识的赃物市场。不，哪怕是赃物市场，也并非不能找到真金白银的戒指。沙龙是难以比喻的东西。干脆，就这样说吧。那是知识的“大本营发表”。那是知识的“战时日本报刊”。

战时的日本报刊通篇没有一个字值得相信（但我们还是相信了它，并准备为之赴死。父母濒临破产、捉襟见肘，道出昭然若揭的谎言时，孩子难道会揭穿他们吗？只会默默认命，同生共死）。那些报刊上都是极力狡辩的文字，尽管如此，报纸的角落里还是会每天刊登并非谎言的报道。那就是讣告。羽左卫门在疏散地去世的消息并非谎言。

沙龙比那些战时的日本报刊还要恶劣。在那里，连人的生死都是谎言。太宰不知在沙龙中几度死亡，又几度翻身，甚至没落了。

请让我说出这句话：我一直在与沙龙的伪善交战。同样，我也一直是个肮脏的醉鬼。无论走到哪个沙龙，他们的书架上都不会有我的著作。

然而，我花了大力气、下了大功夫书写沙龙的百般不好，却依旧有人完全无法理解。甚至有些一知半解的人反驳：沙龙在外国不是文学艺术的发祥之地吗？史上最可怕的人，莫过于那些一知半解的人。他们不过是死记硬背了十年前听过的定义而已。当他们面对新的现实，就会试图套用死记硬背的定义。那样不行的，老奶奶，肯定套不上去。

那些能够认识到自己不行的人，光就这一点就值得尊敬。一知半解的人永远自以为是。正是这些人，最爱谬传天才的诚恳。也是这些人，反倒支持俗人的伪善。日本到处充斥着一知半解的人，甚至可以说，他们覆盖了整片国土。

再软弱一些吧！伟大的人并不是你！什么学问，全都抛到脑后吧！

爱邻人如爱自己。除非做到这一点，否则将一事无成。

我若说出这番话，那些一知半解的沙龙人士又要开始讨论此种思想云云了。真是一拳打在棉花上，没回音。

我说的沙龙究竟是什么？被称为外国文学艺术发祥之地的沙龙与日本的沙龙存在着什么样的根本差异？与皇室、王室直接关联的沙龙，与企业家或官僚有关系的沙龙，两者之间又有什么不同？你们的沙龙为何只是猴儿戏？我大可以在此逐一细细说明，可是若在这种地方下功夫，也许会招来你们的另眼相看，甚至酿成太宰也被迎进沙龙、适得其反的后果，所以我将不会白费这些力气。这有什么，就算我不说，懂的人自然都懂。

此刻，我翻开了一本战火中残存、可以称之为创作年表的手记，沉浸在种种回忆之中。从我昭和八年第一次在东京发表作品，一直到昭和二十年，这十二年间，我与那些沙龙人士保持着全然不同的步调。由此可见，我注定永远无法融入那些人。记得是昭和二三年前后，我还是弘前高中的文科生，时常去找东京的兄长（这位兄长是雕刻家，身体一直不好，二十七岁就病死了）玩耍，兄长每次带我去咖啡厅，总会碰见一个皮肤白皙、装模作样的男人，兄长小声告诉我，那是新晋作家某某老师，我只觉得那人何等肤浅轻薄，愈发厌恶起艺术家这个群体了。

我质疑优雅的艺术家，否定“秀丽”的艺术家。我这个乡下人只觉得他们无比做作，令人难以忍受。

那位喜欢海怪的画家勃克林，想必各位都知道。他的画总是带着一点青涩，谈不上很好，唯独那幅名为《艺术家》的画不一般。茫茫大海上有座孤岛，岛上长了一棵郁郁葱葱的大树，树荫下藏着一个肮脏怪异的生物，在吹奏小小的笛子。他藏起了自己污浊的身躯，忘情地吹奏笛子。美丽的人鱼聚集在孤岛的海边，陶醉地倾听笛声。若她们看见了隐藏起来的吹笛手，一定会惊声尖叫。于是，艺术家将自己的身体深深隐藏起来，只送出了悠扬的笛声。

这幅画既体现了艺术家悲惨而孤独的命运，又蕴含着为艺术献身的唯美和高洁，总而言之，艺术就体现在那家伙身上。

我敢断言，真正的艺术家都是丑陋的。那坐在咖啡店里卖弄风雅的男人是个假货。诸位想必听过安徒生《丑小鸭》的故事。在一窝娇小可爱的小鸭子中，混入了一只丑陋的小鸭，于是它成了别人虐待和嘲笑的对象。令人意外的是，原来它并不是一只小鸭，而是一只小天鹅。巨匠的青年时代，无一例外都是丑陋的。他们绝没有适合在沙龙张扬的可爱风趣。

高雅的沙龙是人类最可怕的堕落。那么，最先要谴责的究竟是谁？那就是自己。是我。是自称太宰治的、莫名做作的男人。过上有秩序的生活，睡在洁白的床单上，如此甚好，（这是绝对无法否定的魅力！）可是，在他独自付出努力获得这般境地的瞬间，也许会突然变了个人，开始出入此前如此憎恨的沙龙，不仅是出入，甚至自己开设小小的沙龙，成为一知半解之人的老师。毕竟他是个极度软弱又缺乏原则的人，而且虚荣心极强，一旦被人煽动，就会得意忘形，恐怕什么事都做得出来。

我极度恐惧这样的事态演变。因为我总认为，若我获得了沙龙式的高雅家庭生活，必定是背叛他人所得。我就像个胆小得令人厌恶的债务人。

我接连破坏了自己的家庭生活。就算没有强烈的破坏的意志，它也接二连三地崩塌了。昭和五年，我从弘前高中毕业，进入了大学，并在东京落脚。直至现在，我不知迁居过多少次。就连迁居，也绝不是以普通的形式进行。我几乎每次都失去一切，空手离开，又在一片新的土地上一点一点获得傍身之物。户塚、本所、镰仓的病房、五反田、同朋町、和泉町、柏木、新富町、八丁堀、白金三光町。我就是在白金三光町一座宽敞空宅的偏房里写出了《回忆》。天沼三丁目、天沼一丁目、阿佐谷的病房、经堂的病房、千叶县船桥、板桥的病房、天沼的公寓、天沼的出租房、甲州御坂岭、甲府市的出租房、甲府市郊外的房子、东京都下三鹰町、甲府水门町、甲府新柳町、津轻。

即使不算那些可能被我遗忘的地点，仅仅这些也已是二十五次迁居。不，应该是二十五次破产。换言之，我每年两次破产，每次都重新出发。而今后的家庭生活会是什么模样，我丝毫无法想象。

上面列举的二十五个地点中，我最钟爱千叶县船桥町的住处。我在那里写出了《传奇》和《虚构之春》等作品。在我不得不离开那个住所时，我曾痛哭着恳求道：拜托了，再让我住一晚上吧。门口的夹竹桃是我栽的，院里的青桐也是我栽的。居住时间最长的，应是三鹰町下连雀的房子。我在开战前就已搬进去，但今年春天，房子被炸弹毁坏，我们一家只能疏散到了甲府市水门町的妻子娘家。但是住到第三个月，那座房子也被烧夷弹夷为平地，我们又不得不暂时躲避到新柳町的某户人家，随后想着既然都是要死，不如落叶归根，便抱着两个孩子回到了津轻老家。刚回来两个星期，就听到了那场广播。这便是我浪荡生活的大致经历。

我已经三十七岁了。现在，我又要空着手重新出发。我依旧厌恶沙龙思想。

翻开可以称之为创作年表的手记，可以清楚看到过去这十几年，我每年都过得糟糕凄惨。我们这个年代的人，在过去这二十年间，大体是糟糕而凄惨的。正如狂涛中的一叶扁舟。一塌糊涂。刚到二十上下的年龄，我们就几乎全部投身了那场阶级战争，或是被投入监狱，或是被逐出学校，或是自杀。来到东京，眼前出现了一座霓虹的森林。或是上书“船之船”，或是上书“黑猫”，或是上书“美人座”。林林总总，那时的银座与新宿可真是热闹。一场绝望的狂舞。人人都觉得不玩乐便是吃亏，喝酒喝得眼神都变了。接着，便是九月十八日的事变。什么五一五，什么二二六，全是些叫人高兴不起来的事情，后来又是对中国发动战争，我们那一辈人全都被拉去参战。战争越拖越久，人人都在争论要不要打，最后怎么都打不出个结果来，敌人又变成了美英，日本的男女老少都做好了赴死的觉悟。

那真是一个糟糕的时代。期间还有爱情的问题、信仰和艺术的问题，要想死守自己的旗帜，变得难于登天。那之后也不轻松。这个样子又有什么办法。若只是倒退回十几年前那个船之船的时代，则一点意义都没有。若是到末了，发现战争时代反倒好上一些，那就太悲惨了。一个不小心，真的会变成那样。从今以后，再也别想着趁乱发横财了。那样有什么意义呢？

昭和十七年、昭和十八年、昭和十九年、昭和二十年，这对我们来说，着实是糟糕透顶的时代。我三次被点名，每次都要参加什么竹枪突击特训，或是凌晨集结，即便如此，我还是抽空写了一些小说发表，结果传出了被情报局盯上的谣言，昭和十八年发表了三百页的小说《右大臣实朝》，还被某些卑劣的“忠臣”牵强附会地读成《犹太人实朝》，非要说太宰将实朝比作犹太人，对我发起猛烈批判，誓要将我开除出国民集团。一部二百多页的新小说还被禁止出版了。但是，我并没有停止写小说。事已至此，我若不坚持写小说到最后一刻，那此前的一切便像是谎言。这已经不能讲道理了。这就是农民梗着脖子的倔强。但我并不打算像某人那样，说什么“余本不想打仗，余乃是日本军阀之敌。余是自由主义者”。战争一结束就转头说起东条的坏话，叫嚷什么战争责任，大搞新型投机主义。现在连社会主义都堕落为沙龙思想了。我同样无法跟随这样的时势。

在战争中，我看透了东条，蔑视希特勒，并到处发表自己的想法。可是我在这场战争中，同样试图大力支持日本。我的支持虽然派不上半点用场，但我始终认为自己在支持日本。我要明确这一点。这场战争当然从一开始就不抱任何希望。然而，日本还是发动了战争。

我在昭和十四年写的未完成的长篇小说《火鸟》中，有这样一段话。各位读了这段话，就会进一步明白我刚才说的“父母濒临破产、捉襟见肘，道出昭然若揭的谎言时，孩子难道会揭穿他们吗？只会默默认命，同生共死”。

那段文字如下：

（前略）隔着长火盆，老妈妈像陶瓷摆件一般垂着目光端坐，继而娓娓道来——他是我唯一的孩子，虽然成了怪物一样的男人，但我相信他。他父亲今年已经去世七年了。回忆往昔的光辉也许分外可怜，但他父亲健在时，我们在前桥，对，上州那边的前桥，开着一家顶顶一流的餐馆。那些大臣啊，师团长啊，知事啊，到前桥去的时候，一定要光顾我们家的店。那时候啊，生活是真好。我每天都特别有干劲，拼命地工作。可是他父亲到了五十岁那年，染上了坏习惯，就是玩投机。这投机市场一旦崩溃，那只是一转眼的事情。突然有一天早晨，我们就变得一无所有了。干干净净，分文不剩。真是可笑极了。他父亲算是丢了个大人，却还要硬撑场面，说什么自己有个秘密的矿山，能生出金子的矿山，像个孩子一样撒谎，所以说男人啊，真难做，对着一个相携走过了多少年的老婆子，也得死要面子，一本正经地对我们细细讲解那是一座怎样的金山。我明知道他在撒谎，听着听着就觉得好没出息，真可耻，太可怜了，眼泪止不住地往下淌。他父亲发现我们并不相信，最后倔脾气上来了，翻出许多地图资料之类，仔仔细细、像真的一样解释起来，最后还提议咱们一家人去山上看看，让我很是为难。他看见一个什么人，就要抓着他讲自己的金山，我真是羞愧得快死了。他成了城里人的笑料，而朝太郎那时才刚上东京的大学，我实在不知如何是好，就给朝太郎写信，把事情和盘托出。那时朝太郎真是太能干了。他立刻从东京赶回来，假装兴高采烈地说：父亲，你有这么好的矿山，为何一直瞒着我？如果真有这么好的事，那我还读什么书啊，请允许我退学吧，咱们卖了这房子，立刻去山上挖金矿去吧。他拽着父亲的手不断催促，又把我叫到角落里悄悄责备道：妈妈，听好了，爸爸已经时日无多，咱们不能对失败的人落井下石，叫他蒙羞。我被他这么一说，才感到恍然大悟，然后万分羞耻，恨不得对孩子顶礼膜拜。尽管明知道是谎言，我们还是乘上火车，转乘马车，徒步穿过积雪的道路，一家三口去到了信浓深山。现在回想起来，还是觉得悲凉。我们住进信浓深山的温泉旅馆，整整一年时间，那孩子不管刮风下雨还是烈日炎炎，每天都陪父亲进山，日落后回到旅馆，认真听父亲说话，一点都不像在假装，还跟父亲一同研究探讨，互相打气，说明天一定能找到，接着便上床睡觉，第二天一大早又到山里去，任凭父亲拉着他四处游荡，对父亲的满口谎言点头称是，最后筋疲力尽地回来。这一切啊，多亏了朝太郎。他父亲在山间旅馆过了一整年充实的生活，在老婆和孩子面前都保住了体面，直到最后都没有蒙羞，安安乐乐地离开了人世。是啊，他就死在信浓深山的旅馆里。他到死都在得意洋洋地说，我这座山有潜力，至少能翻二十倍。他啊，很早以前心脏就很不好了。那是个秋风凛冽的早晨。多可怜啊。不过，那孩子是真的有潜力。后来我们母子两人来到东京，吃了不少苦头。最让我难受的事情，就是拿着碗去买一块豆腐。现在朝太郎多得各位照拂，可以靠写字赚钱了，无论朝太郎做什么蠢事，我都相信他。一想到过去他如此照顾自己的父亲，我就由衷地感谢他，敬佩他，无论那孩子做了什么事，哪怕是杀了人，我都要相信他。那是个有人情味的孩子啊。（后略）

一些自称拥有“科学精神”的人只会嘲笑这种思想是陈

旧的人情主义，将其一笑置之，而我永远都无法与那样的人共事。战争期间，我一直认为，若这样的日本赢得了战争，那么日本将不再是神的国度，而是魔的国度。但我还是口称日本必胜，当了日本的支持者。那些明知会落败，还在暗地里嘀咕着肯定要败，把那当成只有自己知道的秘密之人，也算不得什么高洁。

我就是这样成了“日本的支持者”，可是当时的政府终究还是不可信任。不知何处传出了我是情报局重点关注人物的谣言，再也没有出版社向我邀稿。这种话说起来看似小气，总之当时的生活费用越来越高，孩子越来越多，收入又完全没有，真是一段难熬的日子。不过那时不只是我，所谓纯文艺人士全都处在水深火热之中。然而别人大抵都有些书画古董可以变卖维生，我却没有那样的财产。如果我被征兵了，家里人肯定要吃更大的苦头，但不知为何，我始终没有收到征兵令。虽然这种话不敢乱说，但我还是忍不住想，这一定是上天的眷顾。于是，我便一直坚持下来，不断地写小说。

除了那些大发战争之财的人，现在无论谁的日子都过得很苦，我便决心对自己的苦日子缄口不言，努力装出快活的模样，尽管如此，我还是忧心忡忡，曾给某位前辈写过这样的信：

敬启。这封信不是为了向您求助，也不是为了向您诉说，更不是要非难什么人。我写下这封信，只是想对您倾诉一些连家人都不知晓的事情。就算您知道了这些事情，也不必为我做什么。我并不是为了乞求您的帮助。您只需要知晓这些事就够了。读完这封信，请您什么都不要说，将它撕毁丢弃吧。恳求您，不要对任何人说起这封信的内容。

此时此刻，我正在考虑自杀。可是，我也在忍耐。因为我可怜妻子，也因为我身为日本国民，不希望自己的自杀成为外国的宣传材料，更担心身在战场的年轻友人听说了我自杀的消息，不知会生出何样的心情，所以我也在忍耐。我为何除了自杀别无出路，您也应该十分清楚。只因我身无长物，故而比其他人更觉痛苦。我今年的收入是 ×× 元。现在手头剩下的钱，是 ×× 元。我不打算向任何人借钱。曾有几个夜晚，我很想写信给故乡的兄长，向他求借一些钱款，最后都作罢了。事已至此，我就要倔强到底。我要一直保持欢快的模样，直到死前的那一夜。然后，我要坚持写小说。然而，我丝毫不打算写什么赞美战争的小说。

我想让您知晓的，便是这件事。我不清楚自己的命运如何。您不需要回复这封信。请在读过之后，将它撕毁丢弃吧。

我写了这样一封信，悄悄寄给那位前辈。因为在那个糟糕的年代，连发牢骚也要被开除出国民集团。

寄出那封信，过了一个月左右，我在新宿偶遇了那位前辈。我们什么都没说，只是默默地并肩行走。过了一会儿，那位前辈开口道：

“我看了你的信。”

“是吗。您把它撕了吗?”

“对，撕了。”

仅此而已。当时，那位前辈的处境似乎比我还要艰难。

总而言之，我不能一直维持那样的生活，必须杀出一条血路，解决窘迫的生计。

我向某出版社申请了差旅费，策划了一场津轻旅行。在当时的日本，所有人都关注着南方，而我要反其道而行之，到本州的最北端旅行。我依旧不清楚自己的命运如何。所以，我想趁着现在，好好看看自己出生长大的津轻。

我的出身是纯粹的津轻农民，小学、初中、高中都就读于津轻，在津轻度过了人生的前二十年，只了解津轻的五六座小城市和村落。中学时代的寒暑假，我都在自己的老家无所事事，读遍了兄长们的藏书，从未想过出门旅行，高中时代的休假，我则去东京找当了雕刻家的兄长玩耍，几乎不待在老家，等到上了东京的大学，更是十几年没有回去过，可以说全然不了解津轻这个地区。后来，我裹上绑腿，有生以来头一次走遍了津轻的每个角落。从蟹田到青森，衣衫褴褛地仰面躺在小蒸汽船的顶棚上，被小雨淋湿了也一动不动，大口嚼着蟹田的特产蟹脚，仰望阴云密布的天空时，那种寂寞让我至今难忘。最后，我在这场旅行中找到了“津轻的笨拙”。那是拙劣，是愚笨，是缺乏文化表现之法的困惑。我在自己身上，也发现了同样的感觉。但与此同时，我也意识到那是一种健康的状态。从这种笨拙中，也许会生出全新的文化（我对文化这个词感到毛骨悚然。以前应该是写作“文花”）。也许会生出全新的爱的表达。我返京时，内心已经感到了对自己血脉中的纯粹津轻气质的自信。换言之，我发现津轻并不存在文化，因此我这个津轻人也丝毫不算文化人，并为此感到神清气爽。从那以后，我的作品似乎发生了一些改变。我发表了《津轻》这部类似于旅行记的长篇小说。接着，我又出版了名为《新释诸国话》的短篇集。接着，我又写了以鲁迅的日本留学经历为题材的长篇小说《惜别》，以及短篇集《御伽草纸》。当时我就算死了，也可以说作为一名日本的作家，留下了很不错的业绩。其他的人，都没有如此勤奋。

期间，我两次遭遇战火。我写完了《御伽草纸》，预支了版税，最终疏散回了津轻老家。

我们一家四口在甲府第二次受灾，终于走投无路，只好出发前往津轻，后来花了整整四个昼夜，好不容易才回到津轻老家。

那段路途甚为艰难。七月二十八日早晨离开甲府，在大月附近接到警戒警报，下午两点半左右到达上野车站，在漫长的队列中等待了八个小时，本想乘坐深夜十点十分发车的奥羽线转青森方向列车，不巧的是，在检票之前拉响了警报，站内瞬间陷入一片漆黑，原本的队伍顺序完全打乱，群众爆发出异样的吼叫涌向检票口，我们一人抱着一个幼儿，自然挤不过别人，好不容易挤到列车跟前时，车上已经满员，连钻窗户的空隙都没有剩下。我们不得不呆立在站台上，眼睁睁地看着列车发出叹息般的汽笛声，艰难地开动起来。那一夜，我们在上野车站的检票口前和衣而眠。扩音器一直在播报青森方面的烧夷弹攻击情况，持续到了凌晨时分。然而，我们必须前往青森。我们决定，无论什么车都行，只要是北上的车便要坐上去，于是乘上了翌日清晨五点十分发车的白河方向列车。十点半抵达白河，下车后在站台上等待两个小时，下午一点半乘上了继续往北的小牛田方向列车。是从窗户钻进去的。途中，在郡山车站遭遇轰炸。晚上九点半，抵达小牛田车站。又在车站检票口前席地而睡。我们带了三天的食物，奈何酷暑难当，饭团全都馊了，米粒像纳豆一样能扯出丝来，吃进嘴里又酸又黏，难以下咽。在小牛田车站待到天明，内人拿着我们携带的一升大米，在昏暗的天光中走到车站附近挨家挨户敲门，找人交换饭团。好不容易有一户人家答应了。我们换来了四个挺大的饭团。我迫不及待地咬了一口，只听见口腔中传来喀拉喀拉的声音。吐出来一看，是梅子干。我咬碎了梅子核。牙齿不好的我，竟咬碎了坚硬的梅子核。简直骇人听闻。

尽管如此，我们只完成了三分之一的返乡之旅。读者们看到此处，想必已经厌倦了。后来我们还有许多悲惨的经历，但我不再细说。总而言之，我们历尽千辛万苦回到故乡，那里却恰好陷入了舰载机轰炸的大骚动。

但我已经认命了，就算是死，能死在故乡总归是幸福一些。不久之后，日本就无条件投降了。

如今已经过去了五个月。我写了一部报纸连载的长篇和几个短篇小说。在短篇小说里，我自诩使用了独特的技法。不是说篇幅短，就能叫作短篇小说。在外国，远可溯及《十日谈》，近代有梅里美、莫泊桑、都德、契诃夫，可谓百花齐放，而日本自古便有高超的短篇小说技巧，名为某某物语者皆属其类，近代则有西鹤等大家辈出，明治时期有鸥外，大正时期则有直哉、善藏、龙之介、菊池宽等作家，熟知短篇小说技法者众多，昭和初期独属井伏先生出类拔萃，到了最近则全然不堪入目。那些作品，仅仅是篇幅短小罢了。战争结束后，总算能够随心创作，我决心复活短篇小说的技法，写了三四篇投稿给出版社，但是渐渐变得异常忧郁起来了。

我又想乱发脾气，去喝闷酒了。因为我察觉到了日本文化进一步堕落的气息。近来之所谓“文化人”叫嚷的什么主义，在我眼中都散发着沙龙思想的臭气。假如我若无其事地搭上那趟快车，也许能够成为“成功人士”，然而我出身乡间，格外害羞，怎么都做不到。我无法欺骗自己的感觉。我只觉得那些主义早已丢失了最开始的真实，脱离了这个世界的新现实，在徒劳地空转。

新现实。

全新的现实。啊，我要用最振奋、最有力的声音，说出这个词！

千万不能逃避它，也千万不能敷衍了事。这是叫人左右为难的苦恼。前些天，一名青年来拜访我，道出了食物不足的担忧。我说：

“别说谎了。你担忧的并非食物不足，而是道德的煎熬。”

青年点了点头。

如今我们最担心，最内疚的事情，日本的“新文化”，却似乎要将之抛在脑后，一口气跑开了。

也许，我终究只是一个不懂“文化”为何物的愚笨津轻农民。穿着雪鞋、走在积雪道路上的我，全然就是一副乡下人模样。可是，我今后偏要坚持这种乡下人的不机灵、拙劣、迟钝，始终怀抱最单纯的疑问。现在的我，唯一能倚靠的身份，就只有“津轻农民”。

我远离故乡十五年，不仅故乡毫无改变，我也未曾褪去一身土气，成为都市人，甚至变得更乡土、更粗野了。“沙龙思想”愈发与我背道而驰。

近来，我正在仙台的报纸上连载名为《潘多拉的盒子》的长篇小说，下面且引用其中一段，作为对这噩梦般的十五年追忆的结语。

也许因为外面刮着狂风暴雨，也许因为屋里微弱的烛光，那一夜，我们病房的四个人都围在越后狮子的蜡烛旁边，久违地畅谈了一番。

“自由主义者究竟是什么？”不知为何，单相思说这话时声音压得很低。

“在法国——”也许硬面包对英文心有余悸，转而披露起了法国的知识，“有一群被称为 libertin 的人，他们四处宣传自由思想，掀起了很大的风浪。那是十七世纪的事情，已经过去三百多年了。”他扬起眉毛卖了个关子。“这些人主要呼吁宗教自由。”

“怎么，原来是捣蛋鬼的意思啊。”单相思意外地说。

“嗯，差不多就是这样。他们大多过着无赖一般的生活。演了知名戏剧大鼻子风流剑客的那个人，当时就是 libertin 的一分子。他们反抗那个时代的当权者，救助弱小。那时的法国诗人大多数也是 libertin。应该跟日本江户时代的侠客差不多。”

“什么啊。”单相思嗤笑起来，“那幡随院的长兵卫不也是自由主义者了？”

硬面包并没有笑。

“我认为可以这样说。当然，现在的自由主义者跟以前有所不同了。十七世纪的法国 libertin 就是这个样子的。花川户的助六合鼠小僧次郎吉或许也是自由主义者。”

“哦？还能这么说啊？”单相思听了十分高兴。

越后狮子还在缝拖鞋，也跟着微微一笑。

“所谓自由思想——”硬面包严肃地说，“其本质就是反抗精神。甚至可以说是破坏的思想。它并非排除了压迫和束缚之后方能萌芽的思想，而是作为对压迫和束缚的反抗，与之同时产生的对抗性思想。常有人举这样的例子——有一天，鸽子向上帝祈祷：‘我飞翔的时候，空气总是阻碍我，让我无法飞得更快，请你将空气赶走吧。’上帝听了它的愿望，结果鸽子怎么拍翅膀都飞不起来了。换言之，这鸽子就是自由思想。有了空气的阻力，鸽子才能振翅高飞。失去了斗争对象的自由思想，正如在真空里振翅的鸽子，再也无法起飞。”

“我记得有个人的名字跟这类似。”越后狮子停下手说。

“啊……”硬面包挠挠头，“我不是那个意思。这是康德的例证。我不了解现代日本的政界情况。”

“但你多少要懂一些。听说今后的年轻人啊，都会有选举权和被选举权。”越后像个长老一般镇定自若地说道，“自由思想的内涵，每个时代都不一样。为真理而战的天才们，可以说全是自由思想家。我个人觉得啊，自由思想的本源是基督。不要为生命忧虑，看那天上的飞鸟，也不种、也不收、也不积蓄在仓里，这是多棒的自由思想啊。我认为，西方思想都以基督教的精神为基础，或是其延伸，或是其通俗化，或是对其质疑。由此生出的诸多学说，归根结底都与《圣经》相连。就连科学也并非与它毫无关系。无论在物理界还是化学界，构成科学基础的皆是假说。一切研究都从未曾有人亲眼见证的假说出发。也就是说，一切的科学都源自对假说的信仰。日本人在研究西方哲学与科学之前，应该先好好研究《圣经》。我虽不是基督教徒，但我认为，日本失败的真相，就是未曾研究《圣经》，只顾着学习西方文化的表层。无论是自由思想还是什么，若不了解基督教的精神，就无法真正理解。”

（中略）

“十年如一日的政治思想不过是迷惘的梦幻。基督教也有不可轻下誓言的教诲，还说莫要思考明日之事。这不都是自由思想家的先驱之言吗？狐有穴、鸟归巢，人子却无高枕之地。这不也是自由思想家的哀叹吗？哪怕一天的安稳都不可期求。其主张时刻在变，甚至瞬息万变。我们现在去批判旧日的军阀官僚，也已经不再是自由思想。正如那真空管里的鸽子。真正勇敢的自由思想家，此刻最需要抛下一切振臂高呼的，是另一句话。那就是：天皇陛下万岁！这句话在昨天还陈腐不堪，不仅如此，那还是一场欺诈。但在今日已是最新的自由思想。十年前的自由与现在的自由截然不同。那已经不是神秘主义，而是人类本真的爱。都说美国是自由的国度。那么，日本必然也会认可这自由的呐喊。”（后略）

致未归之友

一

记得你从大学毕业，加入了故乡仙台的部队，是在太平洋战争爆发的翌年，昭和十七年的春天。后来过了一年，在昭和十八年的早春，我接到了你拍来的电报：明五时　抵上野。

那应该是三月上旬吧。记得当时还非常冷。我天不亮就起床，蜷缩在上野车站的检票口，猜测你终于是要上战场了。你是个羞涩又内敛的人，给我拍这样的电报，想必是件大事。我聪明地察觉到，你一定是要奔赴战场，中途在上野站下车休息，想利用那段时间与我喝上一杯。那时，日本已经快要买不到酒了，须得在酒馆门口排队等待下午五点钟开店，并对老板赔笑讨好，方能喝上一合半合的酒。但吉祥寺有一家与我相熟的酒吧，愿意给我一点特殊待遇。而且早在前一天，我就对店里的大姐说："我朋友要奔赴战场，明天一早抵达上野，也许能有几个小时的空闲。总之我要带他过来，请你准备点热烫的酒菜，拜托了！"而她也已经答应下来了。

我打算一见到你就默不作声地把你拉到吉祥寺的酒吧去，可是你乘坐的那趟车晚点了很久，整整三个小时。我双手缩在大衣斗篷里，蹲在地上等你，内心早已担忧不已。你的列车晚点一个小时，我与你饮酒交谈的时间就要少上一个小时。若是晚了三个多小时，则是沉重的打击。而且，外面真的很冷。那时东京尚没有空袭，但已经流行起了防空服，像我这种穿和服配斗篷大衣的人已经少之又少。因为空着下摆没穿裤子，蹲在地上就会有冷空气钻进来，叫人瑟瑟发抖，难以忍耐。将近上午九点，你们的列车终于到站了。你并非一个人下来的。我所谓的"明察"竟没有料到这一点。

伴随着一阵唰唰唰的军靴响声，你们二百名干部候补生排成四列纵队，朝着检票口走了过来。我站在检票口外面踮起脚尖，搜寻你的身影。我俩几乎同时看见了彼此。

"呀。"

"呀。"

如此招呼一声，你也不再顾忌军队的纪律，脱出队伍朝我跑了过来。

"您是不是等着急了？我早就寻思跟您见一面儿了。"

你在故乡的部队里待了一段时间，竟染上了如此浓重的东北腔调，我不禁大吃一惊，又无言以对。

队列唰唰唰地从我眼前通过。你对他们毫不关心，还在一个劲儿地说话。你一定在列车上反复思考了很久，见到我后该说些什么，以展示自己的进步。

“你说生活是什么呢？其实没什么。我在学校读书时非常害怕生活，害怕得不行，但可是啊，原来它根本没什么。毕竟军队生活也是生活嘛。生活这东西，其实真就没什么，不过是跟周围的人来往罢了。仅此而已呀。军队虽然很无聊，但是这一年里，我对生活有了更多的自信。”

队伍几乎要完全走过去了。我很是惶恐。

“喂，你这样没问题吗？”我小声提醒道。

“嗐，怕什么。”你瞧也不瞧他们一眼，继续说道，“我现在已经学会说 No 了。懂得生活的人啊，有一点长处，那就是有勇气明确地说 No。能做到这点之后，我就获得了生活的自信。老师到现在都说不出 No，对不对？您一定还说不出来。”

“No，no。”我说，“现在先不管生活论了，你的同伴都要走远啦。”

“老师，您胆子还是这么小，一点儿都不淡定。我那些队友马上就在车站门口儿解散，各自去吃早饭了。啊，您在这儿等着，我去领盒饭。我给老师也领一份吧。您等会儿啊。”说完，你跑出去两步，又折返回来了。“老师，您就在这儿待着别动，我马上回来。”

不知为何，你把紫色布袋装着的军刀交给了我，然后跑开了。我有点手足无措，还是拎着军刀，在原地等你回来。不久之后，你便捧着两份包在竹叶里的盒饭回来了。

“嗐，真是太不凑巧了。咱已经没时间了。”

“几个小时也没有吗？很快就得走了吗？”我完全发挥出了他口中的不淡定。

“十一点三十分前，我们得在站门口集合，马上出发。”

“现在几点？”你愚蠢的老师，这十五六年来从未戴过表。并非老师讨厌表，而是表讨厌老师。不只是表，只要稍微值钱的东西，都从不近老师的身。

你看了一眼自己的手表，报出时间。距离十一点三十分，只有三个小时了。我不得不放弃将你拉去吉祥寺酒吧的想法。从上野到吉祥寺，搭乘省线列车要花一个小时。光是往返就得占去两个小时。剩下的那一个小时，注定是惶惶不安，不停关注时间的一个小时。毫无意义。我只得放弃。

“要不在公园散散步吧。”我强忍住哭泣的心情。

无论当时还是现在，我都是同样的性格。遇到这种事，就像没有大人带去逛庙会、孤零零留在家中的孩子，怨天怨地，无尽寂寥，真心感叹自身的不幸，夸张做作至极。然而，你却平淡地说：

“我们走吧。”

我把你的军刀交还给你。

“这绳子真难看啊。”军刀的紫色套袋上，连着一条鲜红的粗绢绳，绳子一头还吊着硕大的穗子。

“老师还有点风情呢。刚才很害羞吧？”

“是有点害羞。”

“你这样爱面子，可当不了兵。”

“当兵的也爱面子，只是不解风情。”

就算抛开帝国主义的侵略，我也出于本能地，或者说生理性地厌恶军队。我曾收到过一个朋友的来信，“请在我服役期间代为看管家宅”，他说的“服役”这个词，透着一股坐牢的惨淡，我以为那是“服务”的笔误，后来向别人一打听，原来“服役”才是正确的叫法，心中更是不喜。

“好想喝酒啊。”我走在公园的石阶上，低声呢喃道。

“那不也是不解风情之事吗？”

“但它至少不虚荣。没有人因为爱慕虚荣而喝酒。”

我走进公园南边铜像附近的茶馆，问店员有没有酒。当然不可能有。非但没有酒，那时候的日本餐饮店连咖啡和甜酒都供应不上了。

即使被茶馆的姑娘冷冷回绝，我依旧没有退缩。

“你们家老板在吗？我想见见他。”我格外严肃地说。

不一会儿，秃头的老板走出来，我向他说明了今天的情况。

“你这儿有些什么呢？什么都好，我希望你发发善心，关照关照我们。发发善心……”我不断纠缠着，拿出钱包里所有的钱，递给了老板。

“可以！”秃头的老板终于发了善心，“既然如此，我就把自己留着晚上喝的威士忌分一点给你们吧。钱，我不要那么多。就按正价来。那威士忌我本不想给任何人喝，才偷偷藏在这里的。”

老板兴奋异常，当时便掀开包间的草席，又撬起地板，从底下拿出了一瓶威士忌。“万岁！”我高呼一声，为他鼓掌。

就这样，我们坐在包间里干了一杯。

“老师，您真是一点儿没变呀。”

“是啊，一点儿没变。人总是变那还得了。”

“但是我已经变了。”

“有了生活上的自信吗？那个话题我已经听够了。反正只要说No就对了，不是吗？”

“不对，老师。这不是抽象论。是女人。老师，喝酒吧。我啊，在说No这件事情上吃了不少苦。这也要怪老师。因为您一点儿都靠不住。菊屋那个姑娘，后来变得可糟糕了。这都要怪老师。”

“菊屋？可那不是当时就……”

“实际并不是这样。我花了好大的力气才学会说No。事实上，我的确变了个人。老师，我们真的错了。”

这话题变得意外苦涩起来了。

二

那个菊屋，就是以前我与你常去喝酒的高圆寺的关东煮小店。当时日本已经供不上酒，我与你喝酒谈论文学也越来越难尽兴了。那时候，有许多大学生会到我在三鹰那座小房子做客。我把自己的悲伤、愤怒和羞耻大多写进了小说里，因此对访客已经没什么可说的。我并不喜欢装出一副大老师的模样，煞有介事地高谈文学概论，若要仔细斟酌话语，避免吹牛皮，又觉得异常疲惫，可是话虽如此，我又决计没有办法将来客拒之门外，最后只能带着你们出去喝酒。只要喝上了酒，我就能大声谈论极其无聊的事情。而你们也早已烂醉如泥，基本没在听我说话，如此便可安心了。也许，我很害怕你们会把我那些无聊的一言一语信以为真。可是，日本渐渐供应不上酒水，你们这胆小的老师就越来越窘迫了。这时，我们想了一个很坏的主意。我们决心要像冈野金右卫门那样出卖色相。菊屋那时候的藏酒量比别的店多一些，但是规定每人只能点两壶。两壶压根不够，可不管我们再怎么恳求老板娘发发善心，她都只是皱着眉不理睬。若是纠缠不休，老板就要从里屋探出头来，叫我们赶紧回家去，说现在日本酒水的产量已经跌落了一半有多。酒可是贵重的东西，我们这儿规定学生不能饮酒，叫人十分扫兴。很好，既然如此，我们就想了个主意，去报复那个不讲情面的关东煮店。

首先，我在一天下午，趁关东煮店还没开，一本正经地走后门进去了。

“你们老板在吗？”我对正在厨房干活的一个姑娘说。那姑娘已经从女校毕业，应该有十九岁了。她很内向，总是一下就脸红。

“在呢。”她小声说完，脸上已是通红。

“老板娘呢？”

“在呢。”

“是吗？那正好。他们在二楼吗？”

“嗯。”

“我找他们有点事，能上去叫一声吗？老板或者老板娘都行。”

姑娘上了二楼，不一会儿，老板就顶着一脸死板的表情下来了。他长得活像一个恶棍。

“你来找我，无非是要喝酒吧？”

我有点慌了手脚，但很快振作精神说道：

“嗯，如果你愿意给，我来者不拒。不过老板啊，我找你是有别的事，咱们到店里谈吧？”

我将老板引到了光线昏暗的店里。

当时是昭和十六年的年末，也许是昭和十七年的正月，总之正值冬天。我坐在店里快要散架的椅子上，撩起棉袄袖子，将胳膊肘支在了桌上。

“你也坐吧，这不是什么坏事。”

老板不情不愿地在我对面坐了下来。

“结果还不是要喝酒。”他很不高兴地说。

我以为他识破了我的伎俩，但还是笑了笑敷衍过去。

“你怎么这么不相信我。那还是算了。我本来想给阿正（姑娘的姓名）谈一门亲事来着。”

“不行，不行。我才不吃你这一套。说这么多，到头来还不是为了酒。”

此人实在是难缠。我感觉我们的奸计就要化作泡影了。

“你也别这么直白，多残忍啊。没错，我们当然是想喝酒，这有什么好隐瞒的。”我几乎是破罐子破摔了，“不过我看啊，阿正那姑娘跟老板你不一样，她可是个好孩子。我有个朋友叫鹤田君，正在东京帝大读文科，不过说这个你可能也不明白，总之就是我经常带来的大学生之一，那个最高大最白净，长得像羽左卫门（我并不觉得你像羽左卫门或什么人，只是为了强调你是个美男子，特意举出了老板可能知道的典型美男子），不怎么会喝酒（其实到我这儿来的大学生里，你的酒量是最大的），看起来很老实的，那就是鹤田君。他是仙台人，带点仙台口音，所以不怎么招女人喜欢。不过这样反倒更好，若是像我这样受欢迎，那也叫人为难。”

老板不耐烦地皱起了眉，我却不为所动。

“那个鹤田君啊，他跟母亲相依为命。他很快就要从帝大毕业，成为文学学士。也许一毕业就要去参军了。可是话说回来，他不一定会去。若是没去参军，他就会找个地方工作（到此为止都是真话，接下来都是谎话）。我以前就认识鹤田君的母亲，你别看我这样，还是能得到人家的信任。她说，她就鹤田君这一个儿子，这孩子的婚事还得拜托老师您，这里说的老师，就是指我，总之就是全权委托给我了。”

老板一脸不屑地扭开了头，压根不相信我。

“开什么玩笑。别人怎么会把宝贝儿子交给你。”

“不，这是真的。她真的交给我了。”我厚着脸皮坚称，“怎么样，你看能不能撮合一下鹤田君和阿正呢？”我还没说完，老板就站了起来。

“无稽之谈。”他气哼哼地说，“简直是放屁。”

这时我也火了，朝着老板的背影说：

“你这人真不知好歹。我才不想喝你的酒。白痴。”真是一塌糊涂。就这样，我们的奸计落空了。

当天夜里，你们到家里来，我坦白了奸计落空的事实，并表达了歉意。我们效仿了偷盗吉良府邸平面图的四十七士第一美男子冈野金右卫门的美男计，将冈野的角色交给自称美男的你，试图迷惑菊屋一家，并趁机大饮其酒，然而首领大石竟遭遇挫败，被老板这个现实主义者打得落花流水。

“老师，你真没用。”你大肆嘲笑道，“且不说老师，这下连我的脸面都被丢尽了。我还怎么见人啊。”

“那我们就借酒浇愁吧。”我站了起来。

那一夜，我们去了三鹰和吉祥寺的关东煮店、寿司店、咖啡店，到处求人，却没能求得一滴酒水。最后，还是只能去菊屋。虽然很是不好意思，但我们还是以暴虎冯河之势，成群结队地走进菊屋，面无表情地叫人上酒。

那一夜，我们得到了老板娘的厚待。她一边轻声抱怨，一边给我们拿来了新的酒壶。我等破罐破摔的义士面面相觑，都露出了苦笑。

我故意大声说：

“鹤田君，你平时滴酒不沾，认真过头了。今晚这酒，你得一个人喝。这也是人生的修行。”

那虽然是件蠢事，可是现在回想起来，也叫人无比怀念。后来，我们蹬鼻子上脸，总是去菊屋喝大酒。

虽然菊屋的老板完全不相信我谈的那场亲事，可老板娘似乎半信半疑。

只不过，我们的目的是在菊屋喝大酒，因此对亲事并不上心，有时甚至会忘记了。唯有去菊屋要酒喝的时候，我才会说：

“人家可是全权委托给我了。我的责任重大啊。”

我用这些可以卖关子的话语动摇老板娘的心，然而那本是虚假的亲事，自然不可能实现，后来你又在毕业的同时加入了仙台的部队，冈野没有了，就算大石再怎么智谋过人，也难以骗得菊屋的酒水，更何况菊屋的酒也越喝越少，歇业的日子越来越多，我不得不另寻有酒喝的地方，所以自从与你别过，就不怎么去菊屋，后来更是再也没去过了。

我本以为事情到此结束，没想到一年之后，我们在上野公园的茶馆里，我们坐下来喝着可能是此生最后一次的酒宴，突然说起了菊屋的事情。这让我着实惊讶。

那天你说，你参军大约一周后，菊川正子已经给你寄来了书信。如此说来，你离开后，我与别的学生去菊屋饮酒时，只为了向老板娘多讨一壶酒，未等她询问就说出了你部队的地址。

你没有回复那封信。大约过了十天，她又给你写了一封亲切慰问的书信。这次，你回复了。接着，对方又再回复了亲切的慰问。换言之，不知不觉间，你们形成了一种奇怪的关系。

“坦白说吧。”那天，你坐在上野公园的茶馆里，不停地喝着威士忌，“我从一开始就喜欢那个人。管他什么冈野金右卫门，就算不搞那种无聊的策略，我也觉得要是能跟她结婚，那可真不赖。可若是对老师说了那种事，您一定会瞧不起我，所以我一直没说。”

“我怎么会瞧不起你呢。”不知为何，我突然异常消沉。

“您当然会瞧不起我。老师心里总瞧不起他人的爱情。菊屋家那姑娘还写信对我说，千万不能把我俩通信的事情告诉老师，我也同意了，所以一直瞒着您。这不，我马上要上战场了，恐怕是要死的，所以我想了很久。烦恼了很久。然后我意识到，我不得不对那姑娘说No。说No这种事，实在叫人难受。尽管如此，我还是在最后一封信上说了No。

我狠下心，对她说了No。老师，我变了个人。我写了一封冷酷无情的信。那封信大概昨天就该送到姑娘手上了，我在信中坦白了一切，包括我们的奸计。我告诉她，从第一步开始，这场恋爱就是胡闹。若要怨恨，就去怨恨老师吧。”

“你这样也太过分了吧。”

“我当然没有明言要她怨恨老师，只对她说，这场恋爱从头到尾都是闹剧。”

“可是你这样欺负她，那姑娘也太可怜了。”

“不，就得这样写才行。因为她说……她说，无论等多少年，都要等我回来。”

“对不起，对不起。”那一刻，我实在说不出别的话来。

三

这也许是一件小事。然而，这件事在当时以及现在，都给我造成了极大的痛苦。一切都是我的责任。那天我送你离开后，就去了高圆寺的菊屋。我已经一年没有去过了。菊屋正门紧锁着，我又绕去后门，然而后厨的门也锁着。

“菊屋的，菊屋的。”我喊了几声，无人答应。

最后，我只得放弃了。尽管如此，我还是一直惦记着这件事。大约十天后，我又去了高圆寺。这次，正门胡乱敞开着，里面却坐着一个我从未见过的老妇人。

“请问，老板去哪儿了？”

“你说菊川先生吗？”

“是的。”

“四五天前，他们一家回乡下去了。”

“他们早就做好打算了吗？”

“不，是突然决定的。这不，好多东西还放在这儿呢。我是替他们看家的。”

“他们乡下在什么地方？”

“说是在埼玉那边。”

“这样啊。”

他们匆匆离开也许并不因为我们这件事，可是，假设你那封说“No”的书信真的在你我于上野公园饮酒道别那天前后到达，那么菊屋一家的搬迁，便是在四五天后。我总觉得那就像纸门外一掠而过的鸟影，心中愈发忧愁。

后来过了大约半年，你从战地发来了航空邮件。你说你在南方的某座小岛上。信上并没有提起菊屋的事情，只说你打算成为死守千早城的正成。我立刻写了回信，本来还想给你寄菊水旗，后来想到你可能更想要菊川旗。这个菊川后来音信不通，我也甚是为难。于是我便在回信中说，若是有了他们的消息，我将在后面的书信中告知。然而，我怎么都想不到办法打探那一家人的消息。后来我给你写了几封信，也寄了一些杂志物品，你却再也没有回信。不久之后，空袭开始了，日本本土也化作战场。我两度遭灾，最终逃回了故乡津轻，过着寄人篱下的生活，每日郁郁寡欢。你似乎尚未归来。我想，你归来之后，一定会写信通知我，便一直等待着消息。只是那消息迟迟不来。若你们没有全部平安归来，我哪怕是喝酒，也难有半分醉意。只有自己苟活，喝着这些酒，这是何等的无趣。也许，我今后再也不会喝酒了。

苦恼的年鉴

我觉得，时代丝毫没有改变。这是一种甚为无趣的感觉。也许，这就叫摇摆不定、坐立难安。

我曾写过一篇大约百页的小说《回忆》，它已经成了我的处女作。其开篇是这样的：

“黄昏时分，我与姨母并肩站在门口。她穿着背袄，应该是背着个孩子。那一刻的昏暗街巷的寂静，让我难以忘怀。姨母告诉我，天皇陛下归隐了，还说他是生神。生神，我记得自己好奇地嘀咕了一声。接着，我像是说了一些大不敬的话语，姨母责备我，不准我那样说，要说归隐了。他归隐到什么地方去了？我明知故问，逗笑了姨母。”

这是明治天皇驾崩时的回忆。我生于明治四十二年夏天，彼时应该是虚岁四岁。

《回忆》这篇小说里，还有这样的内容：

“我们要以如果战争爆发为题写作文，于是我写道：地震雷火糟老头，比这还可怕的就是战争。若是战争爆发，我首先要逃到山上，逃的时候还要拉上老师。老师也是人，我也是人，肯定同样害怕战争。那次，校长和次席训导员两个人一起调查了我。他们问我写这篇作文时是什么心情，我敷衍道：就是觉得好玩儿。次席训导员在本子上记下了‘好奇心’。后来，我与次席训导员展开了短暂的讨论。他问：你说老师也是人，我也是人，那么，难道所有人类都一样吗？我扭扭捏捏地回答：我觉得都一样。我向来是个少言寡语的人。他又问：那我跟校长同样是人，为何工资不一样呢？我想了一会儿，回答：因为工作不一样吧。戴着金边眼镜、脸型细长的次席训导员马上将我的话记在了本子上。我一直很喜欢这位老师。接着，他又提了一个问题：你父亲跟我，是一样的人吗？我很为难，没有回答。”

这是我十岁或十一岁的事情，应该在大正七年或八年，也就是将近三十年前。

后来，还有过这样的事：

“小学四五年级时，最小的兄长给我讲了民主思想。我甚至听到母亲对客人们抱怨，都怪那民主思想，税金变得特别高，收割下来的米几乎都要抵税了。性子软弱的我，被那种思想动摇了。于是，我夏天到院子里帮工人除草，冬天上房顶帮他们除雪，并向他们普及了民主思想。但是不久之后，我发现工人们并不喜欢我去帮忙。因为我除过的草，他们还得重新除一遍。”

这也是同一时间，大概是大正七年或八年的事情。

如此看来，将近三十年前，连日本本州北端的寒村儿童都能接触到的思想，与昭和二十一年的现在，报纸杂志都在大肆称颂的“新思想”并无不同。所谓甚为无趣的感觉，便来自这里。

大正七年、大正八年的时势如何，民主主义的思潮在后来又如何发展，这些只需调查相关文献便可知晓，我写下这篇手记的目的，不是为了阐述它。我是一名市井作家。我讲的故事，始终停留在我渺小的个人的历史范畴内。也许有人会觉得我的故事令人焦躁，或骂我怠惰，或嘲笑我卑俗，然而于后世而言，要了解我们这个时代的思潮，与其依靠所谓“历史学家”写的东西，倒不如看看我们平时书写的个人的生活碎片，反倒能获取更多信息。这可不能小觑。因此，我将不去理睬各路社会思想学家的探究和研判，而是在这里写写我个人的思想史。

每每读到所谓“思想家”写的“我为何成为某某主义者”的思想发展回忆录或宣言书，我都感到无比虚伪。他们之所以成为某某主义者，总是有一个转机。而那个转机，总是异常的戏剧化。总是得叫人感慨万分。

在我眼中，那些都像是谎言。就算努力去相信，我自身的感觉还是不愿屈服。事实上，我对那些戏剧性的转机都无言以对。只觉得浑身泛起鸡皮疙瘩。

这些都像是蹩脚的牵强附会。因此，我在书写自己的思想史时，决心摒弃那种昭然若揭的谎言。

我甚至对“思想”一词怀有反感。至于“思想的发展”，则更是令人烦躁。那就像是一场猴戏。

我想干脆这样说：

“我不具备任何思想。我只有好恶。”

接下来，我只想以断片的形式记录一些让我难忘的事情。那些思想家为了连接断片与断片，费尽心思做出了虚假的解释，而俗人们似乎对填埋空隙的虚伪恶劣的谎言很是受用，因为他们的喝彩往往发生在这些部分。这些都令我无比烦躁。

“话说回来。”俗人问道，“你小时候接触到的民主思想，后来如何发展了？”

我故作呆愣地回答：

“是呀，不知道呢。”

§

我出生的家庭没有什么值得骄傲的谱系，我们的祖先一定是不知何处流散到津轻北边，最后定居下来的农民。

我是头脑愚笨、上顿不接下顿的贫农的子孙。到了曾祖父惣助那一代，我家才在青森县多少有了一些地位。那时，一个县似乎能有四五个高额纳税而成为贵族院议员的人。曾祖父便是其中之一。去年，我在甲府市城楼旁的旧书店找到一本明治初年的绅士名录，上面就刊登了曾祖父一副农民模样的照片。这位曾祖父其实是过继过来的养子。我的祖父也是养子。父亲也是养子。我的家族从来都是女性做主。曾祖母、祖母和母亲都比各自的丈夫长寿。曾祖母在我十岁那年还在世。祖母活到了九十岁，至今精神矍铄。母亲活到了七十岁，前一年去世了。家族的女眷都笃信佛教，祖母的信仰更是堪称异常，甚至成了家人的笑柄。我家挂名的寺院是净土真宗，即亲鸾上人开辟的宗派。我们从小就不知被带去寺院参拜了多少次。甚至还要背诵经文。

§

我的家系没有出过一个思想家，也没有一个学者，更没有一个艺术家。官员与将军皆无。实际上，不过是凡俗的一介农村大地主罢了。父亲一度成为议员，后来也在贵族院任过职，但我从未听闻他在中央政界有什么活跃之举。我的父亲建了一座很大的房子，没有任何风情，只是大而已。房间数大约有将近三十，而且多为十叠二十叠[1]的房间。那座房子造得格外结实，只是没有任何雅趣。

书画古董、重要美术级收藏品，是一件也没有。

我的父亲似乎喜欢戏剧，但是从来不读小说。我记得幼年时听他抱怨过，读了《越过死线》这本书，真是浪费时间。

1. 叠：1叠约等于1.62平方米。

不过，这个家系没有丝毫复杂阴暗之处。从未发生过争夺财产之事。简而言之，没有一个人表露过丑态。它似乎被列入了津轻地区最优雅的家族之一。在这个家族中，唯一做过蠢事、叫人指指点点的成员，只有我一个人。

§

余年少时——（之所以这样开头，是因为常在所谓思想家的回忆录中看见这样的句式，以下我要写的内容，也许会透着一些思想家回忆录的味道，有卖关子之嫌，干脆一鼓作气，写下了如此做作的开头，试图以毒攻毒，然而下述内容绝非虚妄，一切皆为事实）毫不夸张地说，从早晨醒来，到夜晚入睡，我身边从未少过书本的陪伴。凡是能接触到的书，我都如饥似渴地阅读。而且，我鲜少重复读同一本书。每天要读上四五本，读完便扔到一旁。相比日本的童话，我更喜欢外国的童话。我最喜欢的童话是讲一个人听了自己多少岁被狮子救下，多少岁遭遇强敌，多少岁成为乞丐的预言，起初丝毫不信，到最后却一一应验，但我已经忘了它叫《三则预言》还是《四则预言》。我记得自己将它反复读了三四遍。童年时期最让我感动的另一个故事，是刊登在不知叫《黄金船》还是《红星》的童话杂志上的一则毫无趣味的童话，讲一名少女生病住院，深夜感到口渴难耐，想拿起枕边还剩一点的白糖水喝，却听见同一个病房的老爷爷呻吟着要水。少女下了床，把自己的白糖水全都喂给了老爷爷。故事仅此而已。我到现在都依稀记得故事里的插画。那真是太让我印象深刻了。故事的标题旁还有一行小字：爱邻人如爱自己。

但是我并不打算借这样的的回忆为自己的思想牵强附会。若我用这样的故事牵强附会我家宗派之祖亲鸾的教诲，然后又去牵强附会民主思想，那恐怕就要变成某某老师的“余如何哪般成为了某某主义者”那样苍白的说辞。我的读书回忆，不过是一些断片。无论怎样牵强附会，都不能成功，都要成为谎言。

§

现在，终于要讲讲我此前的民主思想后来究竟如何。其实并没有如何。它自行烟消云散了。此前我已说过，我并不打算在这里记录当时的社会形势。我只想记录一些自己的感觉断片。

§

博爱主义。积雪的十字路口，一个人提着灯笼蹲在地上，一个人挺着胸膛连呼上帝。提灯笼的人喃喃着阿门。我不禁失笑。

救世军。那乐队何等聒噪。慈善锅。为何必须是锅？在锅里投掷肮脏的纸币铜钱，不会不卫生吗？那些女人多么寡廉鲜耻。就不能好好穿衣服吗？太难看了。

人道主义。最近流行俄国民族服饰，还流行喀秋莎的歌曲，真是做作。

我只是静静地旁观这些风潮。

§

无产阶级独裁。

这的确是一种新感觉。是不和谐音。是独裁。是毫无例外地压制对手。有钱人都是坏蛋。贵族都是坏蛋。唯有贫穷的贱民才是正道。我赞成武装起义。没有断头台的革命毫无意义。

然而，我不是贱民。我是被押上断头台的角色。我是十九岁的高中生。班上独我一人穿着光鲜的衣服。除了死，别无他法。

我吞服了大量催眠药，但是没死成。

“你不必去死。你是同志。”一名学友认为我是“有潜力的人”，拉着我到处活动。

我成了出钱的人。来到东京的大学，我也负责出钱，照顾同志的住宿和饮食。

被称作“大人物”的人，大抵是靠谱的人。然而，小人物却叫人无语。他们一味吹牛皮，一味攻击他人，并引以为傲。

欺骗他人，并称之为“战略”。

有一种无产阶级文学。我读了汗毛直竖，眼角发热。不知为何，我接触到僵硬蹩脚的文章，就会汗毛直竖，然后眼角发热。同志对我说：你有文学才能，不如写一点无产阶级文学，用稿费充当党的活动资金吧。于是我曾匿名写过一些，可是写着写着就眼角发热，不能成文。（那时还有一种爵士文学，我尝试与之对抗，然而不仅眼角发热，还不知所云。毫不可笑。我到头来都未能理解评论为何物。我始终不明白摩登精神。现在看来，当时的日本风潮乃是美国与苏维埃的交错。那是大正末年到昭和初年，距今二十年前。那时有舞厅，有罢工，还发生过烟囱静坐这种夸张的事件。）

最后，我欺骗家人，也就是使用了“战略”，叫他们寄来金钱和衣物，并分给我的同志。我只能派上这样的用场。

§

发生了满洲事变[1]。炸弹三勇士。我对这个美谈毫无感动。

我总是被押进拘留所，办案的刑警对我过于老实的态度甚感无奈，便说：

“你这种布尔乔亚小公子能干得动革命？真正的革命，得由我们来干。”

他的话莫名充满了现实感。

到后来，那些与所谓青年将校拉帮结派，实行令人讨厌

1. 指“九一八事变”。

的、缺乏教养的、不吉利的、粗暴变态革命的人中，我总觉得就有他。

同志们一个接一个入狱了。几乎全都入狱了。

日本还在跟中国打仗。

§

我憧憬纯粹。无私的行动。毫无利己之心的生活。然而，那是难于登天之事。我只能不断喝闷酒。

我最憎恶的，就是伪善。

§

基督。我一味思考着那个人的苦恼。

§

关东地区下了罕见的大雪。那一天，发生了二二六事件。我很生气。这叫人该怎么办。这叫人做什么才好。

真不愉快。真是蠢货。我的心情近乎震怒。

有计划吗？有组织吗？什么都没有。

就像是疯子发病。

没有组织的恐怖袭击，是最恶劣的犯罪。愚蠢得叫人无言以对。

这种自以为是的愚蠢行径的气息，一直萦绕到了所谓大东亚战争的终结之日。

东条背后有什么？其实什么都没有。一片空白。就像怪谈。

在二二六事件的反面，日本同一时期还发生了阿部定事件[1]。阿部定包上眼带变装。在更衣的季节，她还在逃跑途中把衬里和服换成了哔叽。

§

怎么回事？我已经四次自杀未遂。我依旧每三天想死一回。

§

日本还在跟中国打仗。现在几乎所有人都认为这场战争毫无意义。转换。敌人成了英美。

§

大本营的将军们一本正经地讲授坐吃山空。他们好像不是在说笑话。然而我听了那个词，就是憋不住笑。将军们还推荐了定要打赢这场仗的歌曲，但它丝毫不流行。看来民众都不好意思唱那样的歌。将军们还总让做报纸的人用铁桶这个词。但那让我联想到棺材桶。他们还发明了转进这个词，让人联想到四处滚动的球。还有一位将军冷笑着说：敌

1. 阿部定事件：指阿部定在性爱中掐死情人，并切除其生殖器的事件。

在我腹中。哪怕是一只蜜蜂飞到了腹中，我们都要吓得惊慌失措，这位将军却要将敌军大部队全部装入腹中，还觉得这样便好。他是否打算将他们摁死呢？天王山转移到了各个地方。为何又会提起天王山呢？关原不好吗？不知是不是记错了天王山，还有将军说起了天目山。天目山更不知所云了。着实令人费解。某参谋将校说，我军此次作战出乎敌军意料。他的话直接上了报纸。参谋和报社好像都不是在开玩笑。他们可认真了。如果超出了意料，那岂不是只能跌落。太跳跃了。

领导者全是无学之士。他们甚至没有达到常识的等级。

§

可是，他们行了胁迫之事。他们假借天皇之命，行了胁迫之事。我喜欢天皇。很喜欢。尽管如此，我也曾在某个夜晚，暗暗憎恨天皇。

§

日本无条件投降了。我感到无比羞愧。羞愧得无话可说。

§

突然有很多人说起了天皇的不好。可是这一刻，我终于发现了自己是何等爱戴天皇。我对朋友们做了保守派的宣言。

§

十岁的民主派、二十岁的共产派、三十岁的纯粹派、四十岁的保守派。历史果然会重演吗？我认为，历史万万不能重演。

§

我盼望全新的思潮。要说出这句话，首先需要“勇气”。我现在梦想的境界，以法国的道德主义人士为基调，将其伦理的外壳套在天皇之上，我们的生活是自给自足的无政府主义的桃源。

机会

人生重在机会。结婚是机会，恋爱是机会。许多过来人都会自以为是地如此说教，而我却不以为然。我并非盲目推崇唯物主义的辩证法，但至少认为，恋爱与机会无关。我认为，恋爱乃是意志。

那么，恋爱究竟是什么？我说：那是非常羞耻的事情。它与亲子之间的爱情截然不同。翻开我桌旁的《辞苑》，上面对“恋爱”如此定义：

“基于性冲动的男女之情。换言之，就是渴望与深爱的异性成为一体的两性之爱。”

但是，这个定义还略嫌含糊。“深爱的异性”究竟是什么。在异性之间，“爱”的感情难道不会先于“恋爱”单独存在吗？异性之间并非恋爱性质的“爱”，是种什么样的感情？喜欢、疼爱、着迷、思念、倾慕、焦灼、迷惘、疯癫。这些不都是恋爱的感情吗？是否也存在着与这些感情全然不同的，异性之间的特殊之“爱”呢？做作的女人总爱说：“不如我们谈一场没有恋爱的爱情吧。你当我的哥哥。”那就是这样的感情吗？可是根据我的经验，女人在说那种话时，大抵可以理解为男的被甩了。什么爱不爱的，什么当哥哥，滑稽透顶。谁要当你的哥哥。话不是这么说的。

基督的爱。说这个也许有些夸张，但他所说的“爱邻人”我可以理解。并非恋爱的“异性之爱”，在我看来总是伪善。

接着还有另一处含糊不清的说辞，即“渴望与深爱的异性成为一体的两性之爱”。

究竟性是主体，抑或爱是主体？鸡生蛋？蛋生鸡？这是永远纠缠不清的，极其模糊的概念。两性之爱，这恐怕不能算日语吧。总觉得有点刻意追求优雅了。

在日本，人们总喜欢给事物安上“爱”这个字，将其打造成文化性的、高尚的概念（我本就厌恶“文化”一词。它难道是文书怪化的意思吗？过去的日本书籍，都将其记作文华或文花）。本可以称其为“恋”，却非要发明“恋爱”这个新词，甚至站到大学讲台上呼喊什么恋爱至上主义，去寻求时下年轻文化男女的共鸣。所谓恋爱至上，听起来似乎十分高尚，若使用日本既有的词汇，将其说成色欲至上主义，又将如何？说成交合至上主义，意思也相同。何必如此愤恨地瞪我呢？恋爱女士呀。

总而言之，我对恋爱的“爱”，“两性之爱”的“爱”，都有些看不过眼。我甚至感觉，它们是想依托“爱”的美名，隐藏自身的龌龊。

“爱”是一项困难的事业。那也许是“神”独有的感情。人类与人类之间的“爱”，乃是非同寻常之事。那不是轻易能够达成的壮举。圣子教育门徒饶恕他人“不是到七次，乃是到七十个七次”。可是，我们恐怕连七次都无法做到。动辄说“爱”，不过是一种挖苦，是做作。

口中说着“月亮真美”，紧握着手在夜晚的公园散步的年轻男女并非“相爱”。他们心中所想，不过是“渴望成为一体的特殊的性骚动”。

如若我是《辞苑》的编撰者，将会如此定义：

“恋爱。指代好色之念的文化性新词汇。即基于性冲动的两性激情。具体指渴望与一名或数名异性成为一体的特殊的性搔动。亦可称之为色欲的 warming-up。”

这里之所以写出一名或数名，是因为我听闻某些能人可以同时爱慕两个或三个异性，也就是俗语所说的三角恋或四角恋。因为考虑到那种无稽的恋情状态，才要这样表述。江户故事里面那个对乳母坦言“谁都可以”的为情所困的大小姐，完全可以归入这个类型。

读到这里，高尚的读者也许会气愤地想：太宰也变得如此卑劣了。然而我写下这些文字时，并非毫无波澜。我感到甚为不愉快，但我还是按捺着不满，坚持下来了。

所以我在一开始就说了。

恋爱是什么？

答曰：“那是一种分外羞耻的事情。”

其真实样态既然如此，它就应该是个异常羞耻，叫人说不出口的词。然而世上却有一位文化女士，能够面不改色、唇齿清晰地发出“恋爱”的音节。甚至叫嚣什么“恋爱至上主义”，真是闻所未闻，怪诞至极。还要说什么“神圣的恋爱”，简直口出狂言，厚颜无耻。“神圣”？太亵渎了。说出来嘴都要烂掉。究竟要戳中哪里，才导致它发出了这样的音呢？是不是疯了呀？那种事，哪里称得上神圣呢？

那么，这个恋爱，亦即色欲的 warming-up，仅仅是由机会促生的吗？机会（chance）这个外国词汇，在日本大可以理解为“意想不到”“突如其来”“奇妙的缘分”“契机”“偶发事件”，但我回顾迄今为止的三十余年好色生活，那些东西从未促生过所谓的“恋爱”。我从未因为“偶发事件”而忍不住握紧女性的纤纤玉手，更别说“突如其来”地产生渴望与异性成为一体的特殊的性骚动。如此悲壮的经历，我是从未有过。

我绝没有说谎。请你读到最后。

所谓“偶发事件”和“意想不到”，都是非常卑劣的说法。那些不过是拙劣的演技罢了。天上打雷。哎呀，好害怕，继而抱住男人。何等刻意，何等放荡。真想对她说，赶紧住手吧。你若是害怕，何不独自俯伏在地呢？那个被抱住的男人，也要用蹩脚的动作过于强力地搂住对方的肩膀，像外国人说日语那般呢喃：别害怕，没关系。说的时候，他们还会舌头打结、声音分岔，万分难看。那演技堪称拙劣至极。被称作“甜美恋爱”序曲的“偶发事件”，实际大体如此，都带着昭然若揭的刻意和放荡，无比的浅薄难堪。

它的本质其实是愚弄人。一边展露蹩脚又显而易见的演技，一边将其当作上天赐予的缘分，彼此煞有介事地点头赞同，实在是厚脸皮。他们竟要把自己好色的责任转嫁给一无所知的天神，连天神都要哑口无言。真是妄自尊大。就算神明心胸宽广，也不可能容忍这种行为。

当一个人无论寝起都沉浸在“性的骚动”中，就能利用所谓“偶发事件”和“契机”，一头闯进“恋爱关系”中。可是，当一个人的心不在此处，那就谈不上任何“契机”和“奇妙的缘分”。

曾经，我乘坐电车时遇到紧急刹车，一时间站立不稳，歪向了旁边那位年轻女性。当时，那位女性用充满嫌恶和侮蔑的眼神，像看脏东西一样瞪了我好久。后来我受不了，干脆转向她，压低声音一本正经地说：

“我对你做了什么见不得人的事吗？请你不要自以为是。谁会故意倒在你这样的女人身上呢？不过是你自己的性欲强烈，才会想到那里去。”

我一开口，那位女性就扭开了头，装出全然不听我说话的样子。我很想骂她一声白痴，上去抽她一个耳光。正如这般，当人的内心没有色欲时，“契机”和“偶发事件”都将导致令人极其扫兴的结果。常听人说坐在火车上，因为一些“意想不到”的事情与对面座位的女性陷入爱河。简直是无稽之谈。哪里存在什么“意想不到”和“突如其来”。从一开始，双方就是虎视眈眈，殚精竭虑地制造“契机”，最后利用一些蹩脚难看的小手段赢得了成果。若一个人的心没有在这里，不管是碰到了脚还是摸到了脸，那都不会变成“恋爱”的“契机”。曾经我乘坐新宿到甲府的四小时列车，在甲府起身想要下车时，才发现对面坐着一位绝世美人，顿时大吃一惊。心中没有色欲时，就算跟绝世美人促膝对坐四个小时，都发现不了她。这是真实经历。更进一步说，你到妓楼去玩耍，跟花魁睡了一夜，直到第二天早上，都不会发生什么“意想不到”“奇妙的缘分”，因此更不会促生“恋爱”。一个人会说：“哎，您要回啦？”另一个人回答：“嗯，谢谢了。”就此别过。这便是我的经验。

说出这些话，有些人可能会觉得我是个极度禁欲、假装自己是木石的做作男人，或者是阳痿，或者是内里心猿意马却总要遭人拒绝的可怜男人。但我绝不是阳痿，也不是总遭人拒绝的可怜男人。简而言之，我的恋情的成立与否，从不依托机会，而是彻头彻尾凭借我自身的意志。我曾经不依靠任何机会，有过一场十年的恋情。也曾一夜之间遇到了三四个所谓的绝好机会，却没有促生任何恋爱。恋爱机会说，在我看来完全是不足一提的愚蠢言论。为了堂堂正正地证明这一点，接下来我要写写学生时代的一件小事。恋情不靠机会。哪怕一夜之间接连发生了三四次“奇妙的缘分”“突如其来”和“意想不到的契机”，都没能促生恋爱。我接下来要写的经历，便是很好的例子。

那是我进入弘前的高中，到了翌年二月初发生的事情。当时是冬季，应该已经快到大寒了。这件事必须发生在大寒，原因过后会说。那是一场四五十个人的宴会，在弘前某料亭举办，我恰如文字所述，坐在末席冻得发抖，故事就从这里开场。

那是什么宴会来着？记得是跟文艺有关的宴会。弘前的报社记者、镇上戏剧研究会的成员，还有高中的老师、学生，来了不少人。高中都是高年级的学生出席，一年级的好像只有我一个人。总而言之，我坐在末席，穿着絣织和服和礼服袴裤，缩成一团端坐在那里。一个艺伎来到我面前坐了下来。

“你不能喝酒吗？”

“喝不了。”

当时我还喝不来日本酒。很讨厌它的气味。啤酒也喝不来，实在太苦了。我只喝得来波尔图酒、白酒这些有甜味的酒。

“你喜欢义太夫吗？”

“问这个做什么？”

“去年年底，你去看小土佐了，对吧。”

“是的。”

“当时我就坐你旁边。你拿出剧本，在上面写写画画，好认真呀。你也会排练吗？”

“会。”

“真不错。你师傅是谁？”

“咲荣太夫。”

“这样啊。你找了一个好师傅呢。那位可是弘前第一的高手，而且性格温和，是个好人。”

“是啊，她是个好人。”

“你喜欢她吗？”

“她是我师傅啊。”

“是你师傅又如何？”

“对着师傅说喜欢讨厌，太失敬了。她是个很认真的人。哪里有什么喜欢讨厌。怎么可能呢。”

“哎，这样呀。你这人真够死板的。我说你啊，跟艺伎玩过吗？”

“今后会试试。”

“那你到时候要叫我呀。我叫阿篠，你可别忘了。”

以前那些无聊的花柳小说总有这样的情节，接着就会发生“奇妙的缘分”，然后展开恋爱，着实陈腐得很，但在我的亲身经历中，这件事没有促成任何恋爱。因此这并非我的吹嘘，读者们无需警惕。

宴会结束后，我离开了料亭。外面下着小雪，天气很冷。

“等等呀。”

艺伎喝醉了。她头上盖着高祖头巾。我停下来等着她。

她带我去了一个小料亭。她似乎是那里的艺伎。我被领到里屋，坐进了被炉。

那女人自己端来了酒菜，又叫来了两个共事的艺伎。她们都穿着缀纹的和服。我不明白为何要穿缀纹的和服，总之那个喝醉的阿篠和她的同事都穿着缀纹的长摆和服。

阿篠在两个同事面前宣称：

“我喜欢上这个人了，你们都记住。”

那两个同事露出了厌烦的表情。接着，她们对视一眼，做了一些眼神交流，稍年轻的那位凑过去问道：

“姐姐，你是认真的吗？”她的语气听起来有些生气。

“当然是认真的，那还有假？”

“那怎么行，你这样不对。”年轻的艺伎皱起眉，一本正经地说道。接着，三个身穿缀纹和服的艺伎就用我听不懂的“花柳隐语”吵了起来。

那一刻，我的心思只集中在一点之上。那就是摆在被炉台面上的膳台。膳台角落摆着一盘烤麻雀，我馋得很。当时正值大寒。大寒时节的麻雀脂肪肥厚，人称寒雀，是津轻儿童最爱的菜肴。他们常用陷阱等方法捕捉麻雀，用盐烤，连骨头带肉吃下去。尤其是麻雀的脑花，其鲜美无与伦比。这当然是种极其野蛮的吃法，然而谁也抵御不了那独特的味道，我小时候也时常捕猎这种寒雀。

阿篠拖曳着缀纹和服的长下摆，端着膳台走进来（她身材苗条、面容纤巧，是个很有古风的美人。年龄大约在二十二三左右。后来我听说，她是弘前某位权势之人的妾，总而言之，就是当时最一流的小姐），并将它放在被炉上的那一刻，我就发现了角落里的烤麻雀，顿时内心狂喜，暗道：呀，是寒雀！我馋得很，无奈又是个天大的虚荣之人。被三个身穿缀纹和服的美丽艺伎包围，我实在没有勇气大口咀嚼寒雀。啊，那脑花该有多好吃呀。细想起来，我已经好久没吃寒雀了。虽然心里一直蠢蠢欲动，可我就是没有大快朵颐的蛮勇。无奈之下，我只好用牙签戳了几个白果吃。一边吃，还一边惦念着寒雀。

此时，女人们的争吵还在继续。

我站起来，说要回家。

阿篠表示要送我，于是我们嚷嚷着走到了玄关。啊，等等——我如飞鸟般返回刚才的房间，瞪大眼睛四下张望一番，继而一把抓起膳台上的两只寒雀塞进怀里，又慢悠悠地走到了玄关。

"忘了点东西。"我哑着嗓子撒谎道。

阿篠披上高祖头巾，顺从地跟在我身后。我只想赶快回到宿舍，美滋滋地品尝那两只寒雀。二人走在积雪的路上，并没有什么对话。

宿舍关门了。

"啊，糟糕，被关在外面了。"

那家主人很严格，每次我回去晚了，总要锁上大门惩罚我。

“没关系。”阿篠平静地说，“我有相熟的旅馆。”

我们掉头回去，阿篠带我去了她相熟的旅馆。那是个很高档的地方。阿篠敲门叫醒掌柜，把我托付给他。

“再见。谢谢你。”我说。

“再见。”阿篠说。

这下好了，我总算能独自享用烤麻雀了。我跟着掌柜走进房间，二话不说就钻进了他铺好的铺盖里，正想着等四下无人了就起来吃寒雀，却听见玄关传来了声音。

“掌柜的！”那是阿篠的声音。我吓了一跳，竖起耳朵倾听。

“我跟你说，这木屐的带子断了。帮帮忙，给我接上吧。我到客人的房间等着。”

那可不好。我连忙把枕边的烤麻雀藏在了被窝里。

阿篠走进房间，端坐在我枕边，跟我说了好多话。我用瞌睡的声音有一搭没一搭地应着。被窝里的烤麻雀还在等着我呢。就这样，明明有了许多的机会，我和阿篠却没有激发出一丝一毫的恋爱。阿篠在我枕边坐了好久，最后忍不住说：

“你讨厌我吗？”

我回答道：

“我不讨厌你，只是很困。”

“是吗？那再见了。”

“嗯，晚安。”我先说道。

“晚安。”

阿篠也回了一句，总算站了起来。

就这样，再也没有然后了。后来我经常找艺伎，但不知为何，就是不在弘前一带玩耍了，主要在青森那边玩。那天阿篠走后，我究竟是吃了烤麻雀，还是觉得扫兴扔掉了，已经想不起来。我觉得，应该是没了兴致和胃口，最后扔掉了。

由此可见，恋情与机会无关，纵使一夜之间发生三四次“奇妙的缘分”“突如其来”，恋爱仍可以因为某种强烈的意志而不成立。假如因为“突如其来”的事情，恋爱就能成立，那恋爱便是一种极其淫靡的感情。恋爱应该基于意志。恋爱是机会的说法，近乎淫乱。如果有读者问我，另一场没有任何机会却持续了十年的恋爱是什么，我应该会这样回答：那就是单相思。单相思才是恋情的最高尚姿态。

庭训：不仅是恋爱，将人生的一切寄希望于机会，都是卑劣的行为。

雀儿

来到津轻时，已是八月。后来过了约莫一个月，我从津轻的金木町出发，到乘坐津轻线需要将近一个小时的五所川原，去购买香烟和酒。好不容易买到三十根金鵄，一升清酒，我又乘上了金木方向的轻便铁道列车。

“哎，修治。”有人唤了我的幼名。

“哎，庆四郎。”我答应道。

加藤庆四郎君身穿白衣，胸前挂着伤痍军人[1]的勋章。仅凭这些，我就了解了他的经历。

“辛苦你了啊。”我很不擅长这种场合下的问候，着实蹩脚得很。

“你呢？”

“遭了战灾，连续两次。”

“是吗？”

他也涨红了脸，我也涨红了脸，都有点不知所措。随后，我们姑且握了手。

庆四郎君是我的小学同班同学。论相扑，他在班上是第二厉害的。最厉害的人是忠五郎。他们时常搞决胜比赛，全班人都会紧张地围观，但庆四郎君就是比不过忠五郎。他每次都爬起来，啐一声，然后狠狠跺脚，一看就很不服气。过了二十多年，我都没忘记他当时的动作。一说到庆四郎君，我就会想起那个动作，并对庆四郎君产生好感。小学毕业后，庆四郎君上了弘前的中学，我则去了青森的中学。后来，庆四郎君上了东京的K大学，我也去了东京，但始终没怎么见面。我们在银座见了一次，当时我身上一点钱都没有，所以蹭了庆四郎君一顿饭。从那以后，我们就再没见过。听说他从K大学毕业后，在东京的中学当了老师。

“不过，嗯，太好了。”我说了句不着边际的话。因为我实在不知道该说什么好。

“嗯，太好了。”庆四郎君平淡地回应道，“差点就死了。”

“是吧，是吧。”我有点狼狈地点点头，从口袋里掏出刚买的香烟，递给庆四郎君一根。

“不行。”庆四郎君拒绝了，然后拍拍白衣覆盖的胸口，“这儿不好。”此时，火车发车了。

“这样啊。我这儿还有酒，来点吗？”我稍微拎起放在脚边的布包给他看，“肺病不能抽烟，但有的人喝点酒反而有帮助。”

---

1. 伤痍军人：指在服役期间发生伤病，生活和健康受到影响的军人。（译者注）

“我挺想喝的。”庆四郎君坦率地说，“其实肺病已经没什么了，只是一抽烟就咳嗽。酒可以来点。在伊东跟大家道别时，我也喝了好多。”

“伊东？”

“对，伊豆的伊东温泉。我在那里疗养了半年。之前在华中待了两年，南方待了一年，后来得病了，就回到这边，在伊东温泉疗养。现在想起来，我感觉伊东温泉那六个月最漫长。一想到病养好了又得上战场，我就很不情愿，所以后来听到战争结束的消息，我很是松了口气。就因为这样，跟战友们分别时喝了很多酒。”

“你家知道你今天回来吗？”

“应该不知道。我只寄了一张明信片，告诉他们近期也许能回来。”

“那多不好呀。你老婆孩子都住在金木那边，不是吗？”

“嗯，我一接到征兵令，就让老婆孩子疏散到了这边。有啥好通知的。若是带了许多稀罕的外国货倒还好，可我不是空着手嘛。”说完，他便扭开头，眺望窗外的景色。

“你带着它回去吧。据说这可是上等的好酒。你带上吧。金木现在一点酒也买不到。你拿着它，让老婆给你斟酒，好好喝上几杯。”

“要是你给我斟酒，的确能喝上几杯。”

“我就算了吧。免得让夫人嫌弃我碍事。总之你拿着吧。你没通知家里今天回去，他们肯定没备好酒。你想喝酒，对不对？我看你瞅着这包东西的眼神就非同寻常。你肯定很想喝。拿去吧，拿回去，跟家里人一块儿喝。”

“不，还是我们一块儿喝吧。今晚你提着这包东西到我家来做客，那就最好了。”

“那可不行。我才不去。过两三天再去。”

“那就过两三天也不要紧，你来做客吧。这酒我就不要了。家里也有。”

“没有，肯定没有。金木现在是一滴清酒也没有。总而言之，这酒你今天必须拿走。”

我们一直纠结着那一升清酒，直到列车抵达金木站。

最后，庆四郎君还是拎走了那瓶酒。作为交换，我两三天后必须到他家去做客。

按照约定，我三天后拜访了庆四郎君，他完全没动我给他的一升清酒，就等着我来了。我们很快便喝了起来。他给我介绍了身材高大、看起来温顺老实的夫人，还有以十三岁的男孩打头的三个孩子。

那天晚上，我听他说了这样的故事。

我在华中待了两年，南方待了一年，现在回想起来，那已经像是久远的梦境，甚至感觉那个四处奔波的军人并不是我。我啊，丝毫不想说起那段时间的事情。就算说出来，我也感觉像在撒谎。反倒是伊东温泉那半年，对我而言更漫长，并切身感觉到我这个阴郁沉重的人真的活着，真的在动，悲欢喜乐全都能渗透进皮肤里。所以当我说起三年半的从军生活，最想对你们说的，也许只是那六个月的疗养。日本人啊，也许注定了只要一离开本土，就要丧失自我、脚步虚浮、忘记了生活，变得一无是处。在本土，只是坐两三个小时的火车，就觉得是一场漫长的旅行，整个人疲惫得很。可是在外地，哪怕坐上十个小时二十个小时的火车，也好像去邻村串门那样随意。我们脑子里的齿轮都完全嵌合了内地的高密度生活，心情从来不会松懈，哪怕是一个小时的旅程也像一桩大事。总之啊，在伊东那半年时间无比漫长而沉重，塞得满满当当。那里给我留下了许多回忆。其中有一件事，也许过个十年二十年，甚至直到我死，都绝不会忘记。那是件怪事，你且听我道来。

那时已经是初夏，针对中小城市的轰炸快要开始了，人们都说热海伊东的温泉地区也要被夷为平地，大家都忙着疏散家财，让老幼先去避难，城里弥漫着一股悲伤的活力。一天午饭后的休息时间，我站在疗养馆的大门外，眺望街上的人来人往。当时下着太阳雨，明明阳光很好，却有雨点披着金光落下来。燕子几乎是贴着地面飞来飞去。那一刻我在想什么呢？我只记得马路对面的黑色木板围墙下有一株盛开的紫阳花，那些花至今仍清晰地留在我的记忆中。所以我当时也许罕见地沉浸在了类似旅愁的情绪中吧。

“当兵的，你这样要淋湿啦。”

疗养馆斜对面有个小小的射击场，店里的姑娘红着脸对我笑了。那姑娘名叫阿常，大约二十岁，没有母亲，父亲在疗养馆当差。她个子高大、皮肤白皙，脸上总是挂着悠然的笑容，丝毫没有东北女人那种刻薄和对男人的警惕。据说伊豆的女人都这样，果然还是南方的女人好啊……言归正传，总之疗养馆的军人都很喜欢阿常，那时候有人议论，说一个抄着关西口音的小年轻跟阿常如何哪般了，我听了很不高兴。当然，我可以像你这样，直接跟他说就完事了，可我当时站在门口淋太阳雨，并不是在想阿常的事情。不会，也许是的。也许我看紫阳花的时候，是有一点在意射击场那边的动静。可我站在那里绝不是因为暗暗喜欢阿常，想去射击场那里看她。再说，我们早就不是那种年纪了。我那时真的只是站在门口发呆。不过，其实我并不讨厌阿常，也很在意她跟那个小年轻的传闻，这是事实，所以很难说我站在门口时，一点都没关注阿常工作的射击场。我觉得吧，人心不像你们写的小说那样清楚确定，而是模糊不清的。尤其是男女之间的感情，也许会因为每时每刻的变化而发生意外的转折。你可别嘲笑我。你肯定也经历过。喜欢和讨厌，就是这么不清不楚。总之，阿常叫了我一声，我就跟她去了射击场。

“阿常，你不疏散吗？”

“跟你们一样，我不怕烧也不怕死。”

“好坚强啊。”

我只能这样说。因为我暗自猜测，她一定是跟那个关西口音的真有一腿，要跟他生死与共了。为此，我感到莫名寂寞。

“我打打麻雀吧。”说着，我拿起了气枪。

射击场最难的就是打麻雀。要用小小的铅弹打中像钟摆一样左右摇摆的马口铁假雀。打中尾巴或身体，它都不会掉下来。非要击中靠近鸟喙的位置，才能将其打落。不过，自从我掌握了气枪的射击轨道，已经可以第一枪就将其打落了。

阿常给箱子上了发条，麻雀开始哐当哐当地左右摆动。我瞄准目标，扣动扳机。

哐当哐当。

没打中。

“怎么了？”阿常知道我平时第一枪就能打中，所以露出了疑惑的表情。

“躲开点，你太碍眼了。”我开了个蹩脚的玩笑。东北人在这种时候总会乱了阵脚，没法轻松地应酬。

其实她真的很碍眼。我们开始射击时，阿常总是在靶子附近转悠，一会儿捡子弹，一会儿调整靶子的位置。只不过，我平时都没觉得她如此碍眼。唯独那一刻，阿常笑着站在麻雀的靶子边上，让我觉得特别碍眼，又特别危险。

“躲开点，躲开点。”我强装笑容，反复说道。

“知道啦，知道啦。”

阿常笑着挪开了一尺左右。

我再次瞄准，扣动扳机，子弹应声而出。

哐当哐当。

还是没打中。

“你怎么了？”

她又说。

我突然浑身发烫，默不作声地装了第三发子弹，发射。

哐当哐当。

没打中。

“怎么了？”

第四发，依旧没打中。

“你到底怎么了呀？”说着，阿常蹲下了。

我没有回答，装上第五发子弹。阿常的裤子勒出了膝盖的形状，像两个圆球。这混蛋，已经不是处女了。

我朝着她的膝盖开了一枪。

“啊！”阿常喊了一声，趴倒在地，但很快抬起了头。

“我不是雀儿呀。”

听到那句话，我宛如被人泼了一盆冷水，愣在原地不动弹了。是我不好，是我不好，是我不好，我觉得，纵使说上一千遍，也无法求得她的原谅。我不是雀儿呀——天真无邪的发言，反倒比任何激烈的抗议更尖锐，更刺痛我。阿常皱着眉，蹲在地上捂着膝盖，痛得呻吟了一声。她的指缝间流出了鲜血。我扔下气枪，从后面绕进了店堂。

“对不起对不起，对不起。你怎么了？”

哪有什么怎么了，当然是被铅弹击中了膝盖，受了重伤。她似乎站不起来了。我略一犹豫，最后还是把她抱了起来。阿常喊着痛放开了膝盖，转过来小声问我：“你怎么了？”她的笑容有点悲伤。

“到疗养馆去包扎吧。”我的声音异常嘶哑。

阿常应该走不了路。我让她扶着我的左肩，把她带到疗养馆，径直去了医务室。虽然出血有点多，可她的伤似乎并不严重。医生用镊子一下就拿出了嵌在膝盖上的铅弹，给小小的伤口做了消毒包扎。听闻女儿受伤，在馆里当差的父亲飞快地跑了进来。我挤出一脸讨好的笑容说道：“唉，这个可真是……”我想到自己真的做错了，反而说不出道歉的话来。

我永远忘不了阿常父亲当时的眼神。他平时是个看起来有点软弱，又和蔼可亲的人。在那一刻，他瞟了我一眼，目光中却带着说不上是憎恨还是敌意的情绪。我不禁毛骨悚然。

阿常的伤很快就好了，这件事在疗养馆并没有引发什么问题，我只被两三个战友嘲讽了几句，就这样过去了。可是，从那天起，我的思想发生了彻底的转变。从那天起，我变得极其讨厌战争，害怕伤害人类脆弱的皮肤。人不是雀儿。我总是想起看见孩子被别人所伤的父亲的眼神。我跟你说，战争啊，真的不好。

我并非虐待狂，也丝毫没有那种倾向。可是在那一天，我伤害了一个人。那一定是从战场带回来的宿醉。我在战场上杀伤了敌方的士兵。可是，我当时可能丧失了自我，对此毫无反省。我从未想过否定战争。当我带着屠戮的宿醉回到内地，并使其稍露端倪时，才突然意识到那是何等罪恶的东西。这真是太奇怪了。你说，这是不是因为内地的生活浓度更高呢？日本人是否注定了一到外国就会脚步虚浮，导致生活空虚茫然呢。在内地与在外地，我感觉自己就像两个不同的人，恨不得捏一把大腿，看看这是否梦境。

庆四郎君的倾诉快要结束时，夫人端来了新的酒壶，默不作声地为我们各斟了满满的一杯酒，然后安静地走了出去。我呆呆地目送她的背影离开，随即感到愕然。她走路似乎拖着一条腿。

“那不就是阿常吗？”

那位夫人完全没有津轻的口音，说的是纯粹的东京话。也许是喝醉了，我突然产生了奇怪的错觉。阿常不是皮肤白皙高大的女人吗？

“白痴，你说什么呢？哦，是因为脚吗？她今天走了四公里去领木炭，脚上磨出泡了。”

寻人

再次，我要拜借《东北文学》杂志宝贵的版面一角，说一些自己的事情。之所以要借《东北文学》的版面，理由如下：

诚如各位所知，《东北文学》杂志由仙台的河北新报社发行，当然也会出现在关东、关西、四国、九州的书店报亭，但可以推测，杂志的主要读者还是集中在东北地区，尤以仙台一带最多。

正因这一优势，我才想借《东北文学》的一角，说一些自己的事情。

其实，我想要见一个人。我并不知道那个人的姓名住址，只知道应该是在仙台市或其周边。那是一个女人。

我之所以在仙台市发行的《东北文学》一角刊登这篇蹩脚的手记，是猜想到那个人也许生活在仙台市或其周边，那么便有可能看到这篇手记，即使那个人没看到，与她相识的人看了，也许会告诉她……不不不，这不可能，世上怎会有这种巧事，不不不，我自然知道这是我的一厢情愿，只不过，我已经走投无路，必须要依赖于这不可能的巧合了。

“小姐，谢谢你。那时你帮了我很大的忙。我就是那个乞丐。”

指望这句话传到那位女士耳中，正如乘坐飞机去吊唁一位勇士，从他长眠的战场上空抛下花束，指望其落在勇士的埋骨之地，最终却落在了远方森林的鹰巢之中，让雏鹰倍受惊吓，或是落在大海的波涛之间，漫无边际地漂流。说到底，这并非能否到达的问题，只要说话的人，或是投下花束的人感到心满意足，那样便好了。这无疑是一种任性的行为，但我还是要说：

“小姐，谢谢你。那时你帮了我很大的忙。我就是那个乞丐。”

昭和二十年的七月末，我们一家四口在上野乘上了火车。我们先在东京罹难，退避至甲府后，甲府也被烧成了一片焦土，然而战争还在继续，既然横竖都是死，不如死在故乡倒能少些麻烦，于是我与妻子带着五岁的女儿和两岁的儿子离开了甲府，打算乘上当天从上野开往青森的快车，偏偏不巧遇到了空袭警报，挤满了上野车站的数千名旅客个个杀气腾腾，我们带着年幼的孩子，只能任人推搡踩踏，最终没能赶上那趟快车，当天只能在上野车站的检票口和衣睡了一觉。那一夜月光凄冷。夜深以后，我独自走了出去。四周早已是一片焦土。我走上上野公园的石阶，站在南洲的铜像旁远眺浅草。它就像是湖底的一团水草。这将是我最后一次眺望东京。十五年前，我进入本乡的学校，从此便在东京生活。而那一刻，将是我最后一次将东京收在眼底。想到这里，我自然难以保持平静。翌日早晨，我们挤上了上野站出发的第一辆列车。我们已经顾不上目的地，只要能向北开上哪怕二十公里三十公里，便要坐上去。于是，我们乘上了上野站始发的第一班车，也就是凌晨五点十分发往白河的列车。没过多久，我们便到了白河。一家人在那里下车，又找了一班继续向北的车坐上去。下午一点半，小牛田方向的列车在白河站停靠，我们一家四口从车窗爬了上去。跟上一趟车不同，这趟车格外拥挤，而且甚为闷热，两岁的儿子趴在妻子衣衫凌乱的胸前，憋得嗷嗷大哭。由于母亲营养不良，这孩子生下来就身体孱弱，又因为母乳不足，后来的发育也不理想，只是勉强活着，能够走动罢了。五岁的姐姐虽然相对健康，但是在甲府被烧毁的前不久患上了结膜炎，遭遇空袭当天双眼完全失明，我只能背着她在火雨之下逃窜，最后找到了幸存的医院接受治疗，在甲府拖延了三个星期，总算等到这孩子两眼能够睁开，我们才带着她出发了。可是现在一到傍晚，孩子的眼睛还是睁不开，直到早晨都死死粘着，我只能用医生那里开的硼酸水给她洗眼睛，然后点上眼药水，再等一会儿才能让她睁开眼睛。那天早晨我们在上野站乘上列车时，这孩子的眼睛迟迟睁不开，我便用手指将其掰开，没想到竟出了许多血。

换言之，我们这一行人，父亲穿着肮脏的上衣、褪色的藏蓝棉布长裤，胡乱缠着绑腿，脚上套着足袋鞋，蓬头无帽；母亲披头散发、满脸煤灰，穿着破烂的裤子，袒胸露乳；二人还带着一个患眼病的女儿和又瘦又小、只会哭号的儿子，宛如一个乞丐家族。

小儿子哭个不停，妻子将乳头塞进他嘴里，他也知道吸不出乳汁，只会扭过头去，小小的身子使劲向后仰，哭得愈发大声。一个站在旁边、同样带着孩子的女人实在看不下去，便对妻子说：

“是没有奶水吗？”

接着，她又说：

“让我抱抱他吧，我又涨奶了。”

妻子把哭叫的孩子递给了那位大姐。见大姐的乳房奶水充足，孩子立刻不哭了。

“哎呀，好乖的孩子，吃奶也很温柔。”

“不，他是身子骨太弱了。”

妻子说完，那位大姐也露出了寂寥的微笑。

“我家孩子吃奶那叫一个粗鲁，吸得可疼了。这位小公子是不是太客气啦。”

体弱的孩子含着不是母亲的乳头，沉沉入睡了。

列车到达了郡山车站。那里宛如刚刚遭受了轰炸，空气里甚至弥漫着一股火药味，倒塌的房屋废墟中腾起了片片黄尘。

那时东北地区频繁遭受空袭，仙台已经被烧毁大半，而我们在上野车站的水泥地上和衣而眠的那一晚，青森好像也遭到了烧夷弹袭击，随着列车一路向北，各个地方遭灾的传闻不断飘到耳中，尤其是青森地区，据说损失极为惨重，甚至有人一本正经地夸大道：那里的交通已经全面瘫痪。这使我心情格外沉重，忧虑不知何时才能回到津轻边界的故乡。

过了福岛，车上空了一些，我们也总算找到了座位落座。才刚喘上一口气，对口粮的担忧又涌上心头。我们出发时准备了三天的饭团，无奈天气炎热，米粒都像纳豆一样拉出了丝线，咀嚼起来黏腻异常，叫人难以下咽。我们一直给小儿子冲奶粉喝，然而奶粉要用热水冲，所以决定坐到前面的车站时，找站长要点热水冲奶粉，坐在车上就姑且先掰一点松软的蒸面包给他充饥。可是打开蒸面包一看，外皮已经发潮发黏，不得不整个扔掉了。剩下的食物，便只有炒豆子。我们身上还有一些大米，本打算中途下车后在旅馆换一些米饭，如此看来，今天能入口的食物，是真的不够了。

父母二人光是啃炒豆子喝水，倒也能忍耐一天两天，然而五岁的女儿和两岁的儿子自然经不起这样的苦难。小儿子方才吃了点奶，现在已经睡了，大女儿却早已厌倦了炒豆子，正直愣愣地看着别人吃盒饭，恐怕快要闹起来了。

唉，人类竟要吃饭才能活着，这是何等不体面的事情啊。

曾经，我对妻子宣称：“喂，等到战况更加紧迫，人们连一个饭团都要争抢才能活下去的时候，我就不活了。我打算放弃参加饭团争夺战的权利。到时候可怜你，带上孩子跟我一起死吧。因为此时此刻，死亡已经成了我仅剩的尊严。”现在想来，那一刻似乎来到了。

我呆呆眺望着窗外的风景，心中没有任何办法。列车经过一座小站时，有个大姐提着装满桃子和西红柿的筐上了车。

那位大姐立刻被乘客包围，嘀嘀咕咕地说了一阵。大姐是个刚烈的人，高声拒绝道：“不行，我这不是拿来卖的。让我过去，别挡路！”她钻出人群，径直朝我走了过来，一屁股坐在我旁边。那一刻，我的心情着实微妙。我突然错觉自己是个非常通晓女人心理的色魔，产生了龌龊的想法。世上自然不可能存在衣衫褴褛、宛如乞丐、还带着两个孩子的色魔，但我还是受到了微妙的心理暗示。其他乘客都冲着她的那筐水果吵闹不休，而我则是一副全无兴致的模样，呆看着窗外的风景。其实，我比任何人都眼馋那筐子里的东西，只是强忍了渴望，没有看它一眼。这个计策也许成功了。想到这里，我突然感叹自己很有欺骗女人的才能，一时间万分羞耻。

“你们到哪儿去呀？”

大姐语速飞快地跟坐在前面的妻子搭话道。

“去青森另一头。”

妻子冷冷地回答。

“那可太折腾了。你们也遭灾了吗？”

“嗯。”

妻子向来是个寡言少语的女人。

“在哪儿？”

“甲府。”

“还带着孩子呀，那真是太辛苦了。吃点吧？”

她飞快地往妻子腿上放了十个桃子和西红柿。

“快藏起来。要是让那些大老粗看见了，那就没完没了啦。”

片刻之后，果然有个男人冒出来，煞有介事地手握大额纸币，压低声音纠缠道：“卖我几个吧，多少都行。”

“烦死了。”

大姐皱着眉，高声驱赶道。

“我这些不卖！”

接着，妻子做了一件蠢事。她突然往大姐手里塞了一把钱。那一刻——

哎！

别！

不是！

来！

这！

几乎不成话语的细小呼声宛如火花，接连从二人口中迸发出来，而那些钞票则以让人眼花缭乱的速度，在她们中间左右移动。

够了！

大姐口中迸发出这样的音节。

“你这就不地道了。”

我低声劝阻妻子。

过程写下来看似冗长，实际从妻子掏出钱，到火花四溅，再到我去劝阻，妻子不情不愿地收起钱，可能不到五秒钟时间。诚如电光石火，转瞬即逝。

根据我的观察，这位大姐虽然口称“不卖”，实际只是不想在车上买，所以她确实是个商人。很难说她是否要将这些水果拿回家去卖给某个特定的人，总之那些就是“货物”。然而，既然人家已经发挥了人道精神，我们便不能再将大姐当作商人看待。

人道。

大姐的一番心意，我当然感激不尽，然而，我内心还是稍感无奈。

人道。

我已经词穷，不知如何道谢。左思右想之后，我决定将手头最重要的东西送给大姐。我身上还有大约二十根香烟，于是分出十根，塞到了大姐手里。

大姐并没有像推拒钞票那样强烈地拒绝我。这下，我总算松了口气。那位大姐在仙台前面的小车站下了车，她走后，我苦笑着对妻子低声说：

“人道，可真是太吓人了。”

这种对恩人的嘲讽，应该说是乞丐的不服输，还是虚荣作祟？这种心理就像那些背地里小声批判美国章鱼罐头的人。实在是难以理解。

我们的计划是乘坐这趟列车前往小牛田终点站。听说若是乘坐东北本线，会在离青森市还很远的地方就被赶下车，何况本线可能十分拥挤，我们一家四口都要挤上去着实有些困难，所以才决定换个方向，从小牛田那边前往日本海沿岸，也就是在那里换乘陆羽线到山形县的新庄，再乘坐奥羽线北上，经过秋田后在东能代站下车，换乘五能线，从青森县背后进去，到五所川原车站下车，最后才乘上津轻铁道，返回我的故乡金木。然而细想之下，前途可谓一片渺茫，就算一切顺利，也要花上整整三个昼夜才能到达。有了西红柿和桃子的惠赐，大女儿今日的口粮算是解决了，可是小儿子若是醒来，开始哭求喝奶，又该如何是好。还有四个多小时才到小牛田，届时已是将近深夜十点，恐怕求不得什么冲奶粉、煮稀饭的方便了。

倘若仙台没有遇袭，我在那里还有二三熟人，大可以中途下车，找他们稍作投靠，但是众所周知，仙台已经烧毁大半，现在熟人投靠不到，这小儿子恐怕是要饿死了。我活到三十七岁，吃过各种苦头，如今回想起来，那却是平淡无趣的三十七年。我心中萦绕着烦乱的思绪，为大女儿剥了桃皮，这时小儿子也醒了，开始哼哼唧唧。

“我们啥都没有了吧。”

“是呀。”

“若是还有点蒸面包也好啊……”

我那句绝望的话语，竟然得到了回应。

“你们要蒸面包，我这里还有……”

不可思议的天籁降临了。

这并非夸张，那声音的确来自我的头顶。我仰着头转过去，发现一直站在后面的年轻女子已经伸长胳膊，去拿行李架上的白色帆布包了。很快，一团干净的包装纸就被放在了我的腿上，里面似乎裹着许多蒸面包。我一句话也说不出来。

“这是我中午做的，应该没问题。然后……这是红豆糯米饭……这儿还有鸡蛋。”

一个又一个纸包在我腿上堆积起来。我还是一句话也说不出来，只能呆呆地看着窗外。树林沐浴着夕阳，化作一团火红。列车停了下来，这里便是仙台站。

“那我就告辞了。小妹妹，再见啦。”

那个女人说完，便从我座位旁的车窗下了车。

我和妻子都来不及向她道谢。

我想见她，想见那个女人。她应该有二十岁上下，那天穿着白色短袖衬衫，还有久留米絣的长裤。

我想见她，并对她说一句话。我的那句话，还带着一丝怨恨。

“小姐，谢谢你。那时你帮了我很大的忙。我就是那个乞丐。”

男女同权

大约十年前，一位老诗人只身逃离东京，来到某个偏僻山村落脚，后来却遇到所谓的日本文艺复兴，因此受到关注，接受了该地区教育协会的招聘，做了一场题为男女同权的演讲，这便是当时的速记。

——我早已认命了，认为像我这样的老朽不会再有登场的机会，一直过着不方便又不体面的隐居生活。但是现在，我们迎来了不得拥有任何武器，也不得徒手殴打，凡事都要讲究优雅文明的世道，为此，有人认为首先要振兴诗歌管弦，用以滋润荒芜的人心，引导其踏上风雅之道，于是像我这样几乎遭到世间遗忘和舍弃的老朽文人，又迎来了奇妙的第二春。实话说，这有什么可做作的呢？我十七岁去了东京，四处漂泊了三十余年，最后苍老疲敝，恰在十年前投奔了乡下弟弟家，周围的人都嫌弃我是个没用的老人，对我冷嘲热讽，不，这绝非抱怨，因为我当真是个没用的老人，再怎么被嫌弃嘲笑，也是理所当然，无论时势如何，竟找到这样的人站在众人面前，还搞什么教育会！要我在世上最崇高、最严肃的会议上出面演讲，对我而言甚至堪称残酷，因此前不久教育会的代表人找到我，叫我对文化发表一些意见时，我这副苍老的身躯，听着听着便瑟瑟发抖起来，你们可别不相信，紧接着，我就像听到了表白的处女那般，面颊烧得滚烫，突然感觉自己在参与一件天大的坏事。可是听那位代表人继续说下去，我才知道疏散到A市的知名社会思想家小鹿五郎先生原定要来参加这次教育会，发表一些新思想的演讲，但不巧的是，小鹿先生在答应之后，突然拍来一封电报拒绝了这件事，想必如此出名的人，总有一些不方便的时候吧。总之那不能理解为小鹿先生的恣意任性，只能说世事大抵如此，无论什么时候，有智慧的伟人都有许多不方便之处，我们只能含泪接受，然而就算小鹿先生拒绝了，今日的教育会日程也已定下，不能突然不办了，于是代表人就想到了我这个人，兴许是想起了那个老头过去也写过几首诗，勉强算是个文人，不如叫他来撑场子吧。不，我绝没有抱怨，甚至很感激有人想起了我，并引以为傲，然而在这一点上，此举堪称犯罪，不，就算称不上犯罪这种极端的事态，把我叫来这神圣的教育会上对各位演讲，多少还是有点作弊之嫌，这让我昨夜烦闷不已，彻夜无眠。若我当时坚定地拒绝此事，那么一切都不会发生，然而代表人已经看穿了我与那知名的小鹿先生不同，每天过得无所事事，如今再说什么不方便，也只会令人喷饭，何况即便是我这样的人，只要出面讲讲文化，似乎就能让一切圆满结束，被人这么一拜托，我也感慨这把老骨头竟然还能派上一点用场，心中感激不尽，尽管认为这有作弊之嫌，我还是不做多想就答应下来，此刻步履蹒跚地走到台上，后知后觉地后悔起来，暗道早知如此当初就该拒绝。

正如诸位所见，我现在只是个无用的老人，那么，若问我年轻时是否有过一段有用的岁月，答案也是否定的。也不是不可以说，我在东京期间，有过这么一个短暂的时期，多多少少获得了少数群众的关注，然而那些人关注的地方，就在于我是个何等无用之人，也许是全日本屈指可数的无用之人，那一时期号称我的代表作的诗集题名，便是《我何等愚蠢，骗子都要向我施舍》。由此可见，我的所谓文名丝毫不值得尊敬，只会招致嫌弃和嘲讽，倒是有一些情深义重之人会来安慰我、心疼我，使我得到了喘息的空间，这些各位想必都能明白。这种说法甚为奇怪，总之那段时间我的存在价值，便在于无能二字，若我不再无能，那么我的存在价值将全然瓦解，如此奇怪的立场，令我自己都无言以对。然而，随着我的年龄稍有增长，渐渐发现身为男人，处在这样的立场上是何等的不体面、不知羞耻，于是我又出版了一部煞有介事的诗集，题为《青年之道德如今何处觅》，如此一来，反倒变得彻底不行了。那是无能之下的无能，也就是“货真价实”的无能，于是我在诗坛失去了立足之地，又疲于长期的贫困生活，最终与秋风一道，孤身逃离京城，成就了这段微不足道的命运。

换言之，我这个老朽没有一点可取之处，我绝非要将它硬说成自己的本领，并拿来四处夸耀，只是想说这样一个无用之人，面对着地区教育会的诸位听众，究竟能演讲什么？所谓残酷，便是如此。

所谓民主主义——唉，这话题转变得过于唐突，连我自己都大吃一惊，只得报以苦笑。其实我是个无学之人，什么都不懂。但我知道，民主写作人民之主，它的主义、思想、美国、世界，基本都围绕这个意义展开。这回，日本终于也要引进这个民主主义了，着实可喜可贺，有了民主主义，就能男女同权！这个，这就是我最关心，并且最期冀的东西，一想到今后无需顾虑任何人，能够对女性主张男性的权力，我便有种在黑夜中等到了天明的心情，忍不住露出微笑。迄今为止，我因为女性着实吃了不少苦。我甚至暗中思考，自己现在之所以变成这样一个无用的老人，全都是因为女性。

我自幼便饱受女性的欺凌，过着痛苦的生活。我的母亲并非继母，而是亲生母亲，但不知为何，她更疼爱弟弟，对我这个家中长子异常疏远，并且总是使坏。母亲早已离世，如此指责一个故人，我当然也不好受，但我永远记得，在我大约十岁，弟弟大约五岁那年，我从别人那里得来一条小狗，得意地拿给母亲和弟弟看，弟弟想要小狗，哇哇大哭起来。母亲开始安慰弟弟，一本正经地说了句奇怪的话：那条小狗要用哥哥吃的饭养大哦。哥哥吃的饭，这是什么意思，莫非我要省下自己吃的饭来养小狗吗，还是说我身为继承人，家里所有人的饭都属于我，而弟弟没有养小狗的资格呢？我年幼的心灵突然生出了奇怪的情绪，把小狗硬塞给弟弟，没想到母亲又对弟弟说：你快还给他，你快还给他，这是吃饭虫。这下我是彻底没了心气，一把夺过弟弟怀里的小狗，扔到了屋后的垃圾堆上。当时是冬天，我们吃晚饭时，小狗在外面嘤嘤直叫，令我食不下咽，后来父亲听见了狗叫声，便问母亲怎么回事。当时母亲若无其事地回答道：这孩子带了条小狗回家，没玩多久就厌倦了，扔到外面去了，这孩子就是没长性。我惊呆了，愣愣地看着母亲。父亲训斥了我，然后吩咐母亲把小狗带回家中。母亲紧紧抱着小狗，笑着说道：哎呀，外面很冷吧，你真惨啊，太可怜了，真是太可怜了，把你还给哥哥，他肯定又要扔了你，不如跟弟弟玩吧。说完，她又请父亲答应了，就这样，事情变成了我的冷酷无情几乎害死一条小狗，多亏母亲的柔情救了它一命，让它成了善良的弟弟的跟班。

不仅仅是这件事，生母对我的种种陷害，细数起来恐怕要没完没了，若问母亲为何这般欺凌我，也许是因为我天生丑陋，从小就是个丝毫不可爱的孩子，然而尽管如此，她的陷害也可谓毫无道理，她说的话真不知该如何取舍，全然不可理解，我只能将其当作女性特有的癫狂。

在座也许有人知道，我出生的地方在十二公里外的山麓寒村，那里从未有过变化。我家算是当地的小地主，弟弟与我不同，是个直率的人，加上自己耕作，手上土地又少，有幸成了这次农地调整法令的漏网之鱼，但尽管如此，我家在那个村里也算是略微上流的人家，我们年幼的时候，家中还有男女用人。这又是我大约十岁时发生的事情，家中有个十七八岁的女用人，脸蛋红润，眼睛很大，身形瘦削，那家伙竟教了我这个继承人许多叫人说不出口的事情，等我主动去接近她了，她又像变了个人一般突然大怒，将我推开，还骂我口臭异常。那一刻的羞耻，我在几十年后回想起来，依旧忍不住想声嘶力竭地大吼。

应该在同一时期，村里小学——其实也就是四五十个学生，配上两位老师，而且那老师也是二十出头的年轻人，另一位则是他的夫人。年幼的我深以为夫人是个漂亮的女人，或者听村民这么说，自己也就这样想了，毕竟当时还是个孩子，即使觉得对方漂亮，也不至于为此烦恼难安，总之就是带有一种淡淡的倾慕之情。我至今仍清楚记得那一天的事情，那是个秋风萧瑟的日子，我们跟着漂亮的夫人学写字，夫人经过我身边时，我不知怎的打翻了砚台，把墨汁溅到了夫人的衣袖上，于是我被罚留堂了。因为我暗自倾慕那位夫人，被罚留堂反倒高兴得很，心里一点都不害怕。别的学生都冒雨回家去了，教室里只剩下我与夫人二人，这时，夫人突然像变了个人一样，兴奋地对我说今天丈夫到邻村办事回不来，外面又下着雨，她寂寞难耐，才会把我留下来陪她玩耍，叫我不要把她想成坏人，还问我要不要玩捉迷藏。我听见她叫我“小少爷”，便孩子气地生出了极其卑俗的傲慢，自以为我家在那村庄中属于上流，那么我的行为举止定然也透着上流的魅力，所以才会得到夫人的格外关爱。于是我便装出了小少爷的样子，忸怩作态、故作羞涩，与夫人猜拳，夫人输了，由我先藏起来。然而就在那时，学校门口传来了响动，夫人听见了便说：我出去看看，小少爷找个地方藏起来吧。说完，她笑着朝门口小跑而去，我马上钻进了教室角落的课桌底下，屏着呼吸等夫人来寻。过了一会儿，夫人跟丈夫一块儿进来了。我听见她说：那孩子总纠缠我，好吓人啊，我觉得你得好好训斥他一顿。接着先生说：是嘛，他在哪儿？夫人淡然道：应该就在附近吧。先生大步走向我躲藏的地方，训斥道：蠢货，你在那种地方干什么？我当时俯伏在课桌下面，实在是羞愧难耐，不敢出去，又因为痛恨夫人，眼泪啪嗒啪嗒地往下掉。

这一切，也许都因为我的愚蠢。可即便如此，我还是无法理解女人那种冷酷究竟来自何处。从那时起，我就因为女人突然爆发出的强烈残忍天性，被折磨得体无完肤。

父亲死后，家中气氛变得不太和谐起来，我公开宣布将所有事务交托母亲和弟弟，在十七岁那年春天去了东京，在神田某印刷厂当了学徒。说是印刷厂，其实不过是个体经营的小作坊，只有厂长和两名职工，连我一共四人，做一些传单、名片的订单。当时正值日俄战争结束，东京有了电车，还多了许多高档的西洋建筑，一派蒸蒸日上的景象，因此那小作坊的工作也十分忙碌。然而，无论多么忙碌，我也从未觉得工作辛苦，反倒因为印刷厂的老板娘，还有听说是千叶县出身、全身皮肤黝黑、年龄在三十岁前后的女伙夫总是欺负我，让我好几次流下了眼泪。她们似乎并未察觉自己的所作所为对我而言是何等的痛苦，只能说她们乐在其中。若是待在厂里，总要被老板娘和女伙夫欺负，偶尔休息日外出，外面又有同样恶毒的夜叉等着我。记得那时我刚到东京一年，在某个梅雨季节潮湿闷热的晚上，我不知着了什么魔，竟跟印刷厂的两个年轻职工一起，撑着伞到吉原玩耍，后来真是倒大霉了。吉原的女人本应是女性之中最悲惨最不幸的一群，集世间的同情与怜悯于一身，可我实际过去一看，她们竟出奇地有势力，几乎像贵妇人一样我行我素，害我那一夜都如履薄冰，生怕惹恼了什么人引来一通斥责，说什么话都要仔细斟酌词句，默默在心中念佛求平安。也许是念佛奏效了，那一夜并没有人斥责我，第二天早晨各自起身，女的要我留下来喝杯茶。她在花魁里像是地位比较高的，甚至散发着几分威严。接着，她又叫婆子喊来了与我同去的职工，以及陪那两个职工的花魁，给我们泡上茶，又从房间角落的茶柜里拿了一盘炸蔬菜，叫我们尝尝。带我来的职工朝我喊了声老爷，说夫人亲手做的料理，咱们快尝尝吧，你这小子，原来挺招人喜欢啊，小白脸。他们的话让我很是受用，得意忘形地笑了两声，夹起一块炸芋头大嚼特嚼，这时陪我的女人冷冷地说：你是农民出身吧。我吓了一跳，慌忙咽下嘴里的食物点了点头，那女人又转向别的花魁小声说：出身不好的男人啊，叫他吃点东西就知道了，他们会吧唧嘴呢。她说这话的时候，就像在谈论天气，脸上全无表情，一副若无其事的模样。唉，那一刻我不知有多尴尬。带我来的职工刚才还喊我老爷小白脸，这下我可如何是好？尽管如此，我还是装出表面的平静，苦笑着离开了，可是走到一半，木屐的鞋带竟然断了，我只能在雨中光着脚，卷着下摆默默行走，心中万分凄苦。现在回想起来，我还是浑身震颤。连女性之中最命苦、生活最悲惨的花魁，在我眼中都成了令人害怕的、宛如雷神的存在。

这种被女性陷害的经历，可谓数不胜数，光是最令人难以忘却、一想起来就万分羞耻的经历，讲起来也要花上一个月的时间，其数量过于惊人，所以今天我只再讲两三件事，然后就此打住。

我在神田的小印刷厂受着老板娘和皮肤黝黑的千叶县出身的女伙夫欺负，还是坚持干了五年。后来发生了一件事，我至今仍不知该称其为幸运抑或不幸，简而言之，就是我这样没用的人，也遇到了走进诗坛的机缘。所谓人生，真是不可思议。那时，日本的文学异常火热，若是用最近的文化复兴去比较，这文化复兴简直冷清得宛如为死者守夜，由此可见当时那股文学热潮的激烈与上流，正如天马行空，恣意翱翔，而当时最为流行的，便是像外国诗歌翻译那般动辄换行的诗文，我工作的印刷厂接到了那帮诗人的内部杂志的订单，那本杂志叫《曙光》，其实是只有二十页上下的小册子，开始印制后，我负责审读原稿、挑选铅字，就这样被激发了文学热情，专门跑去书店买了当时的大诗人的诗集来读，渐渐有了自信，便以《乌鸦骑猪》为题，用一个劲换行的风格写了我在乡间田野实际看见过的一幕，还战战兢兢地拿给《曙光》的一个诗人看，得到了有趣的评价，最让人意外的是，还有幸被刊登在了那份《曙光》杂志上，这下子我更是得意起来，又以《去偷苹果》为题，讲了我在乡间冒险失败的故事，依旧是换了许多行，写了老长老长，最后也被刊登在了《曙光》之上，这下子算是一炮而红了，报纸也煞有介事地报道了我的作品，用许多看不懂的晦涩言辞评论了一番，让我一时不知如何反应。很快，我有了许多诗人朋友，诗人这种职业，只要成天喝大酒席地而睡，就能被夸奖纯真，所以我也成天喝大酒，故意席地而睡，得到了同伴的夸奖，也因为这样钱不够花，常常到当铺去典当，而那印刷厂的老板娘和千叶县出身的女伙夫攻势日益猛烈，终于到达了极限，我再也忍受不了，终于逃出了那间厂子。也许，就是诗这种魔物让我走错了人生的道路。然而那个时候，若印刷厂的老板娘和千叶县的女人对我稍微温和一些，安静地对我提意见，我一定能果断放弃诗歌，重新成为一个认真老实的印刷工人，那么现在或许便是一个印刷厂的老师傅了。诸位别怪我年老多抱怨，我是真的经常这样想。像我这种没用的人，跑去写什么诗，还想靠这么一支细细的笔生活下去，与东京那些聪慧的文人为伍，实在是不自量力。逃出印刷厂后，我的生活便糟糕得不值一提，现在回想起来，我也像在地狱中呆然眺望走马灯，忍不住惊叹自己竟没有发狂或是饿死，反而活到了现在。我送过报纸，拾过荒，有一搭没一搭地接活，还当过小贩，做过奶品店，甚至叫卖过色情照片和画片。我当过假冒的报社记者，给黑社会当过跑腿，总之可以这么断言：没用的男人能做的事情，我都做过了。就这样，我这个没用的人变得愈发没用，到头来变得衣衫褴褛，只身逃离了京城，来到弟弟家吃白食。我这辈子一事无成，现在也没有资格怨恨什么人，可是我气不过啊，唉，如果当时那个女人对我没有那么坏心眼，也许我就能得到一些自尊和力量，即使依旧没用，多少也能当个小有所成的人了。老来每每在梦醒之后反复咀嚼从幼年开始的悲惨女祸，总会难受得抓心挠肺。

我在东京前后遭到了三任老婆的抛弃。第一个老婆已然很过分，第二个老婆心肠更恶毒，到了第三个老婆，甚至倒将我赶出来了。

这话说着也许有些奇怪，在结婚这方面，我从来没主动过，全是女性找上门来的，但我这么说可不是为了炫耀什么。女性有一种近乎直觉的能力，可以识别出意识薄弱的无用男人，然后趁虚而入，大加伤害，等到玩腻了就弃如敝履，头也不回地离开。而我，正是她们的绝佳猎物。

第一个老婆乃是当时所谓的文学少女，其实就是个戴着眼镜的愚笨女人，她从早到晚哭着说我不够爱她，令我哑口无言，可是稍微露出一点不高兴的表情，那女人就会换上尖利刺耳的声音控诉：啊，多么可怕的表情啊！你是恶魔！是色魔！把我的处女之身还给我！你蹂躏了我的贞操！你要赔偿！那是何等的令人讨厌。彼时我正拼命学习，想写出更好的诗歌，胸怀青云之志，纵然那只是癫狂女人的疯言疯语，然而什么恶魔，什么色魔，什么蹂躏贞操，这些有损名誉的话若是传了出去，我的将来恐怕会一片黑暗，实在是叫人笑不出来，而我当时还年轻，不知多少次想过干脆杀了这个女人，自己也去死。这女人跟我同居到第三年，终是舍弃我逃走了。她留下了一封奇怪的书信，内容叫人极不愉快，她说原来你是犹太人，我现在才知道，将你比作虫子，那就是赤蚁。这看起来像是一派胡言，给人的感觉却毛骨悚然，宛如看见了地狱妖婆的诅咒，格外地诡异，没想到那呆蠢的女人竟也能想出如此令人不愉快的可怕言辞，这令我深深感到了女人深渊般的可怕。

不过那也只是文学少女的文学式咒骂，比起第二任老婆的现实性泼辣，反倒不算过分了。这第二任老婆是我在本乡经营一间小小的奶品店时聘来跑堂的女人，后来奶品店黄了，她也一直跟着我没走，而且她极其贪婪，宛如饥渴的恶狼，绝不允许我学习诗歌，又在背后恶狠狠地批判了我的每一个诗人朋友，用个简单的说法，就是此女现实而倔强，丝毫不关心我那些诗的评价，一味咒骂我不事生产，哀叹自己的不幸，偶尔有杂志社的人来找我邀稿，她反倒主动凑上前去，抱怨现在物价高涨，老公懒惰愚笨，不值得信赖，光靠写诗活不下去，准备劝他到铁路局工作，若一直跟那些诗歌的损友来往，他今后恐怕要成为废人，总之是不苟言笑、蓬头垢面，像瞪着仇人一样注视杂志社的人，语气充满怨恨，害得那专门前来邀稿的人也面露不快，内心恐怕已对我和老婆二人都轻蔑不已，一个个都匆匆离开了。每次他们离开后，老婆就会转而迁怒到我身上，对我说教：那是你的贵客，你却一点都不知道赔笑，把别人给吓跑了，你别成天只知道依靠我，有点男人的样子，打起精神来，广交朋友啊。

那时我也在为一份可疑的报纸做些拉广告的活，要在烈日炎炎之下满头大汗地满东京奔走，遭受形同乞丐的待遇，还得点头哈腰陪着笑，有一次好不容易赚到了将近十张一元的纸币，得意扬扬地回家去了。那一天我永远不会忘记。正值残暑，老婆在外廊脱了上衣洗头，我大声说今天赚了一大笔钱，然后亮出了钞票，可她笑也不笑，只说一元的钞票能有多少钱，始终没停下洗头的动作。我顿时感到很没面子，便问她这些钱你都不要吗，只见她冷冷地朝前方努了努嘴，叫我放在那里。我照她的话把钱放下了，恰好一阵晚风吹来，钞票被吹得满院子乱飞，虽然只是一元的钞票，可它总归是我辛辛苦苦赚回来的大钱，我忍不住大喊一声，跳进院子里追着钞票跑。那一刻的凄惨心情，简直无可比拟。这女人在信州有个亲弟弟，我赚来的钱，大都被她拿给弟弟用了，然后每次一看到我，就开口要钱。我被逼得急了，也曾想过干脆去杀人放火，为这女人搞钱。我想，那些为钱犯罪的人背后，定然也有这样的女人。

说来奇怪，这女人对我的诗人朋友向来没有一句好话，尤其对那个年龄最小、酷爱看歌剧、一本诗集都未出版过的浅草少年诗人，其嘲讽咒骂最是毒辣，然而没过多久，她竟与那个少年有了一腿，舍弃我离开了。女人真是奇怪。她们的心理实在是叫人难以理解。

不过这个女人跟第三任老婆相比，倒也算好的了。这第三任老婆从一开始接近我，就是要把我当成苦力使唤。那时我已经越来越没用，甚至丧失了写诗的心气，只在八丁堀的巷子里摆个关东煮的小摊，在那里过着野狗一般的生活，那巷子更深处住着一个六十多岁的老太婆，跟她那年近四十的老姑娘摆了个烤山芋的摊子，晚上在不远处的破旅馆里睡觉，过着几乎跟我一样身无长物的乞丐生活，那两个人不知怎的盯上了我，总来帮些无关紧要的忙，最后把我骗去了破旅馆，那便是一段孽缘的开端，我们把两个小摊摆到一起，号称什么店铺扩张，我每天又要干木工，又要去进货，累得气喘如牛，那娘儿俩只需要接待客人，把脏活累活都推给我，赚到的钱全揣进自己的口袋，渐渐地越发露骨地把我当成下人使唤，而且到了晚上，我刚要靠近那个女儿，娘儿俩就会像赶畜生一样发出嗤嗤的声音，让我不得近前。等到后面我慢慢醒悟过来，也发现了这娘儿俩好像不是真正的母女，其实都是落魄的夜莺，因为心眼太坏而被抛弃，到那时候已经没人愿意找她们买春。我还被那年近四十的老姑娘传染了性病，吃了许多不为人知的苦，可那娘儿俩怪罪到我头上，女儿一不高兴就说腰痛，躺着不做事，两人都对我咒骂不止，说跟我这样不正经的男人打交道，才会落下一身的毛病，再也无法挽回了，骂完了就使劲指使我做事，必须说，正是有了我的努力，小店才渐渐兴隆起来，光是两个摊子拼凑着已经不再够用，那娘儿俩又提出主意，在新富町租了个朝大路的小门脸房，挂起了关东煮、小料理的灯笼，等到搬去那边，我已经沦落为彻头彻尾的下人，得管老的叫夫人，管自己老婆叫大姐了，而且那二人都睡在二楼，我只能在底下厨房铺一层草席睡觉。

我永远忘不了那个仲秋的夜晚，那一夜月明星稀，我十二点过后关了店门，着急忙慌地到筑底一家相熟的小饭馆借地方泡澡，回家时在路边小摊吃了碗荞麦面，到了家里想拉开后门，却发现里面被闩上了，怎么都打不开。于是我又绕到前门，抬头朝着二楼小声呼唤：夫人，大姐，夫人，大姐，可她们好像睡下了，二楼黑灯瞎火，什么反应也没有。我刚泡了澡，被秋风一吹，内心很不舒服，便踩着垃圾桶爬上房檐，轻轻敲了几下二楼的木窗，又低声呼唤：夫人，大姐，谁知我老婆立刻在屋里大喊：抓贼啊！她叫一声还不算，又接连大喊起来：抓贼啊！抓贼啊！抓贼啊！我狼狈得很，慌忙辩解道：不对，是我，是我啊。可她充耳不闻，连连叫唤：抓贼啊！抓贼啊！抓贼啊！不一会儿，屋里又传出了铛铛铛的响动，后来我才知道是老太婆敲起了脸盆，总之我吓得汗毛倒竖，连滚带爬地下了房檐想跑，却被听见骚动赶来的巡查逮个正着，挨了两三下拳头，后来巡查就着月光仔细打量了我的脸，才说：怎么，是你啊。他是附近岗亭的巡查，自然认识我是这里的人。我简单讲了事情经过，那巡查笑着说那可真糟糕，可那时二楼还在叫嚷“抓贼啊！”，敲打脸盆的响动也没有停下，街坊邻居全都闻声跑出来，这动静是越闹越大了，于是巡查大吼一声，叫二楼的人下来开门。这下二楼的狂乱也平息下来，电灯亮起，不一会儿楼下的灯也亮了，有人从里面打开店铺大门，身穿睡衣的老太婆和我老婆探出头来。巡查苦笑着把我推出去，说你们家没遭贼，那老太婆竟一脸困惑地说这是谁，我不认识这个人，又问女儿你认识他吗，那女儿也一本正经地说这不是我们家人。事已至此，我早就无言以对，只能说这样啊，那永别了，然后不顾巡查的劝阻，朝着河边大步离开了。反正她们总有一天是要把我赶走的，这地方我肯定待不下去，倒不如今天开始过上独身放浪的生活。我靠在栏杆上，眼泪突然涌了出来，滴滴答答地落在河面，那河面倒映着月光，每落下一滴泪，都会激起小小的金色波纹，漂亮极了。啊，如今已过了将近二十年，但我现在仍对当时的寂寥与悲伤记忆犹新。

后来，我又被许多女人坑害，若说那些都是无知的女人，才会做出如此残忍的事情，实际绝非如此。有一个在外国留学多年的老太婆在女子大学当教授，她前些年已经去世了，但我还是要说，她对我的一部诗集展开了猛烈的嘲讽和批判，令我战栗不已，从那以后更是一行诗也写不出来，虽然想反驳，无奈她的骂声毫不留情，骂我只是个小学毕业的无学之人，写的诗蹩脚至极不堪卒读，一个生在东北寒村的人绝无可能写出高贵优雅的诗句，瞧瞧他那张脸，压根不是诗人的面孔，其生活何等邋遢、何等懒散，其人何等卑俗顽劣，只要此等无学的乞丐诗人存在一天，日本就绝不是文明国度，那些话简直句句戳心，其恶毒无异于对一个蠢孩子说你拖累了这个家，干脆去死吧。可谓毫不留情，以最激烈的方式一口咬定没用的人就是没用，我与那位女教授只是在一次诗人聚会上有过一面之缘，没有任何私人恩怨，她为何偏要盯上我这种可有可无的所谓乞丐诗人，对我大开杀戒呢？莫非女人即使留学多年，回来当了大学教授，也会出于本能地欺负没用的男人？总而言之，我在一本诗学杂志上读到那篇毫不留情的文章，顿时浑身颤抖，内心涌出极度的恐惧，甚至产生了怪异的性欲倒错感，忍不住给那年逾六十、脸盘之大在男性中也属罕见的老太婆拍了一封电报，为自己的羞耻更添了一刀。“我想要，与你接吻。”

然而，那位老太婆教授似乎并未察觉她给我带来了多么大的恐惧，最终完全终结了我那气如游丝的诗歌生命，不对，若是她知道了，恐怕会得意忘形，总之几年前，她平静地与世长辞了。

好了，天色已晚，我这愚蠢的经验之谈，也该告一段落了。总结一下，世间之女性，无论学识多寡，都带有异常残忍的本性，可世人又说女子本弱，教人要怜惜她们，又说男儿当自强，要有男子气概，那么男子气概究竟是什么，若是大肆发挥男子气概讨女人欢心，又要被人嫌弃粗暴，遭到残忍的报复，真叫人不知如何是好。我只身离开京城。到现在已过去十年，其间自然遭到了不少来自弟弟的老婆、妻妹、叔母这些女性亲戚的复杂奇怪的攻击，叫我烦恼不已，甚至怀疑只要世上还有女人，就没有我的容身之处。如今日本迎来了民主主义的黎明，新宪法规定男女同权，实乃普天同庆之事。从今往后，我绝不再听女子本弱的话，因为男女同权呀，实在是令人开怀。从此我无需顾虑、无需庇护，可以畅言女性的坏话，所谓言论自由的好处，也在此刻得以完美体现。我虽被那老太婆教授连根拔除了诗歌的舌头，但控诉女性的舌头，却得到了新宪法对男女同权、言论自由的保护，从此以后，我要穷尽自己的余生，去揭发女性的这些暴力。

亲友交往

昭和二十一年九月初，我迎来了一名男性访客。

这件事全无浪漫可言，亦毫无新闻性，但是在我心中，它留下了也许至死都难以消除的痕迹。于我而言，这是一件不可忽略的大事。

那是个一等一的男人，是个令人哑口无言的人。我在他身上寻觅不到任何优点。

去年，我因战争罹难，来到津轻老家躲避战火，几乎每日都假模假式地窝在大宅里屋，偶尔有人叫我到周边的文化会、同志会做些演讲，或是出席座谈会，我也用一句“应该有许多更合适的讲师”将其拒绝，平日里偷偷喝些睡前的小酒，过着假冒隐者的生活，但是在此前的十五年间，我生活在东京，出入最下等的居酒屋，喝着最不上档次的酒，与所谓最下流的人物谈欢，早已对一般的无赖见怪不怪。尽管如此，那个人还是令我哑口无言。总而言之，他就是这样一个超凡脱俗的人。

九月初，我吃完午饭，独自坐在起居室里吸烟，突然有个身穿劳作服的老头出现在家门口，说了一声：

“呀。”

那便是我说的“亲友”。

（我在这篇手记中描写了一名农夫，但并非为了向世人揭露他那令人厌恶的性格，挑起阶级斗争，支持所谓的“反动势力”，虽然略嫌啰嗦，但我还是要明确这一点。多数读者读完整篇手记，都会自然明了，我在此处插入这样的声明，恐怕只会叫人扫兴，无奈近来总有一些头脑愚笨、感觉迟钝之人，将极其陈腐的话挂在嘴边吵闹不休，恣意抛下令人咋舌的结论，为了防范那些脑子陈腐愚笨［不，他们也许反倒很聪明］的人，我不得不加上这段声明。总而言之，手记中出现的他虽然一副农夫模样，却绝非那些“意识形态学家”所敬爱的农夫。他其实是个极为复杂的人。我乃是头一遭遇见这样的人，可以说百思不得其解。我甚至在他身上预感到了人类的新形态。我并非要对他做出善恶与否的道德审判，只希望能够与读者分享这种新人类的预感。）

他是我的小学同学，名叫平田。

“忘了我吗？”他龇起雪白的牙齿笑了。我隐约记得那张脸。

“记着呢。进屋吧。”那天我在他面前，的确是个轻浮的社交专家。

他脱下草鞋，进了起居室。

“好久不见了呀。”他大声说，“多少年了？几十年了吧？哎，二十多年了。我早就听说你回来了，只是一直忙着地里的活，没能来找你。听说你现在酒量很大啊。哈哈哈哈！”

我苦笑着端来了茶水。

“你还记得我俩打架的事情吗？我们以前总打架。”

“是嘛。”

“什么是不是嘛。看看这手背上的伤痕，就是被你抓的。”

我细细打量了他伸过来的手背，并没有发现伤痕。

“你左边小腿上应该也有道疤。以前啊，我俩可没少打架。”

实际上，我的左小腿和右小腿都没有疤。我只是含糊地笑了笑，倾听他的话语。

“对了，我有件事想跟你商量。就是班会。怎么样，去不去？大家聚一聚，痛快喝几杯。假设十个人参加，要整二斗酒。这个我来准备。”

“那倒是不错，可二斗会不会太多了。”

“不多不多，一人没有两升，那算什么喝酒。”

“可是你要到哪儿去整二斗酒呢？”

“可能搞不到，反正我试试。你别操心。不过再怎么说，就算是这样的乡下，近来这酒也不便宜啊，那就交给你了。”

我了然地站起身，到里屋拿了五枚大钞。

“那这些你先拿着，不够的后面再补上。”

“等等。”他把钞票塞了回来，“不对，我今天不是来要钱，只是来商量的。我想听你的意见。虽然最后肯定得要你出个一千左右，不过今天真的是来找你商量，顺便见见老朋友。好了，这些都交给我，你把钱收起来。”

“这样啊。”我把钞票塞进了上衣口袋里。

“有酒吗？”他突然问。

我忍不住重新打量了他。那一瞬间，他也露出了好似尴尬，又好似阳光过于炫目的表情，但那一瞬很快就过去了。

“听说你这儿总放着两三升酒，拿来让我喝点吧。你老婆在吗？让她来斟酒，咱俩喝一杯。”

我站了起来。

“好，那你来吧。”

我感到很是扫兴。

我带他进了里屋的书房。

“这儿有点乱。”

“那有什么关系。搞文学的人屋子里都这样。我以前在东京也跟不少文人来往过。”

我一点都不相信他的话。

“不过你这房间真不错，不愧是大户人家。你瞧瞧这院子的景观，还有柊树哪。你知道柊树的典故吗？”

“不知道。”

“不知道？”他得意起来了，“这个典故啊，大可言世界，小可言家庭，也是你们写书的材料。”

他说的话没有任何意义。我甚至觉得他的智力是否有些问题。但是后来发现，事实并非如此。因为他表现出了极为聪慧的一面。

“你说的典故是什么啊？”

他咧嘴一笑，卖起了关子。

“下次再告诉你。”

我从橱子里拿出了还剩一半的方瓶威士忌。

“这儿只有威士忌，你不介意吧？”

“那有什么的。你老婆呢？叫她来斟酒啊。”

我在东京居住多年，招待过不少客人，但从未有人对我说过这样的话。

“我老婆不在。”我撒谎道。

“别这么说嘛。”他丝毫不在意我的话，“把她叫来斟酒吧，我来找你，就是为了叫你老婆斟酒，我俩喝一杯。”

城里的女人，洋气讨喜的女人，如果他心怀那样的期待，那么他也可怜，妻子也不好受。妻子虽是城里人，却颇为粗鄙丑陋，一点都不讨喜。我不想让她露面。

“那有什么的，老婆斟的酒，哪能入口啊。我这威士忌——”说着，我把酒倒进了桌上的茶杯，“过去只能算三等货色，但至少不是甲醇。”

他一口喝干了杯中酒，咂摸了几下，说道：

“有点儿像蝮蛇酒。”

我又给他倒上，答道：

“你这么个喝法，待会儿劲头一下上来，可不好受啊。”

“哦？那怎么可能。我在东京可是两瓶三得利的酒量。你这威士忌，也就六十度吧？一般般，不算什么。”说着，他又一口喝干，真是不解风情。

接着，他给我倒了酒，又给自己倒了满满一杯，随后说：

“没了。”

“哦，是嘛。”我像优雅的社交人士那般，了然而随意地站起来，又从橱子里拿了一瓶威士忌，打开瓶盖。

他坦然地点点头，又喝了起来。

这下，我也有些不耐烦了。我幼时有浪费的恶习，舍不得东西的感觉比常人迟钝（这绝非夸耀）。然而，那威士忌乃是我的秘藏，哪怕只是过去的三流货色，现在也算是头等了。其价值之高且不去说，关键在于得到它的手段异常繁琐。这并非只要有钱就能买到的东西。许久以前，有他人转让，我好不容易得到了一打这种酒，并因此一度破产，可我并不后悔，一直小心翼翼地品尝，并想着留到嗜酒的作家，譬如井伏先生来访时与他分享。然而，这酒渐渐都被我喝掉了，当时橱子里只剩下两瓶半。

当这人张口要喝酒时，家中不巧没有日本酒等其他酒水，我只得拿出了自己所剩无几的秘藏威士忌，只是万万没想到，他竟是这般鲸吞牛饮之人。这话说着可能像吝啬的怨言（还是坦白吧，我对这些威士忌就是吝啬，的确舍不得），可他如此理所当然地开怀痛饮，叫我如何按捺不耐烦的心情呢？

何况，他的谈话无法引起我一丝一毫的共鸣。这并非因为我是有教养的上等人，而对方是没文化的乡巴佬。绝非如此。我曾与一个全无教养的卖淫妇女严肃认真地谈论“人生的真相”。我还听一位没文化的老匠人循循善诱，最终流下了眼泪。我甚至对世间所谓的“学问”持怀疑态度。他的话令我极不愉快，理由不在于此。那究竟是什么？与其要我用三言两语总结，不如待我将他那日的言行原原本本复述下来，交由读者判断，更像是身为作者所谓健全的手段。

他一开始大肆谈论“我的东京时代”，随着醉意渐浓，更是停不下来了。

“你在东京因为女人栽了跟头，”他大声说着，咧嘴一笑，“其实我在东京那阵儿，也差点陷进去了。真就只差一点儿，就要像你一样了。没撒谎。还真走到那一步了。但是我跑了。嗯，跑了。尽管如此，女人啊，只要爱上了，就很难把你忘掉。哈哈哈！直到现在，她还给我写信呢。嘿嘿。上回还给我寄了年糕。女人啊，就是蠢，真的。要想让女人爱上，光靠脸不行，光有钱也不行，得讲感情，讲心。我在东京那阵儿啊，真是浪荡了一番。现在想想，那时你肯定也在东京拈花惹草，弄哭艺伎，可我俩竟然一次都没碰上，真是太奇怪了。你那时究竟在哪一带玩耍啊?"

他说的那时，我并不知道是指什么时候。而且他猜得不对，我在东京从未有过弄哭艺伎的经历。我主要在烤鸡串的小摊上喝泡盛和烧酒，叽叽咕咕地发牢骚。我在东京确如他所说，"因为女人栽了跟头"，而且不止一两个跟头，是栽了好几个跟头，丢尽了父母兄弟的脸，但至少可以这样说，"我并不是个仗着有钱拈花惹草，弄哭艺伎的色鬼!"这句反驳虽然软弱无力，但是从他的话语中可以看出，我至今仍得不到信任。这让我异常烦躁。

然而，我并非因为他而初次体会到这种不愉快，东京文坛的评论家之流，甚至可以称为朋友的人，都让我吃过同样的苦头，使我已经能够一笑置之，然而，这个农民装束的人似乎将其视作我的一大弱点，有种想要趁虚而入的感觉，此等心态何其肤浅，令人厌烦。

只不过，那天我是个颇为轻浮的社交专家，胸中没有一丝坚定。再怎么说，我也是个两手空空的战争灾民，拖家带口硬是闯入了这个不算富庶的镇子，并在这里苟延残喘，所以面对一直住在这里的人，我不得不当一个轻浮的社交专家。

我到主屋要了一些水果点心，拿给他说:

"吃点吧。水果能解酒，解了酒还能再喝。"

若任凭他这么鲸吞牛饮，等会儿酒劲上来，他要是发起酒疯，也不知如何应对，所以我连忙削好了梨子给他，想叫他放慢节奏。

可他似乎不愿意醒酒，看也不看我递给他的水果，只捧着装了威士忌的茶杯。

“我讨厌政治。”他突然谈起了政治，“我们农民不需要了解政治。谁要能让我的生活好起来，我就支持谁。这样就够了。谁要把真金白银端到眼前，塞到我手里，我就支持谁，这样不就对了吗？我们农民没什么野心，只要得了好处，一定会报答。这就是农民的耿直。什么进步党，什么社会党，我都不关心。我们农民只管下地种庄稼，这样就够了。”

我刚开始还不明白他为何突然说起如此奇怪的话来，但是下一句话让我明白了他的真实意图，并不禁苦笑。

“不过上次选举时，你也为你哥出了不少力吧？”

“哪有出力，我每天都在屋子里做自己的事情。”

“尽瞎说。就算你是文学家，不是政治家，那也得讲人情。你啊，肯定为你哥出了不少力。我虽然是个没文化的农民，但是最讲人情。我讨厌政治，也没有野心，无论是社会党还是进步党，谁来了我都不怕，但我就是讲人情。我跟你哥虽然不熟，但你是我同学，那就是亲友了。这就叫人情。就算没有人来求，我也给你哥投了一票。我们农民大可以不用了解政治，只要记着人情就够了，你说呢？”

原来，他那一票换来了喝威士忌的权利。他的心思过于好懂，我已经彻底扫了兴。

不过他也不是什么心思单纯的人，反倒敏感地察觉到了什么。

“我可没想给你哥当手下，你别这么小看我。你家往上数几代，也就是个卖油郎。你知道吗？我是听我家老太婆说的。买他一合油，还送块糖呢。就这么做生意发了财。另外河对岸的斋藤家，别看他是个大地主，平时威风凛凛，上数三代还在河边拾柴，削成木签串河里的杂鱼烤熟，卖个一文钱两文钱呢。那家姓大池的，原本也就是拿几个桶摆在路边供人小便，尿满一桶又抬到农民家卖，才有了现在的财富。有钱人往上几代都这样。告诉你吧，我这一族是这里最古老的家族，祖先可是从京都过来的——”说到这里，他不好意思地笑了笑，“这都是家里老太婆说的，不知道靠不靠谱，总之家谱都有的。”

“那你家也许是公卿出身。”我一本正经地说着，满足了他的虚荣心。

“嗯，咳，我也不清楚，反正大概是这样吧。别看我整天穿成这副模样下地干活，我哥你也知道的，是个大学生。他在大学打棒球，还总上报纸呢。我弟也考上了大学。我是心有所感，回来当了农民，现在对着我哥和我弟，我都抬不起头来啦。不过现在东京缺粮食。我哥读完大学出来当课长，还总写信让我送大米。但这大米可不好送啊。如果他自己回来，想背走多少都行，不过他现在贵为东京政府的课长，肯定是不能自己回来扛大米的。还有你也是，家里缺什么东西，就来找我吧。我可没打算白白喝你的酒。咱们当农民的，都耿直。知恩图报。好了，你再给我斟酒，我也不喝了！快叫你老婆来。不是你老婆斟的酒，我不喝！”听了这番话，我心情十分复杂。因为我并不想请他喝酒。“我不喝了，快叫你老婆来！你不去叫，那我就自己去。你老婆在哪儿？卧房吗？睡觉的地方？我可是大老百姓。你不认识平田一族吗？”他渐渐醉了，开始吵吵嚷嚷，还摇摇晃晃地站了起来。

我笑着叫他坐下，对他说：

“好吧，那我把她叫来。她可不是什么出得厅堂的女人，来了你也别抱怨。”

说完，我就去了妻子和孩子待的房间，煞有介事地说：

“我小学时的好朋友来了，你去打声招呼吧。”

我还是不希望自己的客人被妻子小瞧。不管来的是什么客人，只要家人露出一点轻蔑的神色，我就会格外难受。

妻子抱着小儿子走进了书房。

“这位是我小学的好朋友平田先生。以前我们总爱打架，他不知哪只手上还有被我抓伤的痕迹呢，所以他今天来报复我了。”

“哎呀，好吓人。”妻子笑着说完，恭敬地行了一礼，“请多关照。”

我们夫妻俩这番轻浮的社交礼仪似乎让他很是受用，只见他满脸得意地说：“哎，别太拘谨了。来，夫人，这边请，给我斟酒吧。”他也是个天衣无缝的社交专家，背地里叫人家老婆，表面上却尊称夫人。

妻子给他斟了酒，他一口饮尽，又说：

“夫人，我刚才还跟修治（我的幼名）说呢，家里要是缺了什么，就来找我。我家啥都有。山芋、蔬菜、大米、鸡蛋，还有鸡，都不缺。马肉你吃吗？我可是剥马皮的高手，你若是要吃，就来我家拿，我分你一条马腿。山鸡怎么样，还是山上的飞禽好吃吧？我会打枪。你要是说起枪手平田，这一带无人不晓。你爱吃啥，我都给你打来。野鸭要不要？明早我就到地里去，打个十只野鸭回来。我有一次赶在早饭前打了五十八只呢。你要是觉得我骗人，就去问问桥头铁匠铺的笠井三郎。那人了解我。只要说起枪手平田，这地方的年轻人啊，就没有不听话的。对了，这位大文学家，明晚跟我一块儿去逛八幡的宵宫吧。我来找你。那帮年轻人恐怕要干一架，反正势头不太对。我得去拉住他们。就在幡随院的长兵卫那儿。现在我豁出去了。反正我死了也会留下财产，老婆孩子都不用发愁。哎，大文学家，明晚咱俩一块儿去吧。让你见识见识我的厉害。你每天窝在这小屋子里，哪能做出什么好文学啊。你得出去长长见识。话说回来，你写的都是什么啊？哈哈，艺伎小说吗？你没吃过苦，不行。我都已经换了三个老婆了，老婆越换越讨人喜欢。你呢？你这是第二个，还是第三个？夫人，咱们修治对你怎么样？你别看我这样，我也是在东京生活过的人。”

情况变得越来越糟糕了。我叫妻子去主屋弄点下酒菜，把她打发走了。

他优哉游哉地从腰间掏出烟袋，拿了打火的盒子出来，咔嚓咔嚓地要给烟管点火，却怎么都点不上。

“我这儿有很多卷烟，你抽那个吧。烟管太麻烦了。”

我说完后，他看了我一眼，咧嘴一笑，收起烟袋，大为傲慢地说：

“我们农民都用这个。你可能瞧不起，但它可方便了。就算下着雨，只要咔嚓咔嚓敲几下打火石就能点火。下回我去东京时，打算拿着它在银座正中央打个火。你也快要回东京了吧？到时候我去找你。你家在东京什么地方？”

“这不是遭了灾嘛，还不知道回去了住哪儿呢。”

“是嘛，遭灾了呀。我还是头一回听说。那你肯定领了不少特配的物资吧。听说上回给遭灾的人发了毛毯，要不你给我吧。”

我顿时慌了手脚，不知他真意几何。然而，他似乎没有在开玩笑，纠缠不休地说：

“给我吧。我要做一件外套。那毛毯不是还挺不错嘛，你就给我吧。放哪儿了？我走的时候顺便带回去。这可是我的原则。你有什么东西，尽管拿走！说完我就要一样东西。反过来，你若是到了我家，也可以这么做。我无所谓。无论你拿什么走，都没关系。我就是这样的人。什么礼义廉耻，我讨厌那种麻烦事。你记住了，等会儿我可要拿走你那毛毯。”

那唯一的毛毯，已经被我妻子视作珍宝。这人也许看我们住在所谓“气派”的房子里，就以为我什么都不缺吧。其实，我们就像寄居蟹，找了个与体型不符的硕大贝壳，一旦离开那贝壳，便是赤条条的可怜虫，我们夫妻和两个孩子只能抱着特配的毛毯和蚊帐流落街头。在乡下有房有地的人，怎么会理解没有房子的家庭的困苦。这次在战争中失去家宅的人，大都（我认为定是如此）曾经想过将来要一家人自杀。

“你别拿毛毯。”

“你怎么这么小气。”

他还要纠缠，妻子正好端了下酒菜进来。

“哎哟，夫人，”他掉转了矛头，“麻烦你了。我什么吃的都不要，你快来斟酒吧。修治斟的酒，我是一点儿都不想喝。他这人太小气，不行。我真想揍他。夫人，我啊，以前住在东京，论打架可是一等一的高手。我还练过柔道呢。哪怕是现在，像修治这样的人，我一拳就能打趴下。以后修治要是欺负你，你就对我说。我狠狠揍他一顿。怎么样啊，夫人。无论在东京还是来到这里，你都没见过什么人像我这样跟修治不客气吧？毕竟咱俩以前是打打闹闹的朋友，修治在我面前，也装不起来。”

此时，我意识到他的不客气原来是有意的伪装，心中更是觉得无趣。他也许想到处吹嘘自己到我家来，喝了我的酒，还作威作福吧。

我突然想起了木村重成与茶师的故事，接着又想起了神崎与五郎和赶马人的故事，甚至想到了韩信的胯下之辱。原先，无论木村、神崎还是韩信，我读到他们的故事时，都没有感叹其忍耐力，反而感到了这些人对无赖怀抱的那种无言而深邃的轻蔑，从中品出了一些令人鄙夷的做作。居酒屋爆发争吵时，总有一个人悲愤气恼，另一个人却游刃有余，笑眯眯地对周围使眼色，仿佛在说："酒疯子真叫人头疼。"然后又对那被激怒的人说："好了，我明白了，对不起，行吗？我给你鞠躬了。"那真是令人难以忍受，甚至堪称卑鄙。见到那样的态度，怒火中烧的人恐怕会更加气愤癫狂。木村、神崎和韩信虽然没有对观众使眼色，夸张地戏说："我知道了，我道歉还不行吗。"他们的态度都不可谓不诚恳。可是这些美谈全都违背了我的道德原则。我从中品味不到忍耐。所谓忍耐，不应该是那种暂时性的、戏剧性的东西。阿特拉斯的忍耐、普罗米修斯的折磨，他们永恒的姿态才体现了真正的大德。而前述的三名伟人，各自都给人以怀抱强烈优越感的印象，如此一来，茶师和赶马人想要对其痛殴，也就显得理所当然，我甚至对这些无赖产生了同情之心。尤其是神崎故事中的赶马人，纵使收到了他写的道歉信，恐怕也难平激愤，搞不好喝了四五天的闷酒。原本我便是这样，难与这些美谈和伟人的心胸产生共鸣，反倒对无赖深感同情和共鸣，然而此时此刻，家中来了这位奇客，使我不得不大为修订自己对木村、神崎、韩信的观点。

卑鄙又如何，见到疯马就该回避。我的道德原则渐渐向此倾斜。什么忍耐，我已无暇崇尚那样的美德。我在此断言，木村、神崎与韩信就是比那些破罐破摔的无赖之徒软弱。他们就是被拿捏住了。毫无胜算。你看基督徒，在时不利己的情况下，不也会说："于是，主逃离了。"

除了逃离，别无他法。这里毕竟不是我家，若在此时激怒了这位亲友，令其上演撞破纸门的闹剧，事情将无法收场。就算没有他，我平素也时常担心孩子撞破纸门、扯坏窗帘、在墙上涂鸦。我必须加倍努力，免得坏了这位亲友的心情。那三名伟人的传说，正因为被当成了修身养性的教科书，宣扬什么忍耐，什么"大勇小勇"，才会令我等求道人士深感困惑。若要将那些故事收录到修身养性的教科书中，我会将其定题为"孤独"。

此时此刻，我体会到了那三名伟人的孤独。

就在他气焰喷薄，而我兀自烦闷之时，他突然"哇"的大喊一声。

我吓了一跳，连忙看向他。只见他说："我喝醉啦！"他好似仁王，又好似不动尊，紧闭双眼低声沉吟，双手死死撑在膝头，仿佛正与酒醉做着倾尽全力的斗争。

这也难怪，因为他一个人就喝掉了半瓶新开的威士忌。这时他满头冒汗，面目狰狞，正如那金刚或阿修罗的模样。我们夫妻见此情景，不安地对视了一眼。但是三十秒后，他就恢复了常态。

“哎，这威士忌真不错，特别醉人。夫人，你快斟酒啊。再坐过来一些嘛。放心吧，我再怎么喝醉也不会失态。今天喝了你们的酒，下次换我请你们。到我家来吧。不过我家可什么都没有。虽然有几只鸡，但全都不能动。那可不是一般的鸡，那是斗鸡，打架用的。今年十一月有一场斗鸡的大比赛，我打算把家里的鸡全送过去，现在正忙着训练呢。若是它们输得丢人现眼，我就宰了吃肉。所以你们得等到十一月。要是萝卜嘛，我倒是可以给你们两三根。”他渐渐变得小气起来了。“酒也没有，啥都没有。所以我才来这儿喝酒啦。等我打到野鸭了，就送一只过来，但是我有条件。我和修治还有夫人，三个人吃了那只野鸭，修治得拿出威士忌。你可千万别嫌鸭肉不好吃。你要说鸭肉不好吃，我就要生气了。那可是我好不容易打来的野鸭。你得说好吃才对。就这么说好了。好吃！美味！你一定得这么说。哈哈哈！夫人，我们农民啊，就这样。要是被人小瞧了，就一根线头都不给他。跟农民来往，得讲诀窍。夫人，你听好了。不能做作，绝对不能做作。别看夫人你这样，其实跟我家老婆一样，到了晚上……”

妻子笑着说：

“我好像听见孩子哭了。”

说完，她便逃了出去。

“不好！”他怒吼着站起来，“你老婆不行！我老婆才不会这样。等我过去把她拽过来。别小瞧人。我的家庭才是好家庭。夫妻和睦，生了六个孩子。你要是不信，就去问桥头铁匠铺的三郎。你老婆去哪儿了？你们卧房呢？让我看看你们睡觉的房间。”

啊，我怎么就让这个人喝了宝贵的威士忌呢？

“够了，够了。”我也站起来抓住了他的手。事情已经无法一笑置之。“别在意那种女人。好久不见了，咱们开开心心地喝酒。”

他扑通一声坐下了。

“你们夫妻俩，关系不好吗？我猜就是。这也太奇怪了，肯定有蹊跷。我觉得肯定是。”

有什么猜不猜的，那“奇怪”的原因，就是我的亲友在发酒疯。

“没意思，还是唱歌吧。”

听了他的话，我双重地松了口气。

一方面，唱歌应该能缓解眼前的尴尬气氛，另一方面，这也是我最后的愿望，现在天都快黑了，这五六个小时，我一直面对着这个“全无来往”的亲友，听他说了不少无聊的话，其间从未有一瞬间觉得这个亲友可爱，也从未产生过一丝敬佩之情，若就此道别，我对此人的记忆将永远被恐惧与厌恶笼罩，这样对他，以及对我自己都不算好事，哪怕只有一件事，只要有一点快乐的回忆也好。希望在离别之前，他能用凄凉的声线唱一首津轻的民谣，让我怆然泪下。就这样，他的提议让我心中涌出了希望。

“挺好呀，那你就唱一曲吧。”

这句话不再是轻浮的社交对白，而是我由衷的期待。

可是最后的最后，我还是遭到了残忍的背叛。

山川草木转荒凉，

千里风腥新战场。[1]

而且他还忘了下阕。

“我要回去了。你老婆跑了，你斟的酒又不好喝。我还是回去了。”

我没有挽留。

他站起来，煞有介事地说：

“没办法，班会的事情，跑腿的活就交给我吧，后面靠你了。这班会一定会很有意思。今天谢谢你了。这威士忌我就收下了。”

我早有预料。我把他茶杯里剩下的威士忌倒回了还剩四分之一的方瓶里，交到他手上。

“喂，我要的可不是这个。你别太小气了。橱子里不是还有瓶新的吗？”

1. 该汉诗并非津轻民谣，而是军国主义激进分子乃木希典的诗。下阕为“征马不前人不语，金州城外立斜阳”。

“这家伙竟知道。”我暗自战栗，最后痛快地笑了。对他，我只能说干得漂亮。恐怕寻遍东京，也找不到这样的人。

这下不管是井伏先生还是谁来了，我也无法与之畅饮谈欢。我拿了橱子里最后一瓶酒递给他，并且很想告诉他这瓶酒的价值。我想知道，若是说出来，他究竟会不为所动，还是看我可怜，决定不要了。不过，我还是没说。请别人喝酒，还要摊牌价钱，这种事我做不出来。

“烟要吗？”我还说。

“嗯，那个必须要。因为我抽烟。”

小学时代的同学里，我的确有五六个亲友。但我对这个人毫无印象。他对我的回忆，除了那次打架，也几乎没有其他。尽管如此，我们还是做了整整半日的亲友交往。我甚至想到了强奸这个极端的词语。

然而，事情并未到此结束。还有一个堪称点睛之笔的后续。这真是个不知该说痛快还是爽利，着实难以形容的人。我送他走到玄关，终于到了分别之时，他竟凑到我耳边恶狠狠地嘀咕了一声。

“别嚣张！”

叮叮咚咚

敬启者。

我有一个困惑，请为我解答。

我今年二十六岁，生在青森市的寺町。您恐怕不知道，寺町的清华寺旁，有一家名为朋屋的小花店。我便是朋屋家的次子。我从青森的中学毕业，在横滨某军需工厂当了事务员，在那里工作三年，后来又在军队度过四年，随着无条件投降回到了故土。然而我的家宅已被烧毁，父亲与兄嫂三人在废墟上盖了一间简陋的小屋子度日。母亲在我中学四年级那年就去世了。

我若挤进那废墟上的小房子，难免委屈了父亲和兄嫂，于是与父亲和兄长商量之后，在距离青森市八公里的海岸村落的三等邮局A邮局找到了工作。这邮局位于我亡母的故乡，局长是母亲的兄长。我在那里工作了一年多，感觉自己日益成为了无趣的人，着实困扰不已。

我在横滨的军需工厂当事务员时，就开始读您的小说。

一次，我在《文体》杂志上读了您的短篇小说，后来就养成了四处搜集并阅读您的作品的习惯，并在阅读过程中得知，您是我中学的前辈，还在中学时代造访过青森寺町的丰田家，心中顿时感慨万千。卖和服的丰田家跟我家在同一个町内，我也十分熟悉。您说，上一代家主太左卫门身材丰满，与他的名字十分相称，然而这一代太左卫门身材瘦削又时髦，叫人真想称之为羽左卫门。不过，他们似乎都是好人呢。在这次的空袭中，丰田家也全毁了，连土藏都被烧塌，实在是可怜。我知道您去过丰田家，曾想请这一代太左卫门写一封介绍信去拜访您，无奈我胆小怕事，只能在心中想想，没有勇气行动。

后来，我进了军队，被分配到千叶县参与海防，每天不停挖洞，一直挖到战争结束。尽管如此，只要有半日假期，我就会进城去搜寻您的作品。我也很想给您写信，不知多少次提起了笔，然而在写下敬启者之后，我又不知该说些什么，实在是无事可说，何况于您而言，我又是个彻头彻尾的陌生人，只能执笔空茫然。不久之后，日本无条件投降，我也回到故乡，在A邮局工作，上回去青森时，我顺便逛了那里的书店寻找您的作品，并得知您也遭了灾，目前暂居故乡金木町，心中再次感慨万千。可是，我依旧没有勇气突然拜访您的老家，左思右想之后，还是决定写信。这回我并没有在写下“敬启者”后陷入茫然。因为这是一封言之有物的信，且是十万火急之事。

我有一件事，希望得到您的指导。我真的非常为难。而且这并非我一个人的问题。我猜测，一定还有很多人怀有相似的烦恼，所以请您指导我们。在横滨的工厂时，还有在军队时，我一直很想给您写信，现在总算能下笔了。只是我万万没想到，写给您的第一封信，竟是如此欠缺欢欣的内容。

昭和二十年八月十五日正午，我们被召集到兵营门前的广场列队，聆听了陛下的放送。我们听了几乎被杂音覆盖，一个字都听不清的广播，随后年轻的中尉大步跑上讲台说道：

“听见了吗？明白了吗？日本接受了《波茨坦宣言》，正式投降了。然而，这都是政治上的事。我们军人要坚持战斗，最后全员自绝，以谢大君。我本人便有此意，诸位也早做准备。明白了吗！解散。”

说完，年轻的中尉便走下讲台，摘掉眼镜，边走边流下了大颗的泪水。所谓严肃，应该就是那种感觉吧。我呆立在原地，只觉四周一片黑暗，不知何处吹来一阵冷风，身体仿佛自然而然地沉入了地底。

我想到了死。我想：死才是本真。前方的树林异常静谧，宛如一片漆黑的影子。一群小鸟就像被抛洒向天空的芝麻，悄无声息地起飞了。

啊，就是那一刻。背后兵营的方向，隐约传来了有人敲钉子的声音，叮叮咚咚。听到声音的那一刻，我目瞪口呆，什么悲壮，什么严肃，都在一瞬间消失殆尽，我仿佛摆脱了附身之物，一切恢复如常，眼前的万物都显得那么苍白无趣。我凝视着夏日正午的沙滩，心中没有任何感慨。

于是，我塞满一背包的行李，呆滞地回到了故乡。

那天从远处传来的隐约敲击声，奇迹般地剥除了我身上的军国主义幻影，使我再也不会沉醉于那悲壮严肃的噩梦。然而那微弱的声音又像贯穿了我脑髓的轴心，从那一刻起，直到现在，我仿佛成了一个怪异的患了癫痫的男人。

话虽如此，我并没有强烈的发病症状。而是与之相反，只要因为一些事物而兴奋感慨，我就会隐约听见那叮叮咚咚的敲击声，并在那一刻恢复冷静，眼前的风景也变得截然不同，就像正在放映的图像突然中断，只剩下一片纯白的幕布，而我则盯着那片幕布，心中涌出苍白而无聊的感情。

一开始，我来到这所邮局，心想今后能够自由地展开学习，不如先写一篇小说寄给您审读，便在工作之余书写一些军旅生活的回忆，甚为努力地攒了将近一百页稿纸。在一个秋日傍晚，我做完了邮局的工作，去澡堂泡澡暖身，决心今晚写完最后一章，思考着要像奥涅金那样以璀璨而悲伤的方式结尾，还是像果戈理那般以“争吵剧”式的绝望写成终局。我越想越兴奋，蓦然抬头看向高高悬挂在澡堂天花板的电灯泡，隐约听见了远处传来叮叮咚咚的声音。那一刻，潮水骤然退去，我置身于昏暗的浴池角落，成了一个赤身裸体拨动热水的无名男子。

我甚为扫兴，爬出浴池，搓着脚底的污垢，漫不经心地倾听其他客人谈论配给的事情。什么普希金，什么果戈理，听起来就像外国产的牙刷，何等无趣。我走出澡堂，过了桥，回到家中默默地吃了饭，然后走进屋里翻开摆在桌上那将近一百页的稿纸，惊觉它是这样的无聊，内心十分反感，连撕毁它的力气都没有，决定以后每天拿它来擦鼻涕。从那天起，直至今日，我都未曾写过一行小说。舅舅家有一些藏书，我偶尔也会借一些明治大正年代的杰作小说集，时而感慨，时而无感，态度极其轻浮，在大雪的夜晚早早睡去，过着毫无“精神性”的生活，后来看了世界美术全集，对以前十分喜爱的法国印象派画作也丝毫提不起兴致，反而喜欢上了日本元禄时代尾形光琳和尾形乾山的作品。我觉得，光琳的杜鹃花比什么塞尚、莫奈、高更的画都要优秀。就这样，我的所谓精神生活开始复苏，然而我再也没有那么大的野心，去试图成为光琳、乾山那样的大家，甘于当一个乡间的业余爱好者，最大的本事就是从早到晚坐在邮局窗口，清点他人的钞票，除此之外别无才能。像我这样无能无知的人，即使过着这样的生活，也称不上堕落。也许世上也存在着谦让的王冠。也许唯有专注于平凡的日常业务，才是最高尚的精神生活。就这样，我对自己的生活渐渐感到了骄傲。当时正值日元更换票面，即使是偏远乡村的三等邮局，或者说，正因为是小邮局，反倒人手更不充足，都每天过得手忙脚乱。那段时间，我们每天一大早就要处理存款申告、张贴证明，忙得无暇休息，筋疲力尽，而我又是得到舅舅关照的人，更要知恩图报，每天都累得双手如同套上了钢铁手套，麻木无感。

我每天埋头忙碌，沾枕就睡，第二天随着闹钟的响声醒来，又得立刻上班打扫卫生。打扫卫生本是女职员的工作，但是自从日元更换的大骚动开始，我对工作就有了异常的热情，每天奋不顾身地扑在上面，今天比昨天更积极，明天又比今天更热情，几乎是以半疯癫的状态一路狂奔，即使在日元更换的骚动将要平息的最后一天，我还是天未亮就起了床，赶到局里做了一通大扫除，整理好一切之后，便坐在自己负责的窗口，迎接笔直照射在脸上的朝阳，眯起缺乏睡眠的眼睛，内心异常得意且满足，脑中甚至闪过了“劳动乃神圣之举”的话语，长长地出了一口气。就在那一刻，远处似乎传来了叮叮咚咚的声音，这下可好，所有的一切霎时间变得无比愚蠢，我站起来回到房间，盖上被子睡下了。有人来叫我吃饭，我也只是随便应付道：今天身体不舒服，就不起来了。那天局里似乎最为忙碌，而我这个最优秀的职员卧床不起，大家都很为难，尽管如此，我还是昏昏沉沉地睡了一整天。对舅舅的知恩图报，也因为那天的任性，反而成了制造麻烦，总之我已经没有了半点投身工作的热情，第二天也严重睡过头，呆滞地走到自己的窗口坐下，光顾着打哈欠，把工作都推给了旁边的女职员。第三天、第四天，我都有气无力、磨蹭暴躁，换言之，就是成了一个极为普通的窗口职员。

“你身体还是不舒服吗？”

局长舅舅问起来，我只是笑笑，回答道：

“没什么不舒服，也许是神经衰弱。”

“没错，没错。”舅舅得意地说，“我猜到是这样。谁叫你脑子不好，还去读那些难懂的书。像你我这样愚笨的人，最好别去想复杂的事情。”说完，舅舅笑了，我也报以苦笑。

我的舅舅乃是专科学校毕业，却看不到一丝知识分子的气质。

后来（我的文章中有很多“后来”，对不对？这也许是愚笨之人写文章的特色。我对此十分介怀，但总是极其自然地写出来，只能含泪忍受），后来，我开始谈恋爱了。请不要笑话我。不，就算您笑话我，我也没办法。正如金鱼缸里的青鳉鱼，浮在缸底两寸高的地方一动不动，却自然有了身孕，我也在茫然自失的生活中，不知不觉开始了令人羞涩的恋爱。

一旦开始恋爱，音乐就变得格外感人。我想，那是相思病的第一大征兆。

那只是单相思。我对那个女孩爱得不能自拔。她在这个海岸村落唯一的小旅馆里当女侍应，好像还不到二十岁。我的局长舅舅爱喝酒，每次村里有人在旅馆的包间办酒宴，他都会去参加，从不落空，所以舅舅与那个女侍应算是熟人，女侍应每次到邮局窗口来存款或是交保险，舅舅都会用并不好笑的陈腐笑话逗她。

“最近你收入挺不错啊，还这么热心存钱。可以，可以，是不是找到好男人啦？”

“真无聊。”

女侍应这样回答他，并真的摆出了无聊的脸色。那不是范戴克笔下的女人的脸，而更像是贵公子的脸。她叫时田花江。她的存折上是这么写的。以前她好像住在宫城县，存折住址栏填写的就是宫城县的住址，然后用红线划去，旁边添上了这边的新住址。听女职员的闲聊，她应该是在宫城县那边遭了战灾，在无条件投降前不久来到这个村落，据说是旅馆老板娘的远亲，还有点不太正经，明明是个孩子，已经很了不得。不过当地人无一例外，都对外面疏散过来的人没有半句好话。我丝毫不相信她们所说的“了不得”，但可以肯定，花江小姐有不少存款。身为邮局职员，不能对任何人透露这种事情，但我还是要说，花江小姐即使总被局长调侃，还是每周都来存入两百或三百新币，存款的总额越来越多了。我并不认为她真的找到了什么好男人，但每次在花江小姐的存折上盖下贰佰圆或叁佰圆的印章，我都会心跳不已，两颊发烫。

我渐渐感到了痛苦。花江小姐绝不是那种“了不得”的女人，可是我担心，这个村落的人都盯上了花江小姐，正在用金钱慢慢腐蚀她。一定是这样。有时想到这里，我会在深夜猛然坐起，战栗不已。

花江小姐依旧以每个礼拜一次的频率，若无其事地过来存钱。现在何止是心悸脸红，我甚至会感到异常痛苦，进而面无血色，头上冒冷汗。不知有多少次，接过花江小姐大大方方递来的贴了证明的肮脏十元纸币，我数着数着就会产生一口气将其撕碎的冲动。我很想对花江小姐说一句话。就是镜花小说中那句著名的台词：“就算死了，也莫要成为别人的玩具！”但这委实做作。像我这样的粗野乡人，实在说不出那样的话来。可我真的很想严肃地对她说出这一句话。就算死了，也莫要成为别人的玩具。物质算什么，金钱算什么！

看来，世上果真有“念念不忘，必有回响”这种事。那是五月过半的时候，花江小姐又一次若无其事地走到邮局窗口，说了一句“劳烦”，将钞票和存折递给我。我叹息一声接过来，带着悲怆的心情开始清点肮脏的纸币，并在存折上记入金额，默默地递还给她。

“五点钟，你有空吗？”

我怀疑自己听错了。我怀疑是春风在戏弄我。她的话语就是这么飞快而微弱。

“若是有空，请到桥头来。”

说完，花江小姐微微一笑，转眼又成了一副若无其事的样子，离开了。

我看了一眼时钟，那时两点刚过。说来惭愧，后来直到五点这段时间，我究竟做了什么，现在是无论如何都想不起来了。我一定是顶着若有所思的面孔坐立难安，明明是阴天却突然大声对旁边的女职员说：今天天气真好。对方若是吓了一跳，我恐怕就会瞪她一眼，起身去方便，犹如一个傻瓜。还差七八分钟到五点时，我离开了家。途中，我发现双手的指甲留长了，不知为何竟很想哭。那种感觉，我直到现在都记忆犹新。

花江小姐就站在桥头。她身上的裙子似乎有些短了。我瞥见那双细长裸露的腿，不由得伏下了目光。

“去海边吧。”

花江小姐平静地说。

她走在前面，我隔着五六步跟在后面，缓缓走到了海边。虽然隔着一段距离，我们的步伐却不知不觉同调起来，令我甚是为难。天空阴云密布，有一点风，海岸上不时腾起一片沙尘。

“这里挺好的。”

花江小姐走进拉到岸上的两条大渔船之间，在沙滩上坐了下来。

“你快过来呀。这里坐下就吹不到风，很暖和。”

花江小姐伸展双腿坐着，我则在两米开外的地方坐了下来。

“突然把你叫出来，真抱歉。不过，我有一句话必须要对你说。我问你，你是不是觉得，我那些存款很奇怪？”

我心中一惊，声音沙哑地回答道：

“我是，觉得奇怪。”

“其实也难怪。”花江小姐说完，掬起一捧沙洒在赤裸的腿上，然后说，“其实那不是我的钱。若是我的钱，我就不拿去存了。存钱多麻烦呀。”

原来如此，我沉默地点了点头。

“难道不是吗？其实那是老板娘的存折，但你绝对要保密。真的，谁也不能告诉。我隐约猜到了老板娘为什么要这样做，不过那是很复杂的事情，我不想说。其实我很痛苦，请你相信我。”

花江小姐笑了笑，眼中闪出奇怪的光芒，原来是眼泪。

我突然忍不住，很想亲吻花江小姐。只要跟花江小姐在一起，我什么苦都能受。

“这里的人都不行。我生怕被你误会，一直想解释清楚，所以今天就鼓起了勇气。”

就在那时，真的从附近的小木屋里传出了叮叮咚咚的敲打声。那并非我的幻听。那是佐佐木家建在海边的库房，里面当真传出了清亮的敲打声。叮叮咚咚、叮叮咚咚，敲个不停。我浑身一震，猛地站了起来。

“知道了，我谁也不告诉。”那时，我发现花江小姐身后有一大坨狗屎，很想提醒她一句。

海浪懒洋洋地蠕动着，挂着肮脏风帆的船晃晃悠悠地擦着岸边过去了。

“那我先告辞了。”

何等空虚茫漠。她的存款，与我何干？我俩本是陌路人。她去当别人的玩具，去做什么事情，与我没有任何关系。何等愚蠢。我肚子饿了。

后来，花江小姐依旧每隔一个星期或十天就来存钱，如今已经存了好几千元，但我丝毫没有兴趣。不管那是花江小姐所说的老板娘的钱，还是花江小姐自己的钱，那都与我毫无关系。

若问这究竟是哪一方的失恋，我总觉得，我自己才是失恋的那一方。可是，我并没有因为失恋而感到悲伤，故而认为这是一种奇怪的失恋方式。就这样，我又成了一个浑浑噩噩的普通职员。

进入六月，我有事要去青森，偶然遇见了劳动者游行。在此之前，我对社会运动或政治运动都不怎么感兴趣，应该说，一直有着近似于绝望的感觉。无论谁去搞那些运动，结果都是一样的。无论我去参加什么运动，终究都要沦为其指导者的名誉和权势欲望的牺牲品。他们不带一丝怀疑地大谈自己的理想，扬言只要听从我的指导，你自身、你的家人、你的村庄、你的国家，甚至全世界都能得到拯救，若是得不到拯救，那就是你们不听我的话。因为一个花魁的冷漠，他们就高喊废除公娼；见到俊美的同仁，便要愤然殴打。何等可悲，何等令人讨厌。恰巧得了一枚勋章，便气焰冲天地赶回家中，满脸得意地将放着勋章的小盒子递过去，在妻子面前炫耀。妻子冷冷地回答：哟，这不是五等勋章嘛，至少拿个二等才像话呀。丈夫听了，顿时泄气。我一直认为，正是这种半疯癫的人，才会埋首于政治运动及社会运动的狂潮。正因如此，今年四月的总选举中，人们都在高喊民主主义，我却对他们没有一丝信任。所谓的自由党、进步党，依旧充斥着思想陈腐的人，不值一提。至于社会党和共产党，虽然气焰十足，却也不过是战败之后的投机主义，仿佛无条件投降的尸首上长出的蛆虫，给人肮脏的印象。四月十日投票那天，局长舅舅吩咐我投给自由党的加藤先生，我满口答应着走出家门，到海边散了散步，然后就回去了。我一直认为，再怎么议论社会问题和政治问题，我们日常生活中的忧虑都无法消除。可是那一天，我在青森偶然碰见劳动者游行，惊觉自己曾经的想法全都大错特错。

朝气蓬勃，应该可以这样形容。那是多么欢欣雀跃的队伍啊。我看不见任何忧郁的影子和卑微的皱褶。目光所及之处，只有澎湃的活力。年轻女性也手持旗帜，高唱劳动歌曲。我感慨万千，热泪盈眶。啊，日本在战争中败北，真的太好了。有生以来头一次，我看见了真正的自由。假如这是政治运动和社会运动孕育的孩子，那么，人类应该优先学习政治思想和社会思想。

我注视着游行队伍，渐渐无比欢喜，就像发现了自己应该行走的光芒万丈的道路。我泪流满面，泪水氤氲了我的视野，让周围的风景蒙上一层绿色的烟云，在那微光荡漾的行进之中，燃烧着鲜红的旗帜。啊，我噙着热泪，兀自感慨自己至死也难以忘却那火红的色彩。然而那一刻，远处隐约传来了叮叮咚咚的声音，一切戛然而止。

那究竟是什么声音？似乎不能将其简单归结为虚无的幻听。那叮叮咚咚的敲打声，连虚无也能敲得粉碎。

到了夏天，当地青年中骤然生出了一股运动的热潮。此前，我可能多少有些老气的现实主义，总觉得他们毫无意义地脱光衣服角力，被扔出去身受重伤，或是面目狰狞地奔走，比赛谁跑得更快，实际都是跑一百米需要二十秒的门外汉，显得无比愚蠢，因此从未想过参与到那些青年的运动中。今年八月，当地举办了贯穿海岸线各个村落的接力长跑，许多青年积极参与，A地的邮局便是其中一个哨所，从青森出发的选手将在这里交接给下一段的选手，交接时间大约在上午十点之后，快到那个时间，邮局的人都跑出去看热闹，只有我和局长留在里面整理简易保险。没过多久，外面的人纷纷嚷道：来了，来了。我站起来，走到窗边张望。那时已经是最后冲刺阶段，选手们十指大张，宛如蛙掌，摆动双臂做出掏摸空气的奇怪动作，个个赤裸上身，只穿一条短裤，当然是光着脚，向前挺着胸，顶着苦闷的表情摇头晃脑，跌跌撞撞地跑到邮局门口，最后闷哼一声倒地。

“漂亮！棒极了！”选手的同伴高声叫喊，将其抱起，带到了我所在的窗外，提着早已准备好的水桶往选手头上一浇。那选手看着半死不活，面色惨白，绵软地躺在地上。我看着他，心中突然异常感慨。

楚楚可怜——二十六岁的我说出这样的话，也许过于傲慢。那么便改用惹人疼爱吧。总而言之，对力量的浪费到了这个地步，倒也令人敬佩。世间并不关心这些人究竟得了第一名还是第二名，可他们依旧拼了命地冲刺。这场接力长跑并不具备建设所谓文明国家的理想，选手们也并不打算高唱无中生有的理想，得到世人的称赞。他们同样没有将来成为马拉松健将的野心，不过是偏远乡间的业余比赛，谈不上什么成绩。同样，他们回到家中，也并不打算向家人炫耀自己的成绩，反而可能要担心父亲的斥责。尽管如此，他们还是想奋力疾驰。拼上性命，去作一番尝试。纵使无人称赞，他们还是要跑。那是不求报酬的行为。幼童冒险爬树，还有树上的柿子值得贪恋，但是这种拼上性命的马拉松，连那一点奖励都不存在。我认为，这是近乎虚无的热情。那一刻，这种虚无的热情，恰好击中了我空虚的心境。

我开始跟局里的职员玩抛接球。每次累得筋疲力尽，总会有种类似蜕变的爽快感，然而就在我想要全情投入之时，又一次听见了叮叮咚咚的响声。那叮叮咚咚的敲打，连虚无的热情都能打破。

这段时间，叮叮咚咚的敲打声变得越来越频繁。我摊开报纸，想要逐条细读新宪法时，却听见叮叮咚咚；舅舅与我商量邮局人事，我心中浮现出绝妙的主意时，又是叮叮咚咚；甚至在读您的小说时，也听见叮叮咚咚；前不久村中闹了火灾，我正要赶往现场，就听见叮叮咚咚；陪舅舅吃完饭，看见他喝酒，自己也想来一杯时，叮叮咚咚。我担心自己快要疯了，叮叮咚咚。我考虑要自杀，叮叮咚咚。

“所谓人生，一言以蔽之，究竟是什么？”

昨夜，我与舅舅对酌，故作随意地问道。

“人生，我不懂。不过这个世道，就是情色与贪欲。”

我觉得那是个精辟的回答。突然间，我想去当黑市的商贩。可是一想到做黑市生意，赚他一万块钱时，我又听见了叮叮咚咚。

请告诉我，这声音究竟是怎么回事？我该如何摆脱这个声音？此时此刻，我因为这个声音，已经动弹不得。请您一定要回复我。

最后再添一言，我这封信尚未写到一半，已经频繁地听见叮叮咚咚的响声。写这样的信，何等无聊。尽管如此，我还是强忍着写到了这里。因为过于无聊，我感觉自己写了满纸谎言。花江小姐并不存在，我也没遇见什么游行。别的事情，似乎都是谎言。

然而，唯有这叮叮咚咚并非谎言。我决定不重读这封信，就这样寄出去。

此致。

某作家收到这封怪异的信件，感叹寄信者既无学识又无思想，但还是做出了以下答复：

拜复。

您的苦恼真够做作。我很难产生同情。看来你仍在极力逃避十目所视、十手所指，容不得半分辩解的丑态。真的思想最需要的并非睿智，而是勇气。《马太福音》第十章第二十八节讲到："那杀身体不能杀灵魂的，不要怕他们。惟有能把身体和灵魂都灭在地狱里的，正要怕他。"这里的"怕"，更接近于"敬畏"。当你能为耶稣的这句话豁然开朗时，幻听想必就会消失。

草草。

圣诞快乐

东京呈现出一片令人哀伤的活力——重返东京前，我曾担心情况是否会令我写下这样一行开篇的文字，然而真正回到这里，映入我眼中的却是毫无改变的“东京生活”。

在此之前，我于津轻老家生活了一年又三个月，并于今年十一月中旬携妻带子迁移到东京，回到这里一看，我感觉自己像是去了一趟短短两三个星期的小旅行。

“久违的东京，既不好也不坏。这座城市的性格，没有半分改变。形而下的变化当然是存在的，但论形而上的气性，这座城市与先前无异。看来笨蛋只有死了，才能有所改善。它大可以改变一些。不，我甚至认为，它应该有所改变。”

我给家乡的某人写了这样一封信，随后仍像从前那样，光腿穿着久留米絣的和服，身披斗篷，茫然漫步于东京街头。

十二月初，我走进了东京郊外的一座电影院（或者应该说临时放映棚，因为那真是座小而简陋的棚屋），看了美国电影，出来时已是下午六点，东京街头弥漫着烟云似的白色夕雾，身着黑衣的人在雾中匆匆来去，四周已充满了年末的氛围。东京的生活，果然是一点都没有变。

我走进书店，买了某知名犹太人的戏剧集，将书册放入怀中，不经意间看向店门，只见一个年轻女人像起飞瞬间的鸟儿那样站着，双眼注视着我。她双唇轻启，却并未发出言语。

是吉，是凶？

遇见自己曾经对其着迷，现在已毫无感觉的女人，乃是最大的凶。而我，有许多这样的女人。不，应该说我认识的女人，全是这样的人。

这位是新宿的……哎，这可伤脑筋了。不过，真的是她吗？

“笠井先生。”女人轻唤我的名字，站定脚跟，微微欠了欠身。

她戴着绿色的帽子，帽绳系在下颏，身披鲜红的雨衣。我越看她，就越觉得她很年轻，像个十二三岁的少女，与我印象中的身影重叠在了一起。

“是静江子啊。”

这是吉。

“我们出去说吧，还是你要买杂志？”

“不了。我本来想买本《小美人鱼》，不过算了吧。”

我们离开书店，走在了临近年尾的东京街头。

“你长大了呀，我一下没认出来。”

果然是东京，这种事也毫不奇怪。

我在小摊上买了两袋十元的花生，收起钱包，想了想，又掏出钱包，再买了一袋。过去我找这孩子的母亲时，总给她带点小礼物。

她母亲与我同岁，那个人正是我记忆中的女人里，唯一一个突然碰上了不会令我恐惧为难的，极为稀少的，甚至可说是唯一的人。这是为什么呢？我姑且列出四个答案。第一，她是所谓贵族出身，貌美而体弱。然而这些条件听起来做作而聒噪，并不能获得“唯一”的资格。她与富豪丈夫分手，落魄地带着微不足道的财产和女儿在出租屋里相依为命。但我对女人的身世从来不感兴趣，现在也不知道她为何与那位富豪丈夫分手，所谓微不足道的财产究竟是多少。就算专程去问，我也会转头就忘。也许因为受了女人太多调侃，无论女人道出多么悲惨的身世，我都感觉那是信口开河的谎言，流不出一滴眼泪。换言之，那个人的身世、美貌、落魄，这些所谓浪漫的条件，并非我将其称为“唯一”的理由。所以第四个答案，才是最终的真相：她爱干净。外出回家后，一定要在门口洗手洗脚。她虽然落魄，却也住着一间条件齐全的两房公寓，并且每个角落都一尘不染，厨房器具更是光洁干净。第二，她对我丝毫没有那种感情，我对她也丝毫没有那种感情。我不必与她有性欲方面常有的那种狼狈，那种下流而麻烦的不知该称为体贴还是自恋的行为，或是勾引对方，或是兀自神伤，何止十年如一日，甚至千年如一日的陈腐男女斗争。在我看来，那个人依旧深爱着前夫。她依旧怀着身为他妻子的骄傲。第三，她对我的处境极为敏感。当我在厌倦世间一切，难以忍受每日的生活时，若有人对我说最近过得不错啊，我会极为扫兴。但我每次去她家做客，她总是会寻找恰巧符合我处境的话题。她曾对我说过：无论在哪个时代，说真话都要被杀头啊。圣约翰如此，基督亦如此。而圣约翰甚至无法复活呢。她从未谈论过日本活着的作家。第四，这也许是最重要的一点——她家总有许多藏酒。我并不认为自己是个吝啬的人，但当我在每个酒馆都欠了许多账，心情异常烦闷之时，总会忍不住走向让我免费喝酒的地方。战争持续了很久，日本的酒水日益匮乏，可是我每次去找她，总能喝上一些。我每次都给她女儿带点微不足道的小礼物，每次都烂醉而返。以上这四点，就是对她为何是我“唯一之人”的解答。若有人逼问：这不是你们二人的恋爱形式吗？我只能目瞪口呆地回答：也许是的。假设男女之间的亲和全都算作恋爱，那么我们也许是在恋爱。可是，我从未因那个人感到过烦闷，那个人也从不做虚假夸大的麻烦之事。

“你妈妈还好吧？”

“嗯。”

“身体还算健康吧？”

“嗯。”

“现在还跟静江子住一起吗？”

“嗯。”

“你家就在附近吗？”

“可是，家里很脏。”

“没关系，我去你家坐坐吧。我们把你妈妈拉出来，找个地方痛饮一番吧。”

“嗯。”

这女孩眼看着萎蔫下去了。每走一步，她仿佛都在长大一岁。静江子是她母亲十八岁时诞下的孩子，母亲跟我同是三十八岁，那么……

我不禁沾沾自喜。女儿嫉妒母亲这种事，定然也是存在的。我换了个话题。

“小美人鱼？”

“这件事可怪了。”果不其然，她一下子有了活力，“好久以前，我刚上女校的时候，笠井先生到家里来玩，我记得那时是夏天，你跟妈妈聊天时，总提起小美人鱼这个名字，我虽然听不懂，但就是忘不掉。”她好像突然厌倦了说话，句尾变得异常稀薄，然后便没了声音。走了一会儿，她突然像是下了决心一样开口道：

“那原来是书的名字呢。”

这下，我更是喜不自胜。这姑娘一定是喜欢上我了。她母亲从未喜欢过我，我也从未对她母亲产生情色的欲望。不过，我跟这姑娘，或许……

她的母亲虽然落魄，但依旧是那种没有美食活不下去的人。在与美国开战前，她早早便带女儿疏散到了广岛一带美食最多的地方。之后不久，她的母亲还给我寄过一张寥寥数语的明信片，可我当时的生活异常困苦，提不起劲给早已疏散出去悠闲度日的人写回信，后来我的环境不断改变，就这样过去了五年，我与这对母女全无音信来往。

今晚，时隔五年，并且在全然意外的情况下与我重逢，母亲的喜悦与女儿的喜悦，究竟哪个更大呢？不知为何，我觉得这姑娘的喜悦远比她母亲的喜悦更纯粹，也更深邃。假设真的如此，我今后也要明确自己的立场。同时属于母亲与女儿，是绝不可能的。从今夜起，我就要背叛她的母亲，成为她的伙伴。就算她的母亲面露嫌恶，我也不在乎。因为，我恋爱了。

“你们什么时候回来的？”我问道。

“去年，十月。”

“怎么，那不是战争刚结束就回来了嘛。不过像静江子妈妈那样任性的人，应该很难忍受乡下的生活吧。”

我用无赖的语气，说起了她母亲的坏话。这都是为了讨女儿的欢心。女人——不，人类哪怕是亲子之间，也会互相较劲。

可是，女儿并没有笑。无论褒贬，她都好像很忌讳提起母亲。多么严重的嫉妒啊，我兀自想道。

“没想到竟跟你遇上了。”我立刻转移了话题，“就像我们在书店约好了一样。”

“是呀。”这回，她一下就被我故作甜蜜的感慨诱惑了。

我顿时得意起来，说道：

“就好像我看了场电影打发时间，赶在约定的五分钟前走进了书店……”

“看电影？”

“对，我偶尔会看电影。那电影讲了马戏团走钢丝的人的故事。演员扮演员，那是真的像啊。无论多么蹩脚的演员，只要是扮演员，都很有味道。毕竟他本身就是演员嘛。在不经意间，都能流露出演员的悲伤。”

恋人之间的话题，莫过于电影。真是太合适了。

“我也看过那部电影。”

“刚一见面，两人之间就激起了浪花，先是涌上来，继而退去。那里太妙了。萍水相逢，继而永远别离，这就是人生啊。”

若不能面不改色地说出这种甜蜜的话语，就成不了年轻女子的恋人。

“我要是早一分钟走出书店，你再走进去，我俩就永远——至少十年都见不到了。”

我极力将今晚的邂逅装点成浪漫的瞬间。

路渐渐变窄变暗，甚至变得泥泞起来，我们再也无法并肩行走。她走在前面，我双手插在斗篷口袋里跟随其后。

“还有多远？半丁？一丁？”

“我不太懂一丁有多远。”

其实在测距方面，我也很不擅长。不过，愚笨是恋爱的大忌。我像科学家一样理所当然地说：

“有一百米吧。”

“嗯……”

“换成米，你就有把握了吧？半丁是一百米。”我刚说完，内心略感不安，连忙暗自心算，发现一百米约有一丁了。但我并没有更正。滑稽是恋爱的大忌。

“总之，快到了。”

那是一座临时搭建的简陋租屋。我们穿过昏暗的走廊，停在左侧不知第五扇还是第六扇门前。门上贴着阵场这个贵族的姓氏。

“阵场女士！”我朝着屋里大声呼唤。

来啦——我听见有人应答，接着门上的雾玻璃背后闪过了人影。

“哎，在家，在家。”

这时，那姑娘直挺挺地站着，脸上失去了血色，下唇突然扭曲，继而哭了起来。

原来，她母亲在广岛的空袭中死了。听说，她死前说胡话时，喊了笠井先生的名字。

女儿独自回到东京，在母亲的亲戚，一位进步党议员的法律事务所里工作。

她错失了道出母亲死讯的时机，不知如何是好，姑且把我带回来了。

难怪我一提起静江子的妈妈，她就会突然沉默。那既不是嫉妒，也不是恋爱。

我们没有进屋，而是掉头走到了车站附近的闹市区。

她的母亲很喜欢吃鳗鱼。

我们掀开鳗鱼摊的帘子。

“欢迎啊。”

摊上只有我们两个客人，再就是坐在角落里喝酒的一位先生。

“要大串还是小串？”

“三份小串。”

“好嘞！”

年轻的摊主像是个老江户派，说完便啪嗒啪嗒地猛扇炭炉。

“分三盘吧。”

“好嘞。还有一位呢？过后来？”

“三个人都在啊。”我不苟言笑地回答。

“哎？”

“这个人和我中间，还有一位满脸担忧的美人不是嘛。”这回，我露出了一丝微笑。

年轻摊主不知如何理解了我的话，笑着应道：

“咳，那可不。”

说着，他还抬手摸了摸头带打结的地方。

“有这个吗？”我用左手比了个喝的动作。

“有上等的。不是，其实也不算什么。”

“倒三杯吧。”

三盘小串很快就摆在了我们面前。我们没有动中间那盘，各自吃起了两端的小串。不一会儿，三杯斟满的酒也端了上来。

我拿起边上那杯，仰脖喝下。

“好淡啊。”

我用只有静江子能听见的声音嘀咕着，又拿起她母亲那杯，一口饮尽，接着掏出了方才买的三袋花生，依旧压低了声音说：

“今晚我得喝一点儿，你就吃花生陪我吧。”

静江子点点头，接着，我们就没再说话。

我默默地喝了四五杯酒，摊子角落的绅士突然跟摊主笑闹起来。他谈笑着毫无趣味、蹩脚得令人惊诧、彻头彻尾没有谱的笑话，自己倒笑得开怀，摊主也陪着他笑。“他就这么说，然后啊，就愣了，什么苹果真可爱，我很理解你，哈哈哈哈，那家伙可聪明了，还说什么东京站是我家，真受不了，甚至说丸大楼是他养小妾的房子，这回轮到对方受不了……”他滔滔不绝地讲着这种没意思又不好笑的笑话，我终是难以忍受日本醉客的幽默感欠缺，无论那先生跟摊主怎么笑闹，我都面无表情地喝酒，呆呆地看着小摊旁匆匆来往的年末人潮。

那位绅士突然顺着我的视线，也看向了外面人来人往的人流，继而大喊一声：

“哈罗！圣诞快乐！”

原来，是美国的士兵经过了。

不知为何，我被绅士这句话逗笑了。

被喊到的士兵无奈地摇摇头，大步走开了。

“我们把这盘也吃了吧。”

我把筷子伸向中间那盘鳗鱼。

“好呀。”

“一人一半。”

东京还是跟以前一样，没有半分改变。

维庸之妻

一

玄关传来匆匆开门的响动，我被惊醒了。那是烂醉的丈夫深夜回家的声音，我便躺着没动，一声不吭。

丈夫开了隔壁屋的电灯，呼呼地喘着粗气，拉开抽屉，拖出书箱，在里面不断翻动，像在找什么东西。不一会儿，那边又传来了一屁股坐在地板上的响动，接着便只剩下呼呼的粗喘，也不知他究竟在做什么。我依旧躺着没动，说了一句：

“回来啦。饭吃了吗？橱子里有饭团。”

“哦，谢谢。”他用前所未有的温柔应了一声，又问道，“孩子怎么样，还发烧吗？”

这可真稀奇。孩子明年就四岁了，不知是营养不良，还是沾了丈夫的酒毒病菌，比别人家两岁的孩子都矮小，走路走不稳，说话也不利索，只会说“好吃好吃、不要不要”，使我怀疑他是否大脑不好。有一次我带孩子去澡堂，将他脱光了抱起来，见他又瘦又小又难看，心里突然一阵悲伤，在许多人面前哭了起来。另外，这孩子总是闹肚子发烧，丈夫却几乎不着家，也不知究竟关不关心孩子，我告诉他孩子发烧了，他也只说是吗，那就带去看医生吧，接着就披上斗篷，不知去哪儿了。我何尝不想带孩子看医生，可是没有钱，所以只能睡在孩子旁边，默默地抚摸他的头。

不知怎的，那一夜格外不同。他竟那么温柔，还少见地关心起孩子的病情，我非但没有高兴，还产生了可怕的预感，不由得背后一凉。我不知如何回答，便一直沉默不语。好长一段时间，只能听见丈夫粗重的喘息声。可是突然间——

“打扰了。”

玄关传来了女人的纤细声音。我如同被人当头浇了冷水，浑身汗毛直竖。

“打扰了。大谷先生。”

这回，女人的语调尖锐了许多。与此同时，还传来了开门的响动。

“大谷先生！你在家吧？”

她的声音里明显有了怒意。

丈夫这时总算开了门，战战兢兢地问了一句：

“怎么啦？”

何等的不合时宜。

“什么怎么了。”女人压低声音说，“你住在这么好的房子里，却偷别人的东西，算什么意思？别搞这种恶作剧了，快把它还给我。否则，我现在就去报警。”

“你说什么呢，太不讲理了。这里不是你们来的地方。回去！若是不回去，我反要去报警了。”

这时，又传来了另一个男人的声音。

“老师，你胆子不小啊。不是我们来的地方？简直无话可说。这可不是别的什么事。偷人家的钱，我跟你说，开玩笑也得讲个限度。我们夫妻俩因为你吃了多少苦，你不是不知道。可是呢，你今晚却做了这么没出息的事情。老师，我真是看错你了。”

“你们这是勒索！”丈夫的语气很凶，声音却在发颤，“是恐吓。快走！有什么事情明天再说。”

“老师，你可真会胡说八道啊，已经是彻头彻尾的恶棍了。这可是你逼的，我们只能去报警了。”

他的声音里带着一种让我毛骨悚然的强烈憎恨。

“随你的便！”丈夫已经破了声，所有的气势化作空虚。

我爬起身，在睡衣外披了一件羽织，走到门口对两位客人招呼道：

“欢迎啊。”

“哎，这位是夫人吗？”

一个身穿未及膝的短外套、看上去五十多岁的圆脸男人不苟言笑地转过来，朝我点了点头。

女人看着有四十上下，又矮又瘦，但是穿得很整齐。

“这么晚打扰了。”

女人也不苟言笑地摘下披肩，对我施了一礼。

那一刻，丈夫突然套上木屐，跑出去了。

“哎，你可别想跑。”

男人一把拉住丈夫的手臂，两人顿时纠缠起来。

“放开我！不然我扎死你！”

丈夫右手闪出了折叠匕首的寒光。那把匕首是丈夫的藏品，我记得他平时收在抽屉里，那么方才他回到家翻箱倒柜，定是预感到会发生这样的事，提前翻出了匕首藏在身上。

男人退开了。趁这个空当，丈夫像大乌鸦似的张扬着宽大的斗篷，跑出门外。

“抓贼啊！”

男人大吼一声，正要追出去，我光着脚跳下去，抱住了他。

“快别追了，要是受伤可不好。剩下的事情，您就跟我谈吧。”

旁边那四十上下的女人也说：

“是啊，孩子他爹。那疯子有刀，什么都做得出来。”

“混账！咱们去报警。这下我可不留情面了。”

男人呆呆凝视着外面的黑暗，自言自语似的嘀咕着，全身已经放松下来。

“真对不起。两位请进屋，跟我说说到底是怎么回事吧。”

说着，我走上踏脚台蹲了下来。

“我也许能收拾这个残局，所以两位请进吧。家里很乱，你们别见怪。”

两位客人对视一眼，微微点头。男人正色道：

“不管夫人说什么，咱们的心意已决。但至少会把事情的始末告诉您。”

“哎，请吧，快请进。多坐会儿。”

“不，咱们坐不了那么久。”

说着，男人开始脱外套。

“您别客气了，屋里挺冷的，衣服还是穿着吧。家里也没生火。”

“那我就这样吧，失礼了。”

“别客气。这位夫人，您也请。”

男人走在前，女人走在后，进了丈夫的大房间。仿佛已经开始腐败的草席、到处都是破洞的纸门、斑驳的墙壁、裸露着木架的隔扇、摆在角落的书桌和空荡荡的书箱。看到如此荒凉的房间，二人似乎都倒抽了一口气。

我请他们在漏了棉花的坐垫上落座，说道：

“地板很脏，这垫子虽然破，还是请二位将就吧。”

接着，我重新招呼道：

“初次见面。外子似乎给二位添了不少麻烦，今夜又不知为何，做出了如此可怕的举动，我实在是不知如何道歉。他那人啊，就是这么古怪。”

说到这里，我突然哽咽，流下了眼泪。

“夫人，请恕我失礼，您几岁了？”

男人大咧咧地盘腿坐在破垫子上，手肘撑着腿，手心支着下颚，探出上半身问道。

“您是问我吗？”

“是的。您先生应该三十了吧。”

“对，我嘛，那个……我比他小四岁。”

“那您就是二十六？这也太小了。您还这么年轻吗？不过也对，您先生三十岁，倒也差不多。可我真的吃了一惊。”

“我刚才也想呢。”女人从男人背后探出头说，“真是太可靠了。大谷先生有这么一位好夫人，怎么变成了那样呢？”

“这是病，一定是病。他以前不这样，后来变成这样了。”

说着，男人长叹一声。

“夫人，请听我说。”他换上了严肃的口吻，“我们两夫妻在中野车站附近经营一家小饭馆，两人的老家都在上洲。我算是个小有志气的生意人，做腻了伺候乡下农民、跟开着玩儿似的小生意，于是在二十年前带着老婆来到东京，一起去了浅草某饭馆，做包住的帮工，也算是经历了平常人的各种苦难，好不容易有了一点积蓄，便在中野车站那儿，记得是昭和十一年吧，租下了一间六叠大、带土间[1]、又小又憋屈的屋子，做起了一元两元的餐饮小生意。咱们夫妻俩省吃俭用，勤勤恳恳，倒也有了囤积一大批烧酒洋酒的财力，所以在后来那个酒水不足的时代，没有像别的餐饮店那样被迫转行，好歹是坚持下来了。咱们家熟客也都特别上心，还特意为咱开辟了小批量拿到供给军官的下酒菜资源的路子。后来跟英美打起来，空袭越来越厉害，咱们又没有拖后腿的孩子，便不想疏散到故乡，想着干脆就这么坚持着，等到这座房子被烧了再说，好在直到战争结束，房子也没有遭灾，现在又做起了大量采购黑市酒水再转手卖出去的生意。咱们的身份，简单来讲就是这样。可是这样简单讲了，你可能觉得咱们没遇到过什么困境，一路下来运气挺好，其实人的一生都是地狱，所谓寸善尺魔，那是一点没错。得了一寸的幸福，就必定有一尺的恶魔等在后面。一年三百六十五天，若能有个一天半天不为任何事情烦恼，那就算是个幸福的人啦。你们家大谷先生在昭和十九年春天第一次到咱们店里来，那时跟英美打仗还有点胜算，不对，也许已经快急转直下了吧，我也不知道真相究竟是什么，只想着这两三年加把劲，就能得到对等的资格，从此和睦相处了吧。记得大谷先

1. 六叠大、带土间：6 叠约为 9.72 平方米，土间是日式建筑中设在入口内部，衔接户外的部分，现在一般用于换鞋。

生头一次出现在店里，也是光腿穿着久留米絣，身上披着斗篷。不过并不只是大谷先生，那时东京还没什么穿着防空服装出来走动的人，大家基本都穿普通的衣服，所以咱们也没觉得当时的大谷先生有多奇怪。那天，大谷先生并不是一个人。当着夫人的面实在不好说，但我还是不隐瞒了吧。您丈夫是被一个老大不小的女人带着，从后门悄悄走进来的。不过那段时间，咱们店里每天都关着大门，也就是所谓的闭店营业，只让几个熟客从后门悄悄进来，坐在土间的桌椅上喝酒，后面的大房间只打开很暗的灯光，也不发出什么声音，大家偷偷喝醉。我说的那个老大不小的女人，在不久前还是新宿一个酒吧的女侍应，她在当女侍应的时候，总会领一些关系好的客人来咱们家吃喝，说白了就是同行帮衬的关系。那女人就住在附近，新宿酒吧不让开了，她也不当女侍应之后，还总是会带些认识的男人过来。那时咱们店里的酒水渐渐少了下去，就算再怎么好的客人，多一个人喝酒也是多一分忧愁，不像以前那样讨人喜欢，甚至有些讨厌了。话虽如此，她在之前那四五年带了不少花钱如流水的客人过来，算是对我们有恩，所以只要是她介绍来的客人，我们都会赔着笑端酒上去。那天您先生跟那老大不小的女人——她叫阿秋，跟阿秋从后门偷偷摸摸走进来，我们也没怎么怀疑，照旧请他们进了里屋，端上烧酒。大谷先生那一夜喝得挺老实，是阿秋付的账，完了两人又从后门一起走了。我啊，一直忘不掉那天晚上大谷先生安静又优雅的举止。也许魔鬼第一次出现在别人家中，就是那样安静而单纯的模样吧。那一夜过后，大谷先生就看上了咱家小店。约莫过了十天，大谷先生一个人从后门走进来，上来就掏出了一百元钞票。那时候一百元还是一大笔钱呢，比现在的两三千元还值钱。他把钞票硬塞到我手里，说了句拜托，然后露出了软弱的笑容。当时他已经醉得挺厉害了，反正夫人您也清楚，像他那种酒力的人真是世间少有。本以为他喝醉了，突然又一本正经地说起了逻辑清楚的话，无论喝多少，我都从未见过他脚步虚浮。人在三十岁前后气血正盛，酒力也最强，可即便如此，像他那样的，我也是闻所未闻。那天晚上他已经在外面喝了不少，又在咱家连喝了十杯烧酒，几乎没怎么说话，咱们跟他攀谈，他也只是笑笑，嗯、嗯地点两下头。过了一会儿，他突然问几点了，接着站了起来。我要找钱给他，他非不要。我坚持要找钱，他就咧嘴一笑，说下次还来，留着下次吧。说完，他就这么走了。夫人，只有那一次，咱们从他手上拿到了钱。从那以后，他就一直找各种理由推搪，整整三年一毛不拔，一个人就喝光了店里的酒，你说，这算什么事啊。”

我忍不住笑了出来。一种莫名的笑意突然涌了上来。我慌忙掩住嘴，抬眼看向老板娘，却见她也低着头，嘴角带笑。接着，连老板也无奈地苦笑起来。

“唉，真是的，这事虽然不好笑，可他实在太乱来，也难怪您会想笑。他要是把那一身本事发挥在别的地方，无论是大臣还是博士，肯定都手到擒来。除了咱们夫妻，似乎还有别人也让他盯上，最后落得个一文不名，在寒风中哭泣。你瞧那个阿秋，就因为认识了大谷先生，放跑了挺好的金主，又没钱又没衣服，如今住在又破又脏的长屋里，过着乞丐一样的生活呢。阿秋刚认识大谷先生那阵，对他可着迷了，还朝我们一个劲地吹嘘。首先说吧，他的身份就来头不小。他是四国某个领主家的分家，大谷男爵家的次子，因为行为不检点被逐出了家门，不过等他的男爵父亲死了，他还是能跟长子两个人平分财产。除了来头不小，他还顶顶聪明，简直是个天才。二十一岁就写了书，比那个大天才石川啄木的书还厉害，后来又写了十几本书，年纪轻轻就成了日本第一的诗人。不仅如此，他还是个大学者，先上了学习院，接着去了一高，然后是帝大，学了德语和法语，真是厉害极了。总之被阿秋这么一说，他就像个神仙一样。而且那些好像不都是假话，咱还从别人那儿听了，他的确是大谷男爵的次子，也是个有名的诗人。这下子，连咱家这一把年纪的老太婆也跟阿秋比赛着上头了，连连夸赞不愧是好人家的公子，天天盼望着大谷先生到店里来，真叫人受不了。现在已经没有什么华族不华族了，不过在战争结束前，要说泡女人的绝招，那就是华族家被逐出家门的儿子了。听说女人对这个特别受用。用现在的话说，那恐怕就叫奴性吧。要我说吧，我是个男人，又见过不少世面，夫人您别怪我冒犯，区区一个华族的，还是四国领主的分家，再加上是个次子，那跟我们普通人有什么不一样呢？我才不会为这个动心呢。话虽如此，我还是觉得那位老师不好对付，无论我怎么下定决心不给他喝酒了，他每次来都像是遭人追杀，不经意间跑进了咱家小店，整个儿一副松了一大口气的样子，我一见他那样，决心就不攻自破，还是给他上酒了。他喝醉了 也不会胡闹，若能照常付账，就是个很好的客人呀。他从不主动吹嘘自己的身世，也不炫耀自己是个天才，阿秋坐在那位老师旁边，对我们宣传他的伟大之处时，他还会突然说什么我想要钱，我想付了这里的账，总之就是说些毫无关系的事情，白瞎了当时的气氛。那人虽然从来没有付过咱家的酒钱，但阿秋不时会替他付账。其实除了阿秋，还有一个不能让阿秋知道的秘密情人。那人好像是不知哪家的夫人，有时也跟大谷先生一起来，还总是替他放下绰绰有余的酒钱，咱也是做生意的，若不是有这样的时候，管他是大谷老师还是天皇老子，也不会任凭他免费喝酒。可是那些时候收到的钱压根不够还清他赊的账，咱可是亏大发了，后来听说那位老师在小金井有座房子，家里还有个夫人，我就想登门拜访，说说欠账的事情，于是我就假意漫不经心地问大谷先生家住哪里，没想到他一下就看穿了，瞎说什么没有的东西就是没有，你瞎想什么呢，不欢而散可不是好事，真是讨人厌。可我还是想搞清楚那位老师的住处，跟踪了他两三次，每次都被甩掉。后来东京爆发了大空袭，大谷先生有时候会戴着作战帽闯进来，擅自打开橱子拿出一整瓶白兰地，站在那儿一通猛灌，然后像风一样离开，自然是不会结账的。好不容易战争结束了，这回咱们公然买了黑市的酒，门前挂上新帘子，还勒紧裤腰带请了个可爱的女孩子当跑堂，结果那恶魔似的老师又大驾光临了。这回他不带女人，而是每次都带两三个报社或杂志的记者。那些记者说，今后军人将要没落，贫穷的诗人马上要被世间追捧。大谷老师会跟那些记者说不少外国人的名字，要么就是英语和哲学，反正听不懂的话题，接着就站起来走出去，再也不回来了。记者们一副扫兴的模样，私下议论着那家伙去哪儿了，要不咱们也走吧，然后都开始收拾东西。我连忙拦住他们说，那位老师每次都这样逃账，麻烦你们把酒钱结了。有的人很老实，会乖乖凑钱结账，有的人则大发雷霆，叫我去找大谷，说他们也是靠每月五百元生活的穷人。就算他们发火，我也会说：你们知道大谷先生欠了多少钱吗？如果你们能从大谷先生那儿讨到钱，我愿意跟你们平分。记者们都惊呆了，说没想到大谷是这样的人，下次绝不跟他喝酒了，我们今天身上连一百元都凑不够，明天给你拿来，先用这个抵押吧，说完就脱下外套塞给我。世人都说当记者的个个奸猾狡诈，可是跟大谷先生相比，他们简直耿直又干脆。如果大谷先生是男爵家的次子，那些记者就跟公爵家的长子差不多了。战争结束后，大谷先生的酒量又见长了，连面目也狰狞了许多，还会说以前从来不提的没品笑话，甚至突然对自己带来的记者大打出手，最后发展成双方缠斗。而且他不知什么时候骗到了咱店里那个还不满二十岁的女孩子，咱夫妻俩都大吃一惊，特别为难，无奈生米已经煮成了熟饭，咱也只能打落门牙往肚里吞，再去劝那女孩子莫要奢望，偷偷把她送回了父母身边。我对大谷先生说，咱也别再啰嗦了，我给你跪下了，求你今后别再上门。可是大谷先生竟然威胁我，说我在黑市赚了不少钱，有什么资格对他说这些，还说他可什么都知道。说完了第二天晚上又若无其事地走进店里来。都怪我们从大战期间就做起了黑市生意，现在报应到了，竟被这样恶魔般的人缠上。可今晚这件事实在太过分了，现在我才不管他是什么诗人老师，他就是个贼。他偷了咱家五千元跑了！本来咱家要花不少钱进货，家里顶多只有五百一千的现金，这可是真的，咱们卖点吃喝赚到的钱全是左手转右手，都用去拿货了。今晚家里之所以有五千元，还是因为接近年末，我到熟客家里四处收账，才凑了这么一大笔钱，今晚又得交给出货的人了。这笔钱决定了咱明年正月开始的生意，我老婆在里屋点清了钱数，收进橱子里，恰好被那人坐在土间的桌椅座位上看见了。他突然站起来，大步走进里屋，一句话也不说就推开我老婆，拉开抽屉一把抓走了五千元的钞票，塞进斗篷口袋里，趁我们还没反应过来，又飞快地走了出去。我大声叫他站住，跟老婆一路跟在后面，本来我想再也不顾什么体面，大喊抓贼，让路上的人帮忙拦住他，可咱跟大谷先生毕竟相识一场，那样未免太叫他难堪了，便啥也没说，盘算着一路跟着他回家，看他走进家门，再上门去心平气和地要钱。咱做的毕竟是小本生意，好不容易在今晚找到了大谷先生家，强忍着心里的怒火，细声细气地叫他还钱，没想到他竟拿出了刀子，还要扎我，简直是……”

又有一阵莫名其妙的笑意涌了出来，我忍不住大笑起来。老板娘也涨红了脸，吃吃地笑着。我笑得停不下来，心里很过意不去，可就是觉得太好笑了，笑得眼泪直流。我突然想，丈夫在诗中说的“文明终末的大笑”，也许就是这种心情。

二

然而，这并非所有人哈哈大笑便能解决之事，我想了想，当晚对那二人说，我会想办法收拾这个残局，请两位稍等一日，再考虑报警之事，明日我将登门拜访，再做详谈。如此说完，我又问了他们在中野那家店的地址，求二人答应下来，最后请他们回去了。后来，我独自坐在冰冷的六叠房间里沉思，却想不出什么好主意，只得站起来脱了羽织，钻进孩子的被窝里，轻抚着他的头暗自思忖：这长夜若是永无止境，那该多好呀。

以前，我父亲在浅草公园的瓢箪池出摊卖关东煮，母亲早早去世，我与父亲在简陋的长屋里相依为命，父女俩共同经营那个小摊。我现在的丈夫时常光顾小摊，后来，我就常常瞒着父亲跟他在别处相会，就这么怀上了孩子。中间经历了种种曲折，我现在成了类似他妻子的身份，但自然是没有入籍，孩子也算是没有父亲。那人一离开家就三四晚不回来，甚至有过一个月不见人影的事情，我也不知他在哪里，做些什么，总之回家时都是烂醉如泥，面无血色，呼呼地喘着粗气，有时还默不作声地看着我，簌簌地掉眼泪，或是突然钻进我的被窝，用力抱着我，浑身震颤地说：

“啊，不行，我好害怕，我太害怕了。我好怕！救救我！”

睡着之后，他还会断断续续地发出呻吟，说些迷迷糊糊的梦话，到了第二天早晨，则变得像个丢了魂儿的人，呆呆地坐在那里，不久之后没了踪影，又是连着三四个晚上不回来。有两三位与丈夫交情较深的出版社人士担心我和孩子，时常给我们送些钱来，这才使我们一直苟活到今天，没有饿死。

我迷迷糊糊地睡了，再醒来时，木窗的缝隙已经透进了晨光。我起身穿戴整齐，背着孩子出门去了。我再也不能默默地守在家里。

我不知该往何处去，姑且朝着车站走，在站门口的小摊上买了糖果让孩子含着，接着心血来潮，买了去吉祥寺的车票，站在车上抓着吊环，漫不经心地看着车顶悬挂的海报，蓦然发现了丈夫的名字。那是一本杂志的广告，丈夫似乎在杂志上发表了题为《弗朗索瓦·维庸》[1]的长篇论文。我注视着标题上的弗朗索瓦·维庸和丈夫的名字，不知为何落下了痛苦的泪水，令海报变得一片模糊，难以分辨。

我在吉祥寺下了车，去睽违多年的井之头公园走了走。池边的杉树早已被尽数砍伐，成了一片光秃秃的空地，仿佛要开启什么工程，给人莫名寒冷的感觉。这里变得跟以前大不一样了。

我放下孩子，两人并肩坐在池边摇摇欲坠的长椅上，我

1. 弗朗索瓦·维庸：或译“维永”“维龙”，出生于巴黎，生平不详，据说曾因谋杀、盗窃罪而被控，最后下落不明。被后世称为现代“被诅咒的诗人”（Les Poètes maudits）的鼻祖。

喂他吃了从家里带来的山芋。

“你瞧，这个池塘漂亮吧？过去啊，这里有好多金鱼和锦鲤呢，现在都没啦，真没意思。”

孩子不知在想什么，嚼着满口的山芋，发出了奇怪的笑声。虽说是自己的孩子，可我看他真像个呆子。

坐在池边并不能解决什么问题，于是我又背着孩子，漫不经心地走回了吉祥寺车站，四处逛了逛那里的小摊，继而在站里买了去中野的车票，毫无任何思索和计划，像是被可怕的深渊吸引一般，乘着电车来到中野，照着昨日打听来的路线前行，来到了那两夫妻的小饭馆门前。

正门没有开，我便走后门进去了。老板不在店里，只有老板娘独自打扫店堂。我一对上她的目光，就滔滔不绝地说出了连自己都意想不到的谎言。

“大婶儿，那笔钱我能完完整整地还给您。要么是今晚，最迟也是明天，总之已经有数了，您不必担心。”

老板娘听了，稍微露出一些喜色，但面上还是残留着一丝不安的阴影，像是不太信服。

“大婶儿，是真的。到时候会有人专门把钱送上门来。在此之前，我会一直待在这儿，充当你们的人质。这下您放心了吧？钱送到之前，我就帮店里干干活吧。”

我放下孩子，让他在里屋独自玩耍，接着麻利地干起了活。孩子本就习惯独自玩耍，丝毫没有捣蛋。兴许是不太聪明，他也从来不认生，见到老板娘知道咧嘴笑，在我替老板娘去领配给物资的时候，他还得到了老板娘给的空罐头，又是敲又是滚，在里屋乖乖地玩耍。

中午时分，老板采购完鲜鱼和蔬菜回来了。我一见到他，又飞快地说出了方才的谎言。

老板一脸惊愕，接着竟无比耐心地劝诫我：

“哎？可是夫人，钱不攥在自己手上，那可不能放心啊。”

“不，这事真的有数。请您相信我，今天且再忍耐一天，别把事情闹大。在此期间，我愿意帮店里干活。”

“只要钱能回来，什么都好说。”老板喃喃自语道，“毕竟今年也只剩下五六天了。”

“就是呀，所以我才……嗯？有客人来了。欢迎光临。”我对走进店门的三个工人打扮的客人笑着打了招呼，接着小声说，“大婶儿，不好意思，围裙能借我用用吗？”

“哟，你这儿啥时候请了这么个美人？挺可以啊。”

一位客人说。

“您可别诱惑她。”老板半带认真地说，“她可事关一大笔钱呢。”

“一百万美元的名马啊？”

另一位客人开起了下流的玩笑。

“听说就算是名马，母马也要掉价一半呢。”

我一边热酒，一边接上了同样下流的话。

“你就别谦虚了。听说今后日本无论马还是狗，都要讲究男女同权啦。”最年轻的客人大声说道，“小姐姐，我喜欢上你了。一见钟情。不过，你一定有孩子吧？”

“不呀。”老板娘抱着孩子从里屋走出来，“这是咱们从亲戚那儿收养的孩子，我们夫妻俩没有子嗣，以后就由他继承家业啦。”

“何况也有钱了。”

一位客人调侃道。老板一本正经地嘀咕道：“有美人了，也有欠债了。”接着，他突然换了语气问道，“各位吃点啥，要不就烫个火锅吧？”

那一刻，我明白了一件事。果然如此。我兀自了然，同时装作若无其事的模样，给客人端上了酒水。

那一天是圣诞节的前夜，店里客人络绎不绝，我从早到晚几乎没吃什么东西，却因为胸中思绪万千，哪怕老板娘叫我吃点东西，我也声称吃不下去，宛如身披羽衣起舞的仙子，轻快地四处奔走。不怕自恋地说，那天店里的气氛似乎格外活跃，好几位客人都来询问我的名字，或是要握手。

可是，这样下去又能如何呢？我心里是一点主意都没有。我只能面带笑容，迎合客人们下流的玩笑，回以更下流的玩笑，接连不断地为他们斟酒，并渐渐希望，自己的身体像冰淇淋一样，彻底融化掉算了。

这个世上，果然偶尔会出现奇迹。

晚上九点多，一个头戴圣诞节的三角纸帽，像侠盗罗平那样用黑色面具遮住了上半张脸的男人跟一位三十四五岁上下、身材瘦削、面容清丽的夫人走进店来。男人背对着我们，在土间角落的椅子上落了座。可是那人走进门来的瞬间，我就认出了他是谁。那正是我偷人钱财的丈夫。

他似乎没发现我，我便佯装不知，继续招待别的客人。那位夫人在丈夫对面落座，喊了一声：

“哎，大姐。”

我应道：

“来啦。”

接着，我便走到了二人桌边。

“欢迎啊。喝点酒吗？”

我开口的那一刻，丈夫透过面具看了我一眼，表情很是惊讶。而我只是轻抚他的肩膀，说道：

“那句话怎么说来着，恭祝圣诞？这不得喝上一升呀？”

夫人并不理睬我，而是一本正经地说：

“这位大姐，不好意思。我们找这儿的老板有事，你把他叫来好吗？”

我走到后厨，对正在油炸菜肴的老板说：

“大谷回来了，您去见见他吧。但是请您别对跟他在一起的女人透露我的身份。大谷肯定会觉得丢脸的。”

“他可算是来了啊。”

老板似乎对我的谎言半信半疑，这下丈夫真的来了，他也就相信了我的话。

“您可千万别提起我。”

我又叮嘱道。

“既然你觉得这样合适，那我就不提。”

老板一口答应下来，转身走了出去。

他扫了一眼土间的客人，径直朝丈夫那桌走去，与漂亮的夫人交谈了三言两语，接着三人一起出去了。

这样就够了，一切都解决了。不知为何，我内心竟有了这样的想法，兀自高兴起来，突然用力抓住了一位身穿深蓝色絣和服，看起来不到二十岁的年轻客人的手腕。

“来啊，敞开喝，别客气。今天可是圣诞节啊。”

三

约莫过了三十分钟，不，甚至更快，老板就一个人走进来了。我正感到疑惑，他已经走到我身边轻声说：

“夫人，谢谢你。钱都要回来了。”

“是吗，那太好了。全都回来了？”

老板怪模怪样地笑了。

“对，昨天那些都回来了。”

“那前面的赊账总共有多少？您给我算个最优惠的价钱。”

“两万。”

“就这么点儿吗？”

“跟您算了最优惠的价钱。”

“那我来还吧。大叔，您能留我在店里干活吗？求求您！我干活还钱。”

“啊？夫人，您也太不检点了吧？”

我们齐声笑了起来。

当晚十点多，我离开了中野的餐馆，背着孩子回到小金井家中。丈夫还没回来，但我并不在意。明天再到店里去，兴许又能见到丈夫。我为何从未想到这个好主意呢？我在昨天之前受的苦，全都因为自己太笨，没能想到这样好的主意。我也在浅草跟父亲经营过小摊贩，招待客人很有一手，今后到了中野的饭馆，一定也能如鱼得水。你瞧，光是今晚，我就得到了将近五百元小费呢。

听老板说，丈夫昨夜去了一个朋友家留宿，今天一早就闯进那位漂亮夫人在京桥开的酒吧，在里面痛饮威士忌，还给店里的五个女郎强塞钞票，说是圣诞礼物。中午过后，他叫了一辆计程车离开，没过多久便回来了，手上拎着圣诞节的三角帽、面具、蛋糕，甚至还有一只火鸡。接着，他四处打电话呼朋唤友，开了一场盛大的宴会。酒吧老板娘因此生出疑惑，暗道此人平时不是身无分文吗？于是故作漫不经心地上前询问，丈夫坦然道出了昨夜之事。那老板娘似乎早与大谷关系不俗，便不希望这事闹到警察那里，于是对他循循善诱，劝他返还钱财，最后老板娘替他把花掉的钱补上，由丈夫带路，到了中野的店里来。说到这里，中野的老板对我说：

“事情大致就是这样了。不过夫人，您是怎么知道的？莫非拜托了大谷先生的朋友？”

听他的语气，老板似乎以为我早已看穿丈夫会回到店中，先去那边守株待兔了。我笑着回答：

“嗯，那可不。”

从翌日起，我的生活变得与先前截然不同，成了轻巧快乐的日子。我先去烫发店做了头发，又置办了一套化妆品，还去请人重做了和服。另外，老板娘还送了我两双崭新的白足袋。此前一直郁积在胸中的苦闷，仿佛被扫荡得一干二净。

清晨起床，与孩子吃了饭，然后做好盒饭，背起孩子，去中野上班。大年夜和正月初一正是店里最忙的时候，椿屋的阿早（这是我在店里的名字）每日都忙得团团转。丈夫大约每隔两日就来喝一次酒，喝完扔给我结账，不知去了哪里。有时待到夜深时，他又会伸头进来轻问：

“回去吗？”

这时，我就会点点头，收拾收拾东西，跟他一同回家。

“怎么一开始没有这么做呢？现在我特别幸福。”

“女人何来的幸与不幸。”

“是吗？你这么一说，我倒也觉得有道理了。那你说，男人又如何？”

“男人只有不幸。他要时刻与恐惧交战。”

“我不太懂。不过我想，今后也要继续这样的生活。椿屋的大叔大婶都是好人。”

“那两个人都是笨蛋，是乡下人。而且他们格外贪婪，诱惑我去喝酒，想以此大赚一笔。”

“那就叫做生意呀，这有什么好奇怪的。但也不只是这样，对不对？你跟那老板娘有一腿吧？”

“过去有过。老板呢？他发现了吗？”

“他可清楚了。我记得他嘀咕过‘有美人了，也有欠债了’。”

“你别看我做作，其实我很想死。打从出生那一刻，我就只想着死。为了大家着想，我也是死了更好。这是真的。

可是我又迟迟死不了。一种奇怪的，像是可怕神明的东西，在阻止我去死。”

“因为你还有工作呀。”

“那些工作都不算什么。世间何来的杰作与拙劣之作。人们说好，它就好，若是说坏，它就坏。那就像吐气与吸气。最可怕的是，这世上存在着神明。真的存在吧？”

“嗯？”

“真的存在吧？”

“我也不知道。”

“是吗？”

在椿屋工作了十天二十天，我渐渐发现来喝酒的客人无一例外，都是罪犯。与他们相比，丈夫反倒还是小意思了。不只是店里的客人，连走在路上的人，都像是隐藏着某种阴惨的罪孽。一位身着华裳、五十上下的贵妇人来到椿屋后门卖酒，开价每升三百元。她开的价钱比市价更低，老板娘马上买下了，结果仔细一品，竟是水酒。连那么优雅高贵的夫人都要施展奸计，身在这样的世道，要想清清白白生活，恐怕是不可能的。像扑克游戏那般，收集了所有负面就会变为正面之事，恐怕不会发生在世间道德之上。

若是神明真的存在，就请出来吧！正月末尾，我被店里的客人打伤了。

那一夜下着雨，丈夫没有出现，但那时与他相熟的出版社人士——偶尔会给我送生活费的矢岛先生来了，还带着一个看似与他年龄相仿的同行。两人喝着酒，半开玩笑地大声谈论大谷的老婆在这种地方工作究竟好不好。我笑着说：

“你们说的那位夫人，究竟在哪里呀？”

矢岛先生回答：

“在哪儿不知道，反正比椿屋的阿早更优雅漂亮。”

“那真叫人嫉妒呀。如果是大谷先生那样的人，哪怕只是一夜之缘，我也乐意奉陪呢。我就喜欢他那样狡猾的人。”

“所以说啊——”

矢岛先生看向同伴，歪了歪嘴角。

那个时候，同丈夫一起来的记者也都知道我是诗人大谷的妻子了，还有人从那些记者口中得知这个消息，专门到店里来调戏我，于是店里的生意越来越兴旺，老板也乐享其成。

那一夜，矢岛先生二人谈起了纸张的黑市交易，十点多结账走了。我见今夜下雨，丈夫又没来，虽然店里还有一位客人，也还是做了回家的准备，走到里屋背起熟睡的孩子，小声对老板娘说：

“店里的伞，再借我用用吧。”

“我也有伞，不如我送你吧。”

留在店里那个看似二十五六岁、身材又矮又瘦，一副工人打扮的客人一本正经地站了起来。那是我今夜第一次见到的客人。

“您太客气了，我习惯一个人走。”

“不，我知道你家很远。我正好住在小金井附近，还是送你一程吧。大婶，结账。”

这人在店里只喝了三壶，看似不怎么醉。

我们一起乘电车到了小金井，又同撑一把伞穿过雨中漆黑的道路。年轻人本来一路无言，走到那里却吞吞吐吐地说了起来。

“其实我认识你。我是那位大谷老师的诗迷。我也想写诗，将来请大谷老师点评。只不过，我实在有些害怕大谷老师。”

我们走到了家。

“谢谢你，下次店里再见。”

“嗯，再见。”

年轻人返身回到了雨中。

深夜，我被咔哒咔哒的开门声惊醒，只道又是丈夫烂醉归来，便默不作声地躺着。没过一会儿，外面竟传来了一个男人的声音。

“打扰了。大谷先生，打扰了。”

我起来开了电灯，走到门口一看，原来是刚才那个年轻人。只是此时，他已经站都站不稳了。

“夫人，对不起。我离开后又在小摊上喝了一杯。其实我家在立川，等我走到车站时，电车已经停了。夫人，拜托你，收留我吧。我什么都不要，就在门口这踏脚台上过一夜也行。请让我睡在这里，等到明早电车始发吧。若是没下雨，我就随便找个屋檐栖身了，只是这么大的雨，实在令人为难。拜托你了。”

“外子不在家，若是踏脚台便足够，你就留下吧。”

说完，我又给他拿去了两块破坐垫。

“真不好意思。唉，真的喝醉了。”

年轻人难受地嘀咕着，很快便躺倒在踏脚台上。等我回到被窝时，他已经发出了响亮的鼾声。

就这样，到了天明时分，我被那男人轻而易举地弄到了手。

那天，我依旧跟以前一样，背着孩子到店里上班。

丈夫坐在店铺土间，桌上摆着一杯酒，正独自看报。上午的阳光照在酒杯上，折射出漂亮的光芒。

“没有人吗？”

丈夫看向我。

“嗯，老板去拿货了，老板娘刚才还在后厨，现在不在了吗？”

“昨晚你没来？”

“来了。最近不看一眼椿屋的阿早，我就睡不着觉。不过十点多我来的时候，你已经走了。”

“然后呢？”

“外面下着好大的雨，我就在这儿睡下了。”

“要不我就住在店里得了。”

“那也不错。”

“就这样吧，总租着现在的房子也没什么意义。”

丈夫默默地看向报纸。

“呀，这上面又写了我的坏话。说我是享乐主义的假贵族呢。一点都不对。他应该说我是畏神的享乐主义。阿早，你瞧，这儿还说我人非人呢。不对吧。也就是现在，我才能说出口。去年年底我从这儿拿走了五千元，就是想用那笔钱让阿早和孩子好好过个年呀。如果我是人非人，怎么会做那种事呢。”

我听了那话，并没有特别高兴，便说：

“人非人又如何？我们只需活着就好。”

冬日烟花

——三幕

人物：

数枝，二十九岁。

睦子，数枝的女儿，六岁。

传兵卫，数枝的父亲，五十四岁。

阿佐，传兵卫的后妻，数枝的继母，四十五岁。

金谷清藏，村民，三十四岁。

其他：

荣一，传兵卫与阿佐的儿子，未归。

岛田哲郎，睦子的亲生父亲，未归。

二人皆不登场。

地点：

津轻某村落。

时间：

昭和二十一年一月末到二月。

第一幕

舞台是传兵卫家的起居室。室内比外表更显殷实的地主家模样。屋里有通往二楼的台阶。舞台上手（观众右侧）为厨房，下手（观众左侧）为玄关。

幕布升起，传兵卫与数枝正在房间一角的火炉边取暖。

二人默不作声。老爷钟报响三点的钟声。气氛极其尴尬。

突然，数枝发出了低沉而怪异的笑声。

传兵卫抬头看着她。

数枝一言不发，停下了笑，遮羞似的从火炉旁的木箱拿出柴火，往炉子里放了两三根。

数　枝：（注视着双手的指甲，宛如自言自语）大家都说输了输了，我可不这么想。是毁灭了。是灭亡了。日本这个国家的每个角落都被占领，我们无一例外都成了俘虏，而这些乡下人却不知羞耻，多么愚蠢啊。他们竟以为生活还会照旧吗？他们还是总说别人的坏话，成天只知吃饭睡觉，看别人都像小偷，（又发出低沉而怪异的笑声）他们究竟是为什么活着呢？实在是让人不可思议。

传兵卫：（吸着香烟）那些都不重要。话说回来，你现在有丈夫啦？或者说，有相好的啦？

数　枝：（不高兴起来）这事你管得着吗？（咋舌）早知道就不说了。

传兵卫：就算你不说，消息总会传到我这儿来。

数　枝：你就别卖关子了，我心里清楚。是妈妈告诉你的，对吧？

传兵卫：（略显狼狈）不是。

数　枝：（小声而飞快地）是的，肯定是。妈妈又是怎么发现的？她那么迟钝。

停顿。

传兵卫：我是听阿佐说的。可阿佐绝不是……

数　枝：（并不理睬，突然转变了态度）妈妈去哪儿了？

传兵卫：她说得出去买鳕鱼。

数　枝：背着睦子？

传兵卫：应该是的。

数　枝：一定很沉吧。那孩子不知怎的，特别沉。她还总黏着外婆，仗着疼爱，赖在外婆身上不走。

传兵卫：跟你小时候很像。（换上严肃的表情，加重了语气）阿佐说，想要那孩子。

数　枝:（背开脸）不可能。

传兵卫: 不，我是说真的。你听我说。昨晚，阿佐（微微露出苦笑）一本正经地找我商量了这件事。她已经放弃荣一了。自从他在战场上失去音信，如今已是三年。现在只知道他所在的部队去守护南方某座小岛，却无从得知荣一是否平安。阿佐说，她已经放弃了。这不，你正好带着睦子从东京回来了。不过，你现在有了个相好的，马上又要去东京吧？好了，你且闭嘴，听我说。去不去都是你的自由，你爱怎么做都行。可是，你能留下睦子吗？

数　枝:（又发出了怪异的笑声）你是认真的吗？哪有这样荒唐的事情，我看妈妈怕是脑子出了问题。该不会老糊涂了吧？简直是笑话。

传兵卫: 兴许是老糊涂了。我也觉得荒唐。不过啊，她好像在特别认真地思考这件事。以后你跟了那个丈夫或是相好的，若是带着睦子，男人怕是会不高兴吧。再说你还年轻，今后可以再生。总之，她希望你把睦子留在这个家里。这对她而言，也许是再三思索后想到的绝妙的主意。她甚至觉得，这对你而言也是最好的选择。

数　枝: 真是多管闲事。

传兵卫: 没错儿，这就是多管闲事。可你也不能一味把阿佐当成傻瓜……

数　枝:（不等他说完）哪有、哪有这种事。爸爸，人们不都说，生恩不如养恩大吗？我的生母在我比现在的睦子还小时就去世了，后来，一直是现在的母亲养育我长大，即使后来有人对我说，那是我的继母，我跟弟弟荣一不是同一个母亲生的，我也不在乎。不管是不是继母，她都是我的母亲，不管是不是同一个母亲生的，荣一也是我亲爱的弟弟，我对那种事一点都不在乎。可是，在我上了女校后，总会突然感到孤单寂寞。因为妈妈实在是太好了。她身上一个缺点都没有。无论我说出多么任性的话，无论我做了什么坏事，妈妈都从不责备我，总是笑着疼爱我。世上怎会有如此温柔的母亲呢？她太温柔了，她太好了。一次，我磕坏了大脚趾的趾甲，妈妈吓得面色苍白，一边给我上绷带，一边嘤嘤地哭，我觉得她这样真讨厌。还有一次，我问妈妈：妈妈其实更疼爱荣一，对不对？她的回答可巧妙了。那次妈妈对我这样说：有时候是的呢。你看，她多么直率，多么温柔，让我反倒恨起她来了。她总叫荣一做那些很难的事情，却连擦擦洗洗的活都不扔给我。所以我也跟她怄气，要一个劲地为难她。我甚至想故意不讲礼貌，故意做尽坏事。可是，我并不讨厌妈妈。我可喜欢妈妈了。我那么喜欢她，恨不得死死抱着她不松开。妈妈似乎也由衷地疼爱我。她那么疼爱我，总让我穿好看的衣服，让我十指不沾阳春水。我心里明白。其实啊，（突然哈哈怪笑起来）妈妈跟我，就像同性恋一样。所以我才那么讨厌她，那么恨她，又是那么的孤单，只想一个劲地任性妄为，恨不得跟她大吵一架。

传兵卫：（皱着眉）一个快三十的人了，还说那种蠢话。你就不能认真点吗？

数　枝：（淡然地）爸爸太迟钝了，肯定什么都不懂。像爸爸这样的人，应该就叫老实人吧。真是一点都不敏感。（转换语调）不过，妈妈以前真的好漂亮啊。我在东京生活了将近十年，见过不少女演员和富家千金，但谁都没有我妈妈那样漂亮。我以前最喜欢跟妈妈一起泡澡了，每次跟她泡澡，我都特别高兴，又特别害羞，现在想起来，心里都像小鹿乱撞。

传兵卫：少在我面前说那种没意思的话。你究竟想怎么样？留不留睦子在这里？

数　枝：（摆出无奈的表情）连爸爸都说这种蠢话……

传兵卫：你不是有男人了吗？

数　枝：（皱着眉，低下头）你就不能换一种问法吗？

传兵卫：我换什么问法不都一样吗？（仿佛强忍着心中的怒火）话说回来，你不觉得自己干了件蠢事吗？

数　枝：（抬起头，冷冷地看着父亲，一言不发）

传兵卫：你这孩子从小就任性，可我万万没想到，你竟然如此愚蠢。阿佐为了你，不知吃了多少苦头。你从弘前的女校毕业，张口就说要去东京读专科学校，我坚决反对，甚至气病了，阿佐一直守在我枕边，哭着求我说：这是我一辈子的恳求，你就让数枝去她想去的学校吧。最后我也只能让步了。你呢？你理所当然地去了东京，从此就没有回来。后来，你跟那个不知是小说家还是老师的岛田混在一起，擅自退了学，从那时起，我就把你当成一个死人了。可是阿佐没有说你半句不好，还瞒着我偷偷给你汇她的私房钱。阿佐啊，就算卖了自己的衣服，也要给你汇钱。睦子出生不久，岛田出征了，可你也不去投奔岛田的父母，非要靠什么做洋裁养活自己。不对，岛田那家伙本来就是个不孝子，你就是想投奔，人家也不会理睬你。可你呢，也不来哭着恳求自己的父母。我是再也不想见到你这个女儿，便任凭你自把自为，阿佐却再三给你写信，劝你在岛田离家时到这边来生活。可你却死鸭子嘴硬，说什么洋裁的工作很忙，不愿回乡下。阿佐不知你过得如何，又听闻东京的粮食越来越紧缺，几乎每天都要给你们母女俩邮寄食物。你把这看成了理所当然，收起来毫不手软，连声谢都没有，又何曾知道阿佐为了寄那些包裹，受了多少苦。她为了早一天寄到，每次都寄铁路件，为此就得走到浪冈的车站。那车站离咱们家可有将近四公里啊。她却是风雪无阻。为了赶上六点上行的第一班车，她天不亮就要起床出门。她啊，真是从早上睁眼到晚上闭眼，时刻都想着你。世上还有谁能比你更幸福呢？你说在东京遭了灾，也不知会一声就笑眯眯地回来了。我见你如此厚颜无耻，如此不当一回事，简直一句话都不想对你们母女俩说。可你现在已不是我的女儿，而是岛田那个出征军人的夫人，我又不能把你们赶出去，只好当自己收留了素未谋面的灾民，让你们住下了。你可别蹬鼻子上脸。我没有义务照顾你们。你早已没有在这家里为所欲为的权力了。

数　枝：（低着头，但清楚地说）岛田好像死了。

传兵卫：也许吧。但他的遗骨还没回来，葬礼也没有办。你啊，真是个蠢货。你现在那个丈夫，究竟是什么人？

数　枝：你可以去问妈妈。她不是什么都知道嘛。

传兵卫：（无意识地握紧了拳头）你还说蠢话。阿佐什么都不知道。我见你总是悄悄与人通信，偶尔还有人汇钱过来，睦子又不时提起东京的叔叔，就算不是阿佐，也能猜到了。

数　枝：可爸爸并不知道，不是吗？

传兵卫：（痛苦地）我怎么可能会往那里想呢？（叹气）你

啊，今后究竟还要堕落到什么地步？

数　枝:（安静地）如果你不愿收留我了，我便带睦子回东京。我打算请你收留我到开春，好让铃木在那边寻到住处。

传兵卫: 你男人叫铃木啊。

数　枝:（温顺地）是的。

传兵卫:（厉声道）你跟他在一起几年了？

数　枝:（无言）

传兵卫: 不问比较好吗？可以，我明白了。（强压愤怒，放低了声音，但语调改变了）滚出去。现在就给我滚出去。你去哪儿我都不管。给我滚出去。留下睦子，现在就找你那相好的去！

数　枝:（抬起头）爸爸，你知道我在东京受了多少苦吗？

开门声

继母阿佐的声音: 宝宝真乖，宝宝真乖。外面那么冷，宝宝都没哭呢。

睦子的声音: 还有呢，睦子是不是帮了很多忙？

阿佐的声音: 那可不，当然啦。宝宝帮外婆拿着钱包，一路都没掉呢。帮了好大的忙呀，真了不起。

睦子的声音: 那下次也要带睦子出去咯？

阿佐的声音: 带，当然带。好了，快去烤火吧。

舞台下手的纸门拉开，阿佐、睦子登场。睦子一进门就跑向数枝，被她抱在怀里。

数　枝：（对阿佐笑着）孩子很沉吧？

阿　佐：（拿着装满鱼的筐子和角卷——津轻地区外出用的手巾，走向上手的厨房）哎呀，可沉了，像背了个石头地藏似的。（拉开上手的纸门，走进厨房后合上纸门，过后只余其声）这孩子，最近不知从哪儿学坏了，我问她要不要下来走走，她立马就装起瞌睡来了。真狡猾。

数　枝：（发现睦子手上攥着一束线香烟花）哎，这是什么？从哪儿来的？

睦　子：这是玩具。

数　枝：玩具？（笑了）好奇怪的玩具呀。外婆给你买玩具了吗？

睦　子：（点头）

阿　佐：（在厨房叮叮当当地做事，依旧只有声音）现在的孩子多可怜啊，外面连个像样的玩具都没有。睦子说想要那种小小的日丸旗，我啊，听了直冒冷汗。这么说来，在战争中，什么杂货店必定都摆着那种旗子玩具，最近却消失得无影无踪了。我就是想啊，怎么也得让孩子拿个小旗玩玩，这也不行吗。

我啊，真不知该怎么跟睦子解释这件事，为难了好一会儿。（低声笑了）店里倒是有许多线香烟花。你说这到底是为什么呢？最近那些店铺里，好像都摆满了不合时节的东西。什么草帽啊，苍蝇拍啊，多可笑呀。有人会买那种东西吗？这种时候买苍蝇拍回家，能做什么呢？

数　枝：（笑了）苍蝇拍兴许能顶替羽球板呀。比起线香烟花，倒是更适合孩子玩耍。（从睦子手中拿了烟花，在手上摆弄）冬日的烟花，想想就叫人不舒服。我刚才看见睦子手上拿着这个，不知怎的，竟吓了一跳。

阿　佐：（柔声）那有什么办法，没别的啦。现在的孩子真是太可怜了。（换了语气）这鳕鱼看着挺新鲜，不如烫个火锅吧？

传兵卫：家里还有酒吗？

阿　佐：（依旧隔着纸门）嗯，还有一点儿。

传兵卫：那晚上就吃鳕鱼锅，喝一杯吧。

数　枝：我也这么办吧。

传兵卫：（忘了压抑自己，忍不住提高了音量）蠢货！你到底要吊儿郎当的到什么时候，（撑起身子，又坐了回去）好好做个人！

睦子哇哇大哭，扑在数枝怀里。数枝一脸冷淡。

传兵卫：为了你一个人，就为了你一个人，这个家就为了你一个人，都不知道——（嘀咕着什么，哭了起来）

数枝抱着睦子静静地站起，走向舞台后方的台阶。

传兵卫：（猛地站起）站住！

阿　佐：（从厨房跑出来，拉住传兵卫）哎呀，他爸，你这是要做什么呀？

传兵卫：我得揍她一顿。我得揍她一顿，直到她清醒过来。

数枝头也不回地抱着哭叫的睦子，走上了台阶。可见其和服下摆露出白色的丝袜。

传兵卫奋力挣扎。阿佐拼命拉住他。

——落幕

第二幕

幕布升起，舞台一片漆黑。电灯啪地亮了，照出二楼数枝的房间。是数枝打开了电灯。屋里有两张床，睦子睡在其中之一。数枝身穿寝衣站着，一手举在空中，保持着开灯的姿势，目光凝聚在一点。那一点，便是下手的雨窗。雨窗静静地打开，风雪飘了进来。一个身披斗篷的男人，倒退着走了进来。

数　枝：（低沉而尖锐地）你是谁？是什么人？

男　子：（关上雨窗，脱下斗篷，这才转过来，端坐在地上。那是村里的人，名叫金谷清藏）是我。请原谅。（一本正经，还低了一下头）

数　枝：（吃惊）呀，清藏先生。你这是怎么了？（飞快地在寝衣上披了一件羽织，一边系扣，一边走向屋里的火炉，坐在旁边）我还以为遭强盗了呢。你这是有什么事吗？

清　藏：实在是抱歉。我在你家门前踌躇了许久，想请你耐心地再一次倾听我的心意，最后总算下定决心，爬上屋顶，把手搭在二楼这间房的雨窗上，它竟就这么开了，所以我……

数　枝：（苦笑）你可真够能钻的。（拿起火钳翻动埋在灰里的炭火）不过在乡间，这种事并不稀罕吧？这一定是乡间普遍的恋爱形式。这就叫做私通吧？

清　藏：那怎么使得，我怎能如此失礼。

数　枝：（笑了）才不是呢，若非如此，你反倒是失礼了。爬上别人家房顶，钻进二楼房间的窗户，还在这么晚的时候，那可不是正常人做的事。

清　藏：（面露苦涩）求求你，别戏弄我了。是我不好。你说我私通，着实是叫我难受，可是这也难怪。因为除此之外，我别无办法了。（抬起头）数枝小姐！请你别再折磨我了。究竟是好，还是不好？今夜请你明明白白地回答我吧。

数　枝：（皱着眉）哎呀，你喝酒了吧？

清　藏：我是喝了。（沉郁地）这几天，我一直在喝闷酒。数枝小姐，这都怪你。你若是不回来，唉，多没意思啊，说这些又有什么用呢？数枝小姐，你还记得吗？想必已经忘了吧。你从女校毕业，去东京上学时，正是化雪的时节。路很难走，我背着你的行李，与你和令堂三人，走路去了浪冈的车站。那时候，路旁已经冒出了蜂斗菜薹和各种嫩芽。你走在路上，唱山边原野的春霞，唱小河的潺潺流水，唱桃花的含苞欲解。

数　枝：不是含苞欲解，是含苞欲润。

清　藏：这样啊。那么，你果然记得那个时候。后来，我们到了浪冈车站，因为时间还很宽裕，我们就坐在候车室的长椅上，打开了便当。那天，你的便当里有厚蛋烧和金平牛蒡，我带的便当则是醪糟腌鱼子和煮洋葱。你说想吃我的鱼子，给我夹了厚蛋烧和金平牛蒡，接着吃了我的鱼子和洋葱。我也吃了你的厚蛋烧和金平牛蒡，总感觉这样一来，我们的血肉就融合了。即使那一刻分别，也绝不会再难相见，我有种感觉，你一定会回到我身边，与我结为夫妻……那年我已经二十三四了，其实很早以前，我心里就有个朦胧的想法，觉得整个村子只有我读到了初中毕业，只有我能配得上你，后来跟你交换了便当的小菜，你母亲又笑着说，清藏小哥的菜吃到嘴里一定特别好吃吧，你则回答，清藏哥又不是外人，最后还看着我，露出奇怪的笑容说：是吧，清藏哥。这些，你都记得吗？

数　枝：（用火钳翻着炉灰，满不在乎地）我都忘了。

清　藏：这样啊。（叹气）看来都是我一个人在犯蠢。那时我听了你的话，高兴得两眼噙泪，饭都咽不下去了。我认定，数枝小姐从东京的学校毕业回来，一定会跟我在一起。我还一心以为，你母亲也是这么打算的。

数　枝：妈妈也许是这么打算的吧。毕竟你我两家向来亲近，妈妈又那么喜欢你，所以我也没把你当外人……可是……

清　藏:(点点头)那是当然，那是当然。是我太蠢，误会了你的意思。可是数枝小姐，我等了好久啊。我一心以为你会跟我在一起，心中早已将你称作“wife”了，可你却一去就再也没回来。在这个地方，男人到了二十三四岁，便是要娶妻的年龄。我家也有不少人来说媒，可我都拒绝了。你呢，你却连寒暑假都不回村里来，后来又听说你跟学校的老师，还是个写小说的岛田哲郎结了婚。你想想，我当时有多么尴尬啊。后来，我就变了一个人。家里的碾米厂，我也不怎么去帮忙了，还学会了吸烟，甚至学会喝酒，对人动粗，也与人私通过。

数　枝:(嗤笑起来)骗人，骗人。你说的都是假话。男人为什么要说这种一眼就能看穿的假话呢。你们都那么一本正经，仿佛没发现自己说的是假话。其实正如我去了东京之后忘掉你，你也一样啊。你与我在浪冈车站道别后，怎么可能十年间都在想念着我呢？人啊，脑子里只会思索每日生活中接触到的东西，光是这样，已经忙不过来了。至于那些身在远方、无关自己生活的人，就算偶尔会想起，到头来也会不知不觉抛到脑后。你学会喝酒动粗，这一点都不怪我呀。我虽不会冤枉你天生就是这样的性子，但那也都是你在生活的环境中自然形成的习惯，不是吗？你在这个村子里游手好闲地活着，当然会变成这样呀。就是这么简单。你怎么能怪罪到我头上呢，太过分了。正如我忘了你，你也早已忘了我。后来听说我回来了，这才突然惦记起来，对我生出了莫名的憎恨罢了。人啊，就是这样的。

清　藏：（突然目中无人地）不对。我现在还独身，这就是证据。你再怎么迷惑我，也是没有用的。我已经三十四了。在这个地方，男人三十四岁还独身，都要被当成怪胎，要被人议论是不是身上有残疾的。尽管如此，我还是忘不了你。你已经嫁作人妇，我知道自己必须忘了你，可就是忘不掉。这是有原因的。数枝小姐，我读了岛田哲郎的小说。我很好奇你先生究竟写了什么样的小说，就从东京的书店订购了四五本岛田哲郎的新书。早知道就不订了。你肯定无法想象，读了那些小说，我是多么的痛苦。岛田先生，不，岛田那小子的小说里出现的女人，不是别人，全都是你啊。全都跟你如出一辙。我清清楚楚地看到了那个人多么疼爱你，你又是多么为他尽心尽力。这下就算我想忘了你，也办不到了呀。无论你离我多么遥远，只要翻开那些书，你就像近在咫尺，生活在与我相邻的屋子里，那么生动，那么叫人憔悴。即便我决心再也不读了，却也会不经意间在报纸上看见岛田新刊的广告，忍不住去订购，读完又痛苦不堪。我真是个不幸的人。你不这样想吗？岛田的小说里有这么一行俳句：雪白的足袋，家庭主妇的一天，由此开始了。雪白的足袋，家庭主妇的一天，由此开始了。真是欺人太甚。我读到那个句子时，眼前清楚都浮现出了你贤惠的身影，顿时坐立难安。我仿佛成了被你们恣意欺凌的对象，再也受不了了。我因为这个醉酒动粗，你不觉得也情有可原吗？我甚至想过，干脆随便娶个乡下女人成家得了，可是雪白的足袋，家庭主妇的一天，由此开始了。你那美丽又耀眼的身姿总是浮现在我眼前，叫我如何甘心整日面对乡下女人迟钝又粗笨的举止呢？那样一来，我未免过于凄惨，而那个对此一无所知、只知道粗手粗脚干活的乡下女人也太可怜了。数枝小姐，因为你，我已经成了一辈子都娶不了妻的男人。岛田出征的事情，我丝毫不知。这几年来，岛田从未发表过小说，我也只当是大战当前，小说家也被派去军需工厂做工了。就算他不写新的小说，我手头也有几本他以前的著作。我有时对它们越看越不顺眼，恨不得付之一炬，可又觉得那像是将你付之一炬，便怎么都下不了手。我憎恨岛田那小子写的书，却倾慕书中的你，怎么都舍不得抛开。这十年来，你一直在我身旁。雪白的足袋，家庭主妇的一天，由此开始了。你那美丽的身影，从早到晚都萦绕在我身边，盈盈地忙碌着。就算我想忘记，也做不到。然后，你突然回来了。仔细一问，原来岛田早已出征，恐怕还已经战死了。我就……

数　枝：你就不必说下去了。自从我回到这里，这两三个月来，你从早到晚来我家中，而我的父母都是性格软弱之人，狠不下心叫你别来，全都烦恼得很，于是我去了你家，（说话间，突然注意到散落在地上的线香烟花，拿起一根点了火。线香烟花噼噼啪啪地燃烧起来。数枝注视着火光）对你的母亲、妹妹和你本人说，你总是到我家来，肯定要引起别人议论，希望你不要再来了。从那以后，你就再也没出现在我家，（烟花熄灭了。又拿起一根点燃）我松了口气，可是不久前，你突然给我写起了令人羞耻的信，你这人，真是够怪的。村里人好像也不怎么待见你吧。

清　藏：若是令人羞耻，那也没有办法。我是边哭边写下了那封信。一个大男人，边哭边写信。今天，我就是来问你要答复的。究竟是好，还是不好？请你告诉我吧。这么看起来也许做作，（从怀里掏出手巾包裹的菜刀，放在膝前，浅笑着）今夜我还拿了这东西来。你快别玩烟花了，回答我好，还是不好。

数　枝：（烟花熄灭后，又拿起一根点燃。如此重复了五六遍）这烟花啊，是两三天前，妈妈买给睦子的玩具。连这么小的孩子，都对火炉旁燃烧的烟花丝毫不感兴趣。她看着火光的表情好无趣啊。所以说，烟花还是应该在夏日的夜晚，穿着浴衣聚集在庭院的凉亭里，吃着西瓜噼噼啪啪地烧，那样看着才漂亮。不过那个时代已经永远——（忍不住叹息）永远不会再来临了。冬日的烟花，冬日的烟花。何等愚蠢又无趣啊。（一手拿着噼啪燃烧的烟花，一手拭泪）清藏先生，你与我，不，全日本的人都像这冬日的烟花。

清　藏:（愣愣地）那是……什么意思？

数　枝: 没有意思。你一看不就知道了。日本已经——（突然放下了烟花，以袖掩面）所有的一切，都不行了。（露出半边脸，一边呜咽，一边浅笑）而我，同样也不行了。无论怎么挣扎、怎么努力，都只能堕落下去。

清　藏:（像是误会了什么，向前膝行了一步）没错，没错。照这样下去，是不行的。必须要彻底改变生活。睦子小姐一个人，我大可以收养下来。如你所知，我家是这一带唯一的精米店，只说大米，无论出了什么事，总能够有保障的。现在这个世道，精米店是赢家。我们能挤出的米，比地主都多。

数　枝:（全然没有在听，把玩着搭在膝上的袖子一角）日本人何时成了一群肤浅的、满口谎言的人？所有人都是伪君子，都在不懂装懂，拘泥于微不足道的学问或主义，扭捏作态，谈何救人？救人，呵，多么狂妄，（发出第一幕那般低沉诡异的笑声）多么自大啊。究竟从何时起，日本人竟都成了扯线木偶一般步履僵硬的存在？很久以前了。也许，是更久更久以前。

清　藏：（略显狼狈）那个，当然，大城市的人也许都这样。是啊，肯定都是这样。不过，乡下人的淳朴，无论过去还是现在都没有改变。数枝小姐，（奇怪地笑着，又凑向前去）请你回忆往事吧。我与你，早在从前便结了缘。我们注定要在一起。数枝小姐，请你回忆起来。唯独那件事，我至今都羞于明言，数枝小姐，你可曾记得，我们还小的时候，曾钻进你家存稻草的屋子里玩耍。你该不会忘记了那时的事情吧？自从你上了女校，就摆出早已忘记了我俩之事的模样，可是从那一刻之后，你就注定要成为我的妻子。因为我在那里失去了童贞，而你也不再是处女。

数　枝：（惊讶地站起来）你这人在胡说什么，简直像个流氓。什么淳朴，你这种人才是真正的坏人。快走吧。你若不走，我就要喊人了。

清　藏：（像个真正的恶棍般沉着地）你给我安静点。（拿起菜刀摆弄两下，轻轻扔到地板上）没看见这个吗？今晚，我也赌上了性命。我总不能一直被你玩弄下去。究竟是好，还是不好？

数　枝：别这样，太无耻了。若女人都要因为儿时的一点小事而一生遭到胁迫，那女人就太过凄惨了。啊，我多想杀了你。（面朝清藏退后了两三步，突然反手拉开背后的隔扇。隔扇外面是楼梯口。阿佐就站在那里。数枝仿佛早已知道阿佐在外面，目光依旧盯着清藏）妈妈！求求你，赶走这个人。他就像一条毛虫，我连话都不想对他说了。我只想杀了他。

清　藏：（看见外面的阿佐，吃了一惊）哎呀，伯母，原来您在呀。（慌忙挤出笑容，收起了地板上的菜刀）真是失礼了。我先告辞了。（站起身，披上斗篷）

阿　佐：（战战兢兢地走进房间，来到清藏身边，帮他穿好斗篷，继而平和地）清藏先生，你早点娶妻吧。数枝她已经……

数　枝：（低沉而尖锐地）妈妈！（以眼神警告她莫要说出来）

清　藏：（似乎恍然大悟）原来是这样啊。数枝小姐，你真是个狠心的女人。（咧嘴一笑）你好有手段啊。我真是佩服得五体投地。若我是毛虫，那你就是毒蛇，是淫乱的妓女。我要到处去说。等着瞧吧，我要到处去说。（返身打开背后的雨窗，风雪猛地吹进屋里）

阿　佐：（压低声音，但清晰地）清藏先生，请等一等。（她走上去抱住清藏，趁机从他怀里拿出菜刀，反手刺

向他的胸口）

清　藏：（千钧一发之际，抓住了她的手）你干什么？疯了吗？臭老太婆！（夺走菜刀，踢倒阿佐，逃向屋外。外面传来他跳落地面的咕咚声）

数　枝：（气愤地对着阿佐）妈妈！我好难过！（孩子似的哭了起来）

阿　佐：（抱着数枝）我都听到了。我知道偷听不好，可我担心你，所以……（哭泣）

数　枝：我知道。我听见妈妈在隔扇后面哭了。我一下就听见了。可是妈妈，你就别再管我了。我不行了。我只会一直堕落下去。我这一辈子，都等不到幸福了。妈妈，在东京等我那个人，年纪比我小很多啊。

阿　佐：（惊讶地）哎，你这孩子。（紧紧抱着数枝）你这孩子可得不到幸福啊。

数　枝：（哭得更厉害了）那有什么办法，那有什么办法呢。我和睦子要活下去，只能这么做了。这不怪我啊。这真的不怪我啊。

雪不停地刮进屋里。周围的地面上，两人的头发和肩上，慢慢堆起了白雪。

——落幕

第三幕

舞台是传兵卫家的里屋。正对屋门是宽敞的壁龛，但是竖着屏风，被挡了一半。那是个陈旧的银屏风，已经氧化成了鼠灰色，但没有破损。上手是纸门，纸门外是走廊。朝阳从走廊的玻璃窗照进来，令纸门变得十分亮堂。下手是隔扇。

幕布升起，房间中央是阿佐的病床。阿佐头朝纸门，仰面躺着，看起来很衰弱。她睡着了。枕边摆着药瓶、药袋、吸嘴杯等物品。病床前有两个桐木火盆，各自都放着铁壶，正在冒蒸汽。数枝坐在朝着纸门的小桌前，像在写信。

此时距第二幕过去了十天。

数枝放下钢笔，一手支着下巴，呆呆眺望纸门，不一会儿便无声地哭了起来。

停顿。

阿佐在睡梦中发出痛苦的呻吟。呻吟了好一会儿。

数　枝：（看向阿佐，叠好桌上写了一半的信塞进怀里，接着站起来走向阿佐，将她摇醒）妈妈，妈妈。

阿　佐：哦，（醒来，长叹一声）哦，是你呀。

数　枝：身上难受吗？

阿　佐：不会，（叹气）不知怎的，做了个可怕的梦……（换了语气）睦子呢？

数　枝：今天一早就让外公带着去弘前了。

阿　佐：去弘前？干什么去了？

数　枝：哎，你不知道吗？昨天来的医生是弘前鸣海内科的院长先生。爸爸今天就是去找鸣海医生拿药的。

阿　佐：睦子不在，好寂寞啊。

数　枝：清静点不是更好吗？不过小孩子啊，都很自私。外婆生病了，她也不来关心一下，反倒黏上了外公，抱着他不撒手。

阿　佐：那倒不是。是外公使劲讨睦子的欢心，她才会这样。可能他觉得，一定要让睦子想留在这里吧。

数　枝：哎，为什么呢？（一会儿翻翻火盆里的炭，一会儿给铁壶加水，一会儿给阿佐掖被子，边忙边用轻快的语气陪阿佐说话）

阿　佐：就算我不在了，只要睦子跟外公亲，你也就不好回东京了吧？

数　枝：（笑着）你又说怪话了。快别说了，多蠢啊。我给你削个苹果吧。医生说了，只要能吃东西，就会慢慢好起来。

阿　佐：（微微摇头）不想吃。我什么都不想吃。昨天来的医生，他是怎么说的？

数　枝：（踌躇片刻，随后清楚地）说可能是胆囊炎。这个病如果像妈妈这样吃什么吐什么，会使人慢慢衰弱下去，可能有危险。不过只要能吃下东西了，一个星期就能好起来。

阿　佐：（浅笑着）真是那样就好了。我觉得我已经不行了，手脚都动不了，兴许是还有别的病吧。

数　枝：就算是健康人，被医生一看，也总会有这样那样的毛病呀。若是全都在意，不就没完没了了。

阿　佐：他说了什么吗？

数　枝：没有，没说什么。就说你好像有点轻微的脑溢血征兆，然后脉搏怎么了，反正说了一些，我都忘了。（故作滑稽地）总而言之，你只要想吃什么，就要多吃。这是数枝女博士给的诊断。

阿　佐：（严肃地）数枝，我不想好起来了。我只想被你照看着，早早死掉。这才是我最大的幸福。

起居室的时钟缓缓敲响了十点的钟声。

数　枝：（不理睬阿佐的话，假装没听见）哎呀，都十点了。（站起来）我去冲点葛根粉吧。你真的要吃点东西。（说着，拉开了上手的纸门）哦，今天是难得的好天气呢。

阿　佐：数枝，你别走。我现在吃什么都想吐，反而会更难受。你哪儿也别去，就陪在我身边吧。我有话要对你说。

数　枝：（静静地合上纸门，又回到床边坐下，开朗地）妈妈，怎么了？

阿　佐：数枝，你不会再回东京了吧？

数　枝：（干脆地）我打算回去。爸爸不也叫我赶紧滚嘛。从那天起，他就不跟我说话了。我只能回去了呀。

阿　佐：我病得这么重，你也要走吗？

数　枝：妈妈的病很快就能好了。不过在你好起来之前，无论爸爸说什么，我也会留在家里，好好照顾你的。

阿　佐：多少年都愿意吗？

数　枝：多少年？（笑着）妈妈，你很快就好了。

阿　佐：（摇着头）不行，不行。我心里清楚。数枝啊，我要是出了什么事，你会扔下爸爸一个人，回东京去吗？

数　枝：真讨厌，我不想说这个了。（转过头哭起来）如果真的那样了……如果真的那样了，数枝也陪你去死。

阿　佐：（叹息）我只想让你成为全世界最幸福的孩子，没想到弄巧成拙了。

数　枝：不对，并非只有我不幸福。现在的日本，又有哪个人是幸福的呢？妈妈，我啊，刚才写了这样一封信。（从怀中拿出方才写的信，略有些兴奋地）我念给你听听。（小声念）敬启者。我已收到三百元汇款。自从来到这边，我就无处花钱，你此前汇给我的钱，都还原样放着。倒是你，那边恐怕有多少钱都不够花，今后可别再汇钱过来了。如果你急着用钱，请拍电报告诉我。我这儿真的什么都不需要，你要多少我都马上汇给你。在此之前，我就先存着那笔钱好了。听闻你工作依旧顺利，今年的展览会马上就要开办了，这才刚过正月，开得真早啊。那么，你拿去展出的绘画，想必也快完成了。你上次在信中说，必须描绘眼前全新的现实，不知后来画了什么？是上野车站门口成群结队的流浪汉吗？如果是我，也许会画广岛的焦土。若换个别的，便是降落在东京，降落在我们头上的美丽火雨。那一定能成为很好的作品。说说我这边，母亲十日前因为一件事受到打击，就这么病倒了。我一直在旁边伺候着，久违地感到了一些斗志。我爱我的母亲，胜过爱自己的生命。母亲也同样爱着我。她是个了不起的母亲，也是个美丽的母亲。在日本全国遭受空袭的水深火热之时，我不顾你们的劝阻，带着睦子像乞丐一般爬上前往青森的列车，路上遭遇了一次又一次的空袭，被迫在沿途的车站下车露宿，到头来连吃的都没有了，只能抱着睦子一起哭泣，好在那时一个女学生给了我饭团、碎昆布和硬面包，睦子甚至高兴得不知所措，反倒发起火来，拿着饭团扔向女学生，啊，多么可悲呀。我们成了一对灰头土脸的乞丐母女，即便如此也要回到东北偏远边境的老家，如今想来，定是为了在死前多看我那美丽的母亲一眼。我的母亲，是个好母亲。这次母亲得病，说来都是因我而起。现在，我只想让母亲变得更幸福一些。别的事情，我统统不再考虑了。如果母亲要我永远留在她身边，那么，我将一辈子陪着母亲。我也不会再回去找你。父亲顾及自己的颜面，还有对母亲的情分，总要我快回东京去，可是在母亲病倒后，父亲的态度也软了下来，像是妥协了。我可能不会再回东京了。如果你思念我，就请放弃绘画，到乡间来，与我一起务农吧。你想必不会这么做。可是当你改变主意时，请务必过来。天气即将转暖，等雪都化了，地里冒出青草时，我就要每日扛着锄头，默默地下地干活。我要成为一个彻头彻尾的农妇。不仅是我，我还要让睦子也成为农妇。现在，我不想依靠日本的政治家、思想家，也不想依靠艺术家。此时此刻，无论什么人，都在为自己每天的生活而操劳，不是吗？既然如此，大可以如实说出来，为何还要高谈什么引导国民，要他们开朗生活、怀抱希望，做这些无意义的说教，并称之为文化呢？真叫人汗颜。文化是什么？他们写作了文之怪化。为什么日本人都这么喜欢成为指导者呢。在那场大战中，也充斥着许多奇怪的指导者，叫人无言以对，到了现在，又迎来了日本重建的指导者的泛滥。多可怕呀。今后，日本一定会变得越来越糟糕。

年轻人必须学习，我们必须工作，这都是理所当然的事，可是为了逃避这些，人们还要编造出各式各样煞有介事的道理。就这样，他们将堕落到最深处。你说，anarchy 是什么意思？我觉得，那就像中国的桃源仙境。一群志同道合的朋友共同耕作，种植桃树、梨树和苹果树，也不听广播，也不看报纸，既没有来信，也没有选举，更没有演说，大家深知自己过去的罪孽，都无比软弱，爱邻人如爱自己，累了就睡下。你说，是否能建造这样的部落呢？此时此刻，我仿佛能建造这样的部落。首先，我将要成为农民，亲自去尝试一番。等雪化了，我就到地里去（不再往下念，把信放在膝头，顶着僵硬的微笑看母亲）我已经写到了这里，在信的最后，我也许会跟铃木先生分开。

阿　佐：他叫铃木先生吗？

数　枝：是呀，他给了我们母女俩不少关照。多亏了他，我和睦子才能在大战中活下来。可是妈妈，我要把这一切都忘了。余生，我都要陪在妈妈身边。仔细想想，妈妈也一直没等到荣一回来，（说漏嘴后，惊慌地）不过，荣一一定没事的。我猜他很快就要精神饱满地归来了。

阿　佐：只要你和睦子在，就算荣一不回来，也没有关系了。我已经放弃那个孩子了。数枝，比起荣一，我

更心疼你和睦子啊。（哭泣）

数　枝：（用手帕给阿佐擦眼泪）我啊，我这种人，已经无所谓了。我真的一直都这样想。（低下头）因为我做了那么多坏事。

阿　佐：数枝，（音调变得奇怪）女人都有秘密，你只是没有隐瞒罢了。

数　枝：（不可思议地盯着阿佐）妈妈，你怎么了，突然一本正经的样子。（会心一笑）

阿　佐：（并不理睬）过了几天了？

数　枝：从什么时候？

阿　佐：那天晚上。

数　枝：啊，已经过去十天了吧。那天晚上的事情，就别再提了。

阿　佐：十天？是吗？才十天呀。我觉得那像是半年前了。

数　枝：妈妈，你那天晚上在楼梯底下晕倒，整整三天都没醒过来呀。你觉得那一晚如同遥远的梦境，也丝毫不奇怪。那就是一场梦。我也决定忘掉那件事。干脆忘掉一切吧。我要成为一个农妇，创造我们的桃源仙境。

阿　佐：清藏先生后来怎么样了，你可曾听说？

数　枝：我才不想打听那种人的事。我已经忘掉了，不在乎了。昨天他妹妹找上门来说，那个人戒了酒，像变了个人似的勤快起来。可是，她的话怎么靠得住呢？

阿　佐：他早点娶媳妇就好了。

数　枝：他妹妹还说，现在正谈亲事呢。据说她的兄长对这次的亲事特别上心。其实我能理解。

阿　佐：理解什么？

数　枝：当然是清藏先生的心情啊。

阿　佐：为什么？

数　枝：为什么？因为那天晚上妈妈那样做了，若那人还不改头换面，那么他不是白痴，就是恶魔。

阿　佐：白痴和恶魔都是我。就是我啊。那天晚上，我是真的要杀了那个人。

数　枝：别说了，妈妈，快别说了。你为了我，都为了我……妈妈，对不起呀，今后我一定（哭了起来）好好孝敬你，报答你的恩情，所以你别再说了。日本早已没有了向世界夸耀的资本，但唯有我的母亲，唯有我的母亲……

阿　佐：不对。我是个比你坏上许多倍的女人。那天晚上，我之所以要杀了他，并非为了你。那是为了我自己。数枝，你就让我死了吧。死亡才是我最大的幸福。数枝，那个人六年前，就是这样，把我……

数　枝：（抬起头，面色苍白）

阿　佐：我是个白痴，被他欺骗了。女人、女人为何会如此……（哭泣）

数　枝：（难耐痛苦，呼吸粗重，继而站了起来。放在膝头的信飘落在地。目光落在信上）桃源仙境，乌托邦，农民，（发出第一幕那般低沉诡异的笑声）简直可笑。一切，都那么可笑。这就是日本的现实。（高声大笑）来吧，日本的指导者们，快拯救我们吧。能做到吗？能做到吗？（说着，拾起信，撕作两半，再撕作四半、八半，直至粉碎）哼，随你们的便吧。我要去东京找我喜欢的男人。我要堕落到最底层。要理想做什么？

猛然拉开大门的响动。

邮差的声音："电报。岛田数枝小姐，你的电报。"

数　枝：哎呀，我的电报。讨厌，真讨厌。肯定没有好事。现在的日本，没有一个人有好消息。那一定是坏消息。（原地打转，将手上的纸片扔进火盆。火焰腾起）啊，这也是烟花。（发狂似的笑）冬日的烟花。我所憧憬的桃源仙境，我那可敬可佩的决心，全都是可笑的冬日烟花。

门口不断传来声音："电报来啦，家里有人吗？岛田数枝小姐，你的加急电报。"

——落幕

春之枯叶

——一幕三场

人物：

野中弥一：国民学校教师，三十六岁。

节子：弥一的妻子，三十一岁。

阿静：节子的生母，五十四岁。

奥田义雄：国民学校教师，住在野中家，二十八岁。

菊代：义雄的妹妹，二十三岁。

其他：学童数名。

地点：

津轻半岛，偏僻渔村。

时间：

昭和二十一年，四月。

第一场

舞台是村中国民学校的某教室。放学后，下午四时许。正面是讲台，前方是学生的桌椅，共二三十套。舞台下手的玻璃窗透入斜阳。上手亦有玻璃窗，以及教室大门。外面是走廊。透过走廊的玻璃窗可以看见大海。

学校规模不大，在校生约有一百五十人。

正面的黑板上杂乱无序地写着以下这些文字，有的地方被擦去了，倒也勉强能辨认。这像是中野老师上课时写下的，尚未清除。文字如下：

“四等国。北海道、本州、四国、九州。四岛国。春天来了。灭亡或是独立。光来自东北方。东北的保守性。保守与封建。通货膨胀。政治与经济。黑暗。国民相互信任。道德。文化。民主。议会。选举权。爱。师徒。好孩子。良心。学问。学习与农耕。海味。”

等等。

开幕。

舞台空虚半晌。

突然传来凌乱的脚步声，伴随着声音：“我不是要责骂你，是有问题要问你。你大可以不必哭。”这时，上手的门开了，国民学校教师野中弥一拉着一个号啕大哭的学童登场。

野　中:（苍白的脸上勉强挤出笑容）我不是要责骂你。你怎么回事呀，都高中二年级了，还这么爱哭，多丢人啊。好了，快把眼泪擦擦。（野中拿起挂在自己腰上的手巾，塞给学童）

学　童:（乖乖擦掉眼泪。）

野　中:（接过手巾，又挂在腰上。）好了，唱歌吧。我不会骂你，保证不会。你把刚才在操场上跟同学一起唱的歌，再唱给我听听吧。声音不用很大，唱出来吧。我真的不会骂你。老师只是忘了好多歌词，想让你教教我。就是这样，你放心吧。好了，快像个男人样，唱给我听。（说着，他坐在最前排的座位上，也就是背对着观众。）

学童面对观众，立正站直，闭着眼，低声唱道：

春城高楼赏花宴，
杯盏之间落月影，
千代之松凋零处，
昔日荣华今何寻。[1]

---

1. 来自歌曲《荒城之月》，土井晚翠作词、泷廉太郎作曲。（译者注）

学　童:（唱完后，低下头）

野　中:（支着下巴）谢谢。唉，你们也知道，老师不擅长唱歌，连这首歌也只记得个囫囵，现在多亏了你，我总算都记起来了。好伤感的歌啊。近来你们好像总唱这首歌，是哪位老师教的吗?

学　童:（摇头）

野　中:没有人教，你们就自己学会了吗?

学　童:（不吱声）

野　中:你们唱这首歌，可知道它的意思?还是说，这首歌最符合你们现在的心情，所以才会唱?

学　童:（垂头不语）

野　中:我保证不责骂你，快把想法对老师说说吧。现在啊，老师也有许多想法。刚才不也这样，（指着正面的黑板）在黑板上写了许多，想向你们展示日本的新面貌，可是在说完之后，我总有点难以平复的不安，感到无比寂寥。我甚至觉得，自己是不是什么都不懂呢。我还在想，是不是反倒应该请你们来教教我呢?所以，快告诉老师吧。你们唱那首歌时，究竟是什么心情?你能先老老实实告诉我这个问题的答案吗?是不是也觉得无比寂寥，才会去唱那首歌?或者说，只是带着恶作剧的心情?究竟如何?

学　童:（还是不吱声）

野　中: 快说话啊，一句话就好。你们该不会在私底下笑话老师吧?（兀自轻笑，站了起来）够了，你走吧。但是我奉劝你，这种让心情阴暗的歌，以后还是少唱。你也要把这句话转达给别的学生。总而言之，此时此刻，我们必须努力让心情变得明朗起来。够了，快回家吧。

学童无声地对野中老师鞠躬，从上手的大门退场。野中目送他离开，呆然站立了一会儿。不久之后，他缓步走上讲台，拿起黑板擦，逐字擦去了黑板的文字。

一边擦，一边小声唱着：春城高楼赏花宴，杯盏之间落月影……

舞台稍微转暗。是斜阳渐渐暗淡了。

奥田菊代吃吃笑着，从上手门口登场。

菊　代: 老师，你好厉害呀。

野　中:（吃了一惊，回头发现菊代，苦笑）怎么，是你啊。（擦完黑板，转过身来）你快别嘲笑我了。

菊　代: 哎，那可是真心话。你真的好厉害呀。绝美的男中音。

野　中:（继续歪着嘴苦笑）别说了，多丢人啊。我家自父母那一代就五音不全。（改换语气）你有什么事？奥田老师刚才好像回去了。

菊　代：我不是来找哥哥的。（故作若无其事的态度）今天啊，我是专程来见野中弥一老师的。

野　中：那有什么好见的，不是每天都在家见面吗？

菊　代：就是因为同在一个屋檐下，却很难有机会跟你单独说话嘛。哎呀，对不起。我不该这样诱惑你。

野　中：没关系。不，还是算了吧。我要被你哥哥责怪的。因为你哥哥是个正经死板的人啊。

菊　代：你夫人也同样是个正经死板的人啊。

俩人笑了起来。野中老师慢慢走下讲台，到下手的窗边眺望户外。菊代坐在学童的课桌上。她身着华美的和服。

野　中：（背对菊代，看着外面的景色）春意已深了。津轻的春天，总是一鼓作气地袭来。

菊　代：（感慨地）是呀。那可不是 hop, step and jump，而是一个大跨步，直接变成了春天呢。原本厚厚的积雪，转眼之间就消失了，真是不可思议，甚至有些吓人。我已经离开津轻十年了，早已忘记这里的春天总是大跨步到来，还以为满山满谷的厚厚积雪，要到五月底才能完全消融呢。可是你瞧，刚觉得雪要化了，不到十天竟化得干干净净。我做梦都没想到，竟能在四月初看见春天的青青小草。

野　中：（依旧眺望着窗外的景色）青草？化雪后冒头的可不止青草。你瞧，满地都是落叶。去年秋天掉落的枯叶，又从积雪底下露出来了。这些落叶，多没有意义啊。（低声笑着）它们被压在积雪之下，不分昼夜地熬过了漫长的冬天，究竟在等待什么呢？真叫人毛骨悚然。好不容易等到雪化，成了这副肮脏的模样，却又不能死而复生，只会渐渐腐朽。（转向菊代，背靠着玻璃窗，笑着调侃）大跨步到来的春天，对这些耗尽了生命的枯叶而言，也是没有意义的。它们究竟是为了什么，在厚厚的积雪下熬过了漫长的时光？即便雪化了，这些枯叶也没有未来。这就叫作荒唐。

菊代高声笑了起来。

野　中：（故作正经）不对，你不该笑。我们或许也是这荒唐无稽的春天的枯叶。我们忍气吞声熬了整整十年，甚至更久，现在似乎等到了一线生机，但有可能，我们早已在不知不觉间枯萎凋零了。从今往后，我们只会渐渐腐朽，不论春天来了，还是夏天来了，都永无复苏之日。而我们却对此一无所知，跟别人一样期待着春天的到来，成了一群毫无意义的存在。难道不是吗？

菊　代：（干脆地）原来老师竟也是个多愁善感的人呢。请你坚强一点。老师你还年轻呢，未来还有大好的时光呀。

野　中：（皱着眉，像是真的动了怒）不可胡言乱语。我已经三十六了。跟城里人不一样，乡下人三十六岁，已是抱孙子的年纪。你可别戏弄我。

菊　代：可是老师连孩子都没有啊，所以看着显年轻。你夫人也那么漂亮，看着比我还年轻呢。相差几岁来着？

野　中：谁跟谁？

菊　代：她跟我呀。

野　中：（百无聊赖地）内人三十一了。

菊　代：那就是跟我相差八岁。她真的好显年轻呢。不愧是大户人家的千金，还有一身贵气，无论怎么看，都是个很好的夫人呀。老师真够幸运的。若能跟那样的夫人在一起，就算入赘也愿意吧。

野　中：（愈发不高兴了）你为何尽说这种无聊的话。快住嘴吧，别再说了。你今天来找我，有什么事吗？

菊　代：（淡然地）我拿钱来了。

野　中：钱？

菊　代：没错。（从腰带间抽出一个白色方形信封，走到野中老师身边）老师，别说话，你就闭上嘴，什么也别说，收下吧！

野　中:（仿佛无意识地挡开）什么，这是要干什么?

菊　代: 没关系的，老师。请你坦然收下吧。随便你怎么用它，千万别对任何人说。

野　中:（抱臂苦笑）知道了。可是，我也真够堕落的。菊代小姐，别闹了，快把信封收起来吧。

菊代拿着信封无处可塞，只好轻轻放在旁边的课桌上。

野　中: 如你所见，我家很穷，穷得捉襟见肘。无论什么人，只要收留了我们，住在同一屋檐下，目睹了农村教师穷酸的生活，都会心生厌恶。尤其是最近刚从东京疏散回来的年轻姑娘，看了这种生活，必定像是看到了令人难以忍耐的地狱绘图。可你不必担心。你们的同情固然可贵，但我们家尚有自己的尊严。我们反倒要同情你们。请你今后别再给我塞钱，也别再担心我了。我们每月从你们那里收到的房租，也已经绰绰有余。我在可怜你们啊。好了，话都说清楚了，你就把钱收起来吧。菊代小姐，我们一起回家吧！不过，你啊，（认真打量菊代的脸）真是个善良的人。你的好意，我就心领了。（微笑着）来握个手吧。

野中老师伸出右手。菊代用力拍走野中的手掌，发出一声脆响。

菊　代：（嘲笑的表情）呵，装腔作势。你可别误会了，那样多蠢啊。我什么都知道，没有不知道的。你嘴上这样说，其实还是想要钱。你就不必装清高了。你，还有你夫人，还有你母亲，全都想要钱。想要得不得了。但你们并不贫穷。就算你口口声声说自己穷，其实也并不贫穷。你们有房子，有地，还有许多衣服。即便如此，你们还是想要钱。你们太贪了，太吝啬了。你们把钱当成了世上最宝贵的东西。与之相比，我们的生活又如何？兄长一直待在这个地方，他可以另当别论。而我与父亲去了东京，即使在大战开始之前，也过得一点都不轻松，等到大战开始了，我也得到父亲的工厂去，与工人们一同劳动，那个时候，我们已经分不清自己究竟是活着还是死了，浑浑噩噩地过一天算一天，最后一切都被烧光了，现在属于我们的东西，就只有以前疏散到这边来的五箱行李，真的仅此而已啊。如今父亲独自坚守在东京，只有我来投奔了兄长，其实我真的一无所有。正因为一无所有，才不得不从箱子底下翻出这身招摇的衣服穿，可是在乡下人眼中，我恐怕是个骄奢淫逸、沉溺穿衣享乐的人吧。

其实你们都错了，正因为那些平日里穿的衣服都被烧毁，只剩下这十六七岁时穿过的衣裳，我才毫无办法地穿着它。还有这钱，也是一样。我们已经一无所有了。不，照兄长那种认真死板的性格，他也许会有一点积蓄，可我们手上，真的什么都没有。所有的钱，都是左手转右手花掉了，我和父亲就是这样在东京过了十年。但是在那十年间，我一次都未曾想过要钱。钱没有就没有了，反正船到桥头自然直。但是在乡下，原来不是这样。在乡下，一个人的价值由手头的现金决定。这就是唯一的标准。不是开玩笑，你们全都冷漠而平静地坚信着这个事实，所以才格外可怕。让我毛骨悚然。无论表面装得如何温文尔雅，内心都是如此，真叫人讨厌。一旦知道了我现在身无分文，你的夫人、你的母亲，还有你本人，该会摆出何等轻蔑的表情啊。别狡辩了，定是如此。你们定会打从心底里蔑视我这个女人，对我避之不及。我可不敢轻易透露自己的贫穷。我跟你们不一样。你们个个都爱哭穷，其实任何人都知道，你们是有家底的。你们抱怨物价太高，担心将来怎么办，那都是无伤大雅的事情。可是，如果那话从我们嘴里说出来又如何？那就不再是玩笑，也并非无伤大雅了。我们定会被当作肤浅而凄惨的下等人，处处受人戒备。多么愚蠢。所以我们必须倾尽所有钱财，表演挥金如土的样子。如此一来，你们又要嘀咕东京来的家伙乱花钱不知节俭，可若是过着跟你们同样吝啬的生活，又要被说成身无长物的穷人，连虫子都不如的乞丐，你说说，你夫人究竟凭什么如此妄自尊大？莫非她与我们不是同一个人种？她整天一副高高在上的样子，我说笑话逗她也不笑一笑，做什么都像始终高我们一等，那究竟是何用意？她长得漂亮？笑死人了。东京那些三流旅馆的阴暗账房里，倒是能找到像她那种长成一副醪糟腌丝瓜模样的老板娘。我清楚得很。那种人比谁都爱钱。她们最贪婪，也最吝啬。什么丈夫，什么父母，都没有金钱那般重要。我清楚得很。老师，请把那些钱交给你夫人吧。老师，你一定要站在我这边！我想报仇。老师，那信封里放了许多最能让你夫人高兴的东西。全都是新版钞票。那是我自己赚来的钱，你不需要跟任何人客气。

外面传来两三个学童的口哨声。他们在合奏“春城高楼”的旋律。

菊　代:（仔细倾听口哨声）哎，朋友来接我了。我得走了。那就这样吧，拜托你了，你会答应的，对不对？你别对夫人说那笔钱是我给的。拜托老师编造一个谎言，瞒过夫人吧。那高高在上的夫人将会摆出什么样的表情？啊，想想就让人高兴。

菊代朝上手的教室门跑去。野中老师猛地回过神来，叫她停步。

野　中：等等，菊代小姐。你要去哪儿啊？

菊代停在门口，转向野中老师。口哨声仍在继续。

菊　代：（开朗地）去找朋友。

野　中：原来，那首歌是你教的吗？

菊　代：（得意地）没错。我们要办一场音乐会，办一场音乐会赚钱，赚新版钞票。《春城高楼》《唐人阿吉》，还有蓝眼睛外国人的歌，这些都是我教的。等会儿大家都要聚集到寺里，一起练歌呢。今天可能要晚点回去，你对我哥哥说一声，这可是为了日本的文化啊。

菊代嘻嘻笑着退场。口哨声仍在持续。舞台微微变暗。

野中老师追着菊代走了两三步，然后停下，折返回去拿起课桌上的信封，放进上衣口袋，想了想，又拿出信封，一张两张默默点数着里面的大额钞票。数了十张。他看看周围，又点了一遍。

——舞台无声旋转

第二场

舞台是国民学校教师野中弥一家的六叠里屋。奥田义雄与菊代兄妹借宿于此。

房前是铺着砂石的庭院，没有花草，只有略显肮脏的所谓“春天的枯叶”散落其中。

舞台静止。

弥一的岳母阿静正从院子的晾衣竿上收下许多晾好的衣物。

菊代的兄长奥田义雄蹲在六叠房间的外廊，啪嗒啪嗒地扇着炭炉煮东西，同时阅读手边的书籍。

斜阳渐隐，空中飘荡着薄薄的暮霭。

与第一场是同一天。

阿　静：（收衣服，抱了满怀，正要从上手离开，突然看向外廊，停了下来）哎呀，奥田先生，锅沸啦。

奥　田：（慌忙拿起锅盖，看着阿静苦笑）妹妹今天又跑出去，迟迟没有回来，我只能自己来了。

阿　静：哟，那可辛苦你这做哥哥的啦。（笑着走向外廊）你这是在煮什么啊？

奥　田:（连忙盖上锅盖）不，实在是不好意思让您看。我想着有什么放什么，眼睛一闭咽下去就完事了。

阿　静:（高声大笑）你们男人做饭啊，实在太可怜了，叫人看不下去。等会儿我给你拿点咸菜来吧。

奥　田:（一本正经地）不，不麻烦了。自打当学生那阵起，我已经这样过了十多年，现在跟妹妹住一块儿，每天吃她精心准备的饭菜，甚至很不自在呢。（拿着书站起来，走进房间开了电灯，随即盘腿坐在面朝外廊的桌前，也就是正对观众而坐，把书摆在桌上，像是无意识地哗啦啦翻着书页，粗声粗气地）女人做的饭菜，我从来没觉得有多好吃。

阿　静:（在外廊上轻轻放下收回的衣物，自己也坐在边缘）那可真是。（宽容地笑了笑，继而感叹）你母亲去世，已经多少年啦？

奥　田:（并无感情起伏）我进了这里的小学那年夏天去世的，已经二十年了。

阿　静: 这么多年了啊。我还清楚记得参加你母亲葬礼那天的事情呢。（一件一件叠着干净衣物）你父亲牵着妹妹，摇摇摆摆地走上前去上香，那场景叫人怎么忘得了呢。看到她的样子，我就觉得：唉，为人母亲的，若是将这么小的孩子留在世上，恐怕死也难瞑目吧。

奥　田:（冷静地）但母亲是自杀的。

阿　静:（抬起头）哎，怎么会呢，那怎么可能。

奥　田: 我听野中老师说的。对外说是心脏衰竭，其实是自杀。因为她跟家里那个皮肤黝黑的厨子私通，叫人撞破毁了名声才自杀的。所以谁也不知道我妹妹菊代的亲生父亲是哪个。后来，我们家就关闭了旅馆，离开这里去了青森，在我上了青森的师范学校后，父亲又扔下我，带着妹妹去了东京。听野中老师说，父亲似乎很不想待在津轻这个地方。

阿　静: 哎呀，他怎么能说这种话呢。都是胡说八道。再说，你母亲去世时，他还没来到这个村子呢。他被我们家收为养子，尚不到十年时间。在此之前，他一直待在黑石的老家，当黑石小学的老师呢。他怎么可能知道这个村子二十年前的事情呢？太荒唐了。

奥　田:（轻声）不，其实新来到一个地方的外人，反倒对当地的秘密更敏感。

阿　静:（寂寥地笑着）那都是胡说八道。怎么会有如此荒唐的事情呢？（突然换了语气）那人跟你说这件事时，是不是喝酒了？

奥　田:（呆滞地）嗯，他是喝醉了。

阿　静: 我没说错吧？（坚定地）肯定是这样。听说他年轻时搞过一段文学还是哲学，因此得了严重的神经衰弱，到现在都没完全好呢。现在啊，只要他喝酒，就会说些疯子一样的话，把梦境当成现实，还振振有词，总害得我流眼泪。跟厨子……唉，亏他想得出来。

奥　田:（苦笑着）不过我家确实有个皮肤黝黑的厨子。他好像是函馆人……虽然我还小，却也记得他看起来的确不像是好人。

阿　静:（略犀利地）快别说这种蠢话了，有损你的人格。

奥　田: 我不在乎。过去的事我都不在乎。

阿　静: 这哪行呢。再说，他也太冒犯了，怎么能对奥田家的继承人说那么可怕的话呢？简直是恶鬼呀。

奥　田: 你说恶鬼，就不可怕么？（快活地笑了）

阿　静:（较真地）他当然是恶鬼，甚至比恶鬼还可怕。你还不了解那个人真正的可怕。他一喝酒就发疯，还变得又坏又阴险，对别人笑脸相迎，对自己家的人却冷酷无情，甚至残忍，你别不相信，这都是真的。你瞧，上回不是……

奥　田:（打断她的话）野中老师是个坦率善良的人。（微笑着）我这么说可能才是真的冒犯，不过，老夫人和夫人恐怕都要仔细想想，改变对他的看法才对。

阿　静: 哎！（推开正在收拾的衣物，扭着身子转向奥田）比如什么？比如要怎么想？

奥　田: 比如……呃……（嗫嚅）

阿　静:（较真地）所以我才不高兴这样。没有人知道我们在背后受了多少苦。要说收了养子的家庭究竟是什么心境，那可是有苦没处说啊。尤其是收了那种没本事、什么都做不好的人当养子，让他继承我们野中家，还要竭尽全力给他擦屁股，以免贻笑大方，对外人还不能说他半句不好，反倒要编造谎言夸他。而那个人呢，也不知怎么想的，倔强得很，从来都不老实，还暗自觉得自己在黑石的山本家有多么了不起。黑石的山本家，那固然是城主脚下的地主，家里必定有阔绰的大房子，是咱们农村渔民的陋室比不上的，可即便是地主家，现在不也是火烧眉毛的情况吗？那家人啊，向来以吝啬闻名，既不给媒人送礼，也从不照顾人情，好像跟我们处的不是一个世道，自从那人来到咱家，整整八年，没收到他们一件新衣服、一分钱零花。即便被人这么对待，他也还对自己的本家恋恋不舍。不记得啥时候了，黑石那家的长兄当选了一个什么议员，那人高兴得哟，真是难看，叫人讨厌。我可不觉得议员是什么了不起的人物啊。咱们野中家虽然是个农村的穷人家，可世世代代为这个村子做了不少贡献，从未做过让人指指点点的事情。尤其是我那一位，你也知道，他是津轻地区的模范教师，还得过勋章。再说我那死去的大儿子，虽说已经是十多年前了，他进了东京帝大的医科，在临近毕业时死了，好多帝大的老师和学生都寄了吊唁信呢，还有先生专程跑到这种乡下来给他扫墓。唉，若我那儿子还活着，但凡他还活着，（哭泣）肯定早就成了伟大的医生，咱们也就不用受这样的苦了……（含着泪，断断续续地抱怨着）

奥　田：（有些不知所措）可您说这些……阿姨，我必须重新考虑的，也是这件事。现在，野中家的主人不是那位野中老师吗？比起已经过去的，难道不是现在更重要吗？我虽然不明白养子究竟应该是什么样子的，也不理解其道德上的本质，只是，像您家这样，在客厅正面摆着叔叔和那位大哥的大照片，巴不得别人看不见，就凭野中老师那软弱的性子，必然也会不好受，难道不是吗？

阿　静：（抬起头）那是因为他不如人家。那是因为他没本事。我摆那两张照片，是为了激励他，希望他成为不逊于父兄的人物，所以……

奥　田：所以说您那是，（笑出声）算了，跟您争论只会没完没了。（站起来，走出外廊，拿起炭炉上的锅，转而放了个铁壶。其间，自言自语似的）一辈子都要憋着劲儿比什么野中家、山本家，又有什么意义呢？我不明白。真的不明白。

阿　静：（似乎扫了兴）将来你娶了媳妇，也就知道了。（站起来，拢好领口）哎，好冷啊。即使雪化了，每天到傍晚也还是很冷呢。（匆匆抱起晾干的衣物）打扰了。

一阵风吹过，扬起沙尘。春天的枯叶也在院子的角落里飞舞。

阿静从上手退场。

奥　田：（站在廊边，目送其离开）她说要给我点咸菜，看来是指望不上了。（兀自笑了）唉，吃饭吧。

奥田提着锅走进房间，拉上纸门。纸门上映出了奥田在屋里走动、准备吃饭的影子。奥田的影子背后，又映出了一个女人的模糊影子。

女人的影子一动不动。屋外渐渐暗了下来。

国民学校的教师野中弥一迈着迷醉的步子从下手登场，走进庭院。右手拎着一升装的酒瓶，已经喝去一半。左手提着绳子串好的两条大比目鱼。

野　中：奥田老师？哎哟，在呢在呢。哎，菊代小姐也在呀。那可太好了。来啊，喝啊。我这儿有酒，还有菜。

映在纸门上的女人影子突然消失了。

与此同时，纸门打开，奥田笑着探出头来。

奥　田：你回来啦。（走出外廊）兴头不错啊。今天有应酬？

野　中：应酬？应酬多没出息啊。（一屁股坐在外廊地板上）即便我等国民学校教师从来一贫如洗，也不必去讨那有权有势者的残羹剩饭。菊代小姐，你说，是不是啊？（伸手完全敞开纸门）菊代小姐！嗯，怎么不在？

奥　田：我妹妹还没回来，又去搞什么文化会了。

野　中：（略微冷静下来）是吗？我倒是也知道……不过，刚才我确实……

奥　田：（安静地）我看你今天喝得有点醉啊。好了，上来坐坐吧？

野　中：（猛地精神起来）好，那我就去坐坐。（脱掉像是凉鞋的东西，走上外廊，趔趄了几步）今天咱俩好好喝他一顿。这回的教师大调动，你我都没有被开除，暂时算是稳住了。咱们来庆祝庆祝。（拎着一升瓶和下酒菜走进房间，拉开了上手的隔扇）喂，喂，节子！（朝着正房大喊。）

野中的妻子，节子，登场。但她只是跪坐在隔扇之外，观众无法看见。

野　中：（把比目鱼递给隔扇外的节子）这是刚上岸的比目鱼，拿去做成刺身吧。我今晚要与奥田老师开一场宴会。听好了，你赶紧做了刺身，装成满满一盘拿过来。等等，等等。一条做刺身，一条烤了，就这样吧。你可千万别舍不得。你们也吃点吧。听好了，让妈妈也吃，紧着她吃。

节子默不作声地拉上了隔扇。

野　中：（笑眯眯地拎着一升瓶坐到奥田的书桌旁）你说是吧，天天教渔民的孩子，却吃不上鱼，那也太惨了。

奥　田：（把放在屋子中央的锅碗又收拾到了角落里）现在的鱼怎么样？换成新版钞票，稍微便宜些了吗？

野　中：（苦笑）哪能便宜啊。要说渔民啊，可真是太贪心了。一条比目鱼的价钱，快赶上咱们一个月的工资了。最近那些渔民，给孩子零花钱都能面不改色地抽出百元钞票。

奥　田：是吗？好像的确是这样。（又把屋子中央的小矮桌也搬到了角落里）让孩子拿着这么多钱，我觉得并非好事。听说那帮孩子最近开始赌博了呀。

野　中：是听说了。简直是胡来。（改换语气）你那张桌子，还是摆回来吧。别谈钱了，多没意思。喝酒。借两个茶杯给我。

奥田又把小矮桌搬到屋子中央，接着出外廊拿茶杯。

野　中:（趁奥田忙活，拿起旁边书桌上奥田读到一半的书籍）法国革命史，你怎么在读这种东西。可算了吧。历史不会重复。（把书轻轻扔到榻榻米地板上）你若是相信历史会重复，肯定是没了解过辩证法。哎，要不我干脆加入社会党，飞黄腾达吧。没意思。喝酒！汝等无能的国民学校教师啊，借酒浇愁吧。

俩人夹着小矮桌，盘腿对坐。野中拿着一升瓶往两个茶杯里倒酒。

野　中: 干杯!（仰脖喝干）

奥　田:（举杯要喝，又放下了）这是什么? 怎么一股子汽油味儿。

野　中: 三得利。

奥　田: 啊?

野　中: 三得利威士忌。（说着，举起一升瓶对着灯光打量）无色透明的三得利威士忌，每升一百五十元。

奥　田：开什么玩笑。

野　中：不，这才是最有意思的地方啊。我也知道，这不过是药用酒精兑了水。不过啊，有意思的是那个让我用一百五十元买下这瓶三得利威士忌的人。那人是村里一个嗜酒的渔民，他对这个三得利威士忌深信不疑，满以为是什么高级好酒，你不觉得好笑吗？那渔民到青森那边卖鱼，回来时被青森的黑市商人欺骗，买了三升，也许是四升所谓的高级三得利威士忌，今天一大早就叫了左邻右舍的酒友喝酒。我正好去买鱼，被他们拉过去，非说我肯定识货，这三得利威士忌让俺们喝了多少有点可惜，老师您也来喝一杯，还倒了满满一大茶杯给我。我一看，那酒无色透明，还有那么一股子味道。当时我真是不敢喝啊。万一是甲醇可咋办。可我看着那几个渔民深信不疑，还格外骄傲的表情，实在是不忍戳穿，就做了必死的觉悟。嗯，我做了必死的觉悟。我决心跟那帮愚蠢、单纯又可悲的渔民一同赴死。我把酒喝了。味道还不错。而且醉得可舒服了。于是我就跟他们买了一升，坐在一块儿痛饮起来。喝酒还是得喝三得利，喝了三得利就看不上别的酒啦。我说着这些奉承话，内心竟莫名悲凉。（说着，自斟自饮起来）啊，对了，我还有烟。拿去抽吧。我有可多了。（从上衣口袋掏出一把散装的纸卷香烟，放在桌上）这也是跟渔民买的。真是的，那帮家伙手上什么都有啊。

奥　田：（几乎面无表情地拿起一根香烟）那我就不客气了。（从裤子口袋里拿出火柴，点燃香烟）

野　中：都给你，都给你。我这儿还多着呢。（又自斟自饮起来）

那个人

不是你

那个人

不是你

我等的人

不是你

你知道这首歌吗？这是最近流行的歌曲，叫《若是打开门》。你听过吗？没听过吧。那可真稀奇。你这叫怠慢啊。看什么法国革命史，现代的流行歌曲不是更重要吗？你身为国民学校的教师，你，（说着，又自斟自饮）连一首流行歌曲都没听过，你啊，真是。

奥　田：你这样喝，不太好吧？

野　中：没事，没事。这可是高级货，是三得利威士忌呢。别小看人。你少装模作样了，尝尝这酒吧。

那个人

不是你

那个人
不是你
我等的人
不是你
这歌不错啊。好像是失恋的歌曲。多伤感啊。好了，快喝。（拿起一升瓶）

奥　田：（抬手制止）不，我这杯还满着呢。（苦笑着拿起茶杯抿了一口，马上又放了回去）这个，嗯。

野　中：你怕死啊？（大笑）

上手的隔扇悄然无声地开启。

野中的妻子节子，端着两大盘菜走进来。一盘是刺身，一盘是烤鱼。

野　中：哎，来了来了。嚯，真奢华啊。这也太多了。

节　子：（不苟言笑，清理了桌上的东西，放下两盘菜）全都在这儿了。

野　中：全部？（抬头看着节子）妈妈呢？她不吃吗？

节　子：（一本正经地）我们已经吃过了。

野　中：（愤慨地）是吗？（猛地掀翻了矮桌）难得买了鱼回来，不就是想叫你和妈妈尝尝嘛。什么意思，一副觉得它很脏的样子，一副唯恐避之不及的样子，连一口都不愿意吃，你们、你们，简直太过分了。

（成了哭腔）

节子一言不发地捡拾着掉了满地的菜肴。

野　中：快停下！别捡了，快停下。那些都扔掉！捡起来再吃，多寒碜啊。太寒碜了。你为何不体谅体谅我？（从上衣内袋拿出一只白色信封，扔到节子手边）里面还有七八百。那可都是新版钞票。拿着钱，去买点下酒菜来。现在就去买。别小里小气的，鲷鱼、金枪鱼，渔民家有的，全给我买来。顺便去甚兵卫那儿，若是这三得利威士忌还剩了，就跟他再买一升。我还要继续喝。还要让妈妈和你吃点好的。

节　子：（并不看信封，默默垂着头，继而安静地抬起来）我有件事想问你。

野　中：（动摇）什么？你有什么怨言吗？

节　子：（紧张地）你究竟……

这时，舞台下手出现两名学童，跑进了庭院，大叫着："老师！奥田老师！"奥田走出外廊。两名学童气喘吁吁地对奥田老师耳语。

奥　田：（听完后）这样啊，好的。我马上过去。（走进房间，拿了自己挂在墙上的外套，边穿边转向野中）我妹妹被警察抓走了。说是赌博。她在教学校的孩子打麻将赌博。我猜事实应该不是这样的。我这就去看看。（欠身行礼，走出外廊，寻找鞋子）

野　中:（踉跄着站起身）我也去。

奥　田:（一边穿鞋）不行，不行。你连路都走不好了。（转向学童）好了，走吧。

奥田老师随两名学童跑向下手退场。

野　中:（如梦游者一般无表情地行走，只穿着足袋从外廊下到了院子里）我也去。

野中老师行走困难，但还是摇摇晃晃地，只穿着足袋，追着奥田老师他们从下手退场。

节子依旧坐在原地，目光突然停留在脚边的白色信封上，于是将其拿起，到外廊找鞋子，套上野中的凉鞋，默不作声地追了上去。

——舞台转动

第三场

舞台是月下的海滩。沙滩上停着三条渔船。不远处矗立着一丛干枯的芦苇。

背景是青森湾。

舞台停止旋转。

一阵风吹起，渔船周围扬起了大片春天的枯叶。

不知何时，保持着上一场装束的野中老师悄无声息地从舞台花道登场。

他身后不远处，妻子节子如影子般垂头跟随。

野　中:（走到舞台中央，仿佛筋疲力尽一般，斜倚着旁边的渔船软了下来）啊，头好痛。这也太痛苦了。

节子一言不发地走向野中，四下环顾，随后将白色信封递给野中。信封在月光的映照下，白得刺眼。

野　中:（无力地想推开信封）那个，你给菊代小姐吧。

节子保持着动作，默默注视着野中的脸。

野　中：你不愿意，就算了。（从节子手中劈手拿过信封，塞进自己的上衣口袋）我自己还给她。（突然又软下身子）不过你啊，真厉害……我输了，我输了。是我输了。你们那种坚强，究竟来自何处？这哪还是男女同权，早晚啊，是男的必须乞求你们拯救。究竟是什么？你们那坚强的本质，究竟是什么？封建，说这个毫无意义。保守，说这个愚蠢透顶。总之，我觉得不是那种历史性的东西。有史以前，你们就具备了那样的坚强。从今往后，只要地球上还存在着人类，不，只要还存在着动物，你们的坚强就永不改变。

节　子：（平静地）你不觉得羞耻吗？

野　中：（呻吟）呜呜，哼，混账！（抬起头）我代表全人类向你宣言。你是恶魔！

节　子：（冷冷地）为什么？

野　中：你不明白吗？你若无其事地闯入了别人羞愧得要死的现场，又问他是否觉得羞耻。这种人就是恶魔。

节　子：你根本不觉得羞耻。

野　中：你怎么知道？我问你，你怎么知道？

节　子：（无言）

野　中：无声的肯定吗？你那一言不发的武器，何等的厉害啊。你快别欺负我了。啊，头好痛。

节　子：今后你要怎么办？

野　中：死。我去死还不行吗？反正我是野中家的耻辱，那就以死谢罪吧。（颓然坐倒在沙滩上，盘起了腿）啊，头好痛。切腹。我要切腹而死。

节　子：现在不是胡说八道的时候。你打算拿菊代小姐怎么办？

野　中：能怎么办。啊，头好痛。（抱着头，躺倒在沙滩上）我们啊，输了。我和菊代小姐本想对你们发起叛逆，可你们太厉害了，我们一败涂地。无论怎么推搡，你们都岿然不动。

节　子：因为你们做的事情不对。

野　中：《圣经》有云，那赦免少的，他的爱就少。你知道这是什么意思吗？是说那些自信从来没有做错过事情的人，反倒是最无情的人。罪孽深重的人，其爱更深。

节　子：你那是狡辩。照你这么说，每个人都应该努力做更多的坏事吗？

野　中：没错！问题就在这里。（笑着）没错什么啊。我现在就是罪人。我没有教育人的资格，可是当教师时间久了，脑子里就抹不去那站在讲台上的感觉。国民学校的教师，其实究竟是什么？他们根本没有学问。走遍整个津轻，都找不到一个能自由阅读外语的老师。莫说外语，他们连《源氏物语》都读不通。明明一无所知，还要站在讲台上，煞有介事地教书。若只是没有学问，但人格高尚，那也就罢了。可他们每天都要为一口吃的奔波劳碌，何谈什么人格。在关爱学童这一点上，他们远远不及学童的父母，若是将其视作孩子的玩伴，又不及幼儿园的保育员。那么作为看守学校的人呢？打杂的远比老师能派上用场，而这个老师的称呼，完全没有意义。它甚至是个带着轻蔑的词语。既然都是讽刺，干脆称我为阁下如何？我们的社会地位，与街上讨饭的和尚别无两样。成为国民学校的老师，就等于是社会上的废人、失败者、落伍者、怪胎、无用之人。我们都是一帮乞丐。我们被扣上了老师这个绰号，都是被人嘲讽戏弄的乞丐。就连那个奥田老师，其实也一样。放弃吧，还是放弃吧。

节　子：（厉声）什么？（微微一笑）你胡说什么呢？

野　中：我是知道的。我知道你心里憧憬的是什么人。

节　子：哎！你快别瞎说！太下流了。

野　中：这有什么。每个人心里都有两三个憧憬之人。我问你，后来的发展怎么样了？

节　子：我一点都不明白你在说什么。

野　中：好，那我就给你说得明明白白。今天我回来之前，你去了奥田老师那屋，对不对？

节　子：（干脆地）是，我去过。妈妈说奥田老师在一个人做晚饭，我想着帮点什么忙，就去他屋里看了看。

野　中：你可真够热心肠的。没想到你还有这样的热情，着实稀罕。这是好事。是值得称颂的事。可我一在外面说话，你就突然离开了。那又是什么样的照护啊？

节　子：因为我不愿意。

野　中：那可奇怪了。

节　子：（带上了哭腔）我究竟要怎么回答才对？

野　中：唉，算了。算了吧。真没意思。反正我怎么都胜不过你。唉，唉。民主革命的浪潮正在高涨，同伴们都聚集在全新的起跑线上，准备为重建祖国而奋斗，我却在这儿干什么呢。还是喝得醉醺醺的，为老婆吃醋，不知羞耻地拌嘴，这简直是地狱。然而，这也是我的现实。啊，我困了。若能在这里睡去，永远都不醒来，那该多好啊。（像是睡着了）

节　子：（搭着野中的肩膀）喂，喂。（摇晃肩膀）

野　中：（宛如呓语）杀了我吧！吵死了！滚开！

奥田老师从上手跌跌撞撞地登场。

奥　田：啊，夫人！（看见睡着的野中，吃了一惊）这是怎么了？

节　子：他追着你到这里来，结果睡着了。先别管他，菊代小姐怎么样了？

奥　田：唉，刚走到半路，我跟那两个孩子走散了。后来我一个人到警察局看了看，里面悄无声息，不像出了什么事。我怕自己走进去会徒生事端，丢人现眼，就照原路返回，想找到那两个孩子问清楚前因后果。说不定，那家伙……

节　子：啊？

奥　田：不，没什么……

节　子：奥田老师！我们对菊代小姐做了什么很过分的事情吗？

奥　田：（一本正经地）你为何这么说？

节　子：什么赌博被警察抓了，那都是撒谎。我全都看出来了。（突然哭了起来）太过分了，实在是太过分了。菊代小姐为何要这样捉弄我们？

奥　田：对不起。其实我刚才走到警察局，很快就发现是菊代撒谎了。可是，假使她真的在恶作剧，又是为什么不惜拉两个孩子下水，编造这样荒唐的谎言呢……

节　子：我知道为什么。菊代小姐给野中塞了那些钱，让他去买酒菜，并让我和母亲吃下，最后再让我们知道那笔钱其实是菊代小姐赌博赢来的，好得意地看着我和母亲为此狼狈不堪。可是，她的计谋实在太阴毒了。实在是太险恶了。

奥　田：那么，那笔钱呢？

节　子：你不知道吗？那都是菊代小姐的钱。

奥　田：这样啊。不过，这还真像是她会做的事情。（笑）

节　子：我还没说完。她还给野中灌输了我和你……

奥　田：（正色）夫人，我妹妹虽然愚蠢，却应该不会说那种荒唐的话。

节　子：可是野中刚才说了不堪入耳的话，怀疑我不守妇道。

奥　田：那肯定是野中老师自己幻想出来的。因为野中老师是个浪漫主义者。他曾经跟我有过一场讨论。野中老师认为，这个世上存在着许多背叛，多得令人难以想象，再怎么亲近的血亲和朋友，背后一定会互相背叛，说彼此的坏话，假使一个人完全知道了发生在自己身边的源源不绝的背叛的真相，那他一定会发狂。但我的看法与他相反，我认为最让人烦恼的并非现实，而是与现实纠缠的幻想。幻想会无止境地蔓延，而现实却可能是个很容易就能解决的小问题罢了。这个世界虽不是美丽的地方，但也并非只有无尽的丑恶。或者该说，最可怕的其实是幻想的世界吧。而野中老师的幻想，着实让人为难。

节　子：（用奇怪的声音）可、如果那是真的呢？

奥　田：（手足无措）啊？您说什么？

节　子：野中的幻想。

奥　田：夫人！（生气一般）您这是在说什么呢？

节　子：（放声大哭）我从未做过一件坏事，可你们为何要这样欺负我？我从来没有什么个人的享乐，一直为野中家尽心尽力。守护家声是那么坏的事情吗？请告诉我。为了明日不为生活担忧，拼命隐忍节俭难道是坏事吗？乡下女人就像个乡下女人一样，不去什么音乐会和电影院，在家中默默地做针线，难道是坏事吗？不看小说不喝酒，洁身自好不与别的男人牵扯不清，难道是坏事吗？野中方才对我说，不犯错的人都是薄情的人，那么人难道要犯错才是正确的吗？老师，我是个头脑愚笨的乡下女人。我什么都不懂。请你告诉我。假如我喜欢你，假如真的是这样，难道我反就做对了吗？我不善言辞，我说不好。我不懂得那么多晦涩的话语。但我一直忍耐过来了。我一直扛过来了。我一直认为说自己喜欢说的话、做自己喜欢做的事难道是件坏事？老师，请你告诉我。我已经不明白这一切了。我究竟哪里不好，你们要这样欺负我呢？

奥　田：夫人，有句话叫作善恶的彼岸。善与恶是隔岸相望的。我猜，伦理除了正确与错误，还有一种别的存在。事物并不是如夫人所想的那般，只能分为正确与错误。

节　子：我不太懂，那么，我难道做错了什么吗？

奥　田:（笑着）可不能这么说，那太不自然了。那才正是夫人您的幻想啊。您很珍重野中老师，而他也是您的生存价值，不是吗？快抛弃那愚蠢的幻想吧。夫人，您今晚有些不太对劲啊。让我们回到现实的问题吧。（正色）我们会搬走的。问题只有这个。我住到学校的值班室去，至于妹妹，最好还是回东京去。

远处传来合唱《春城高楼》的歌声。学童的声音里，还掺杂着疑似菊代的女声。

停顿

节　子:（恢复冷静，抬起头肯定地）那就麻烦你了。
奥　田:（反倒窘迫起来）您说什么？
节　子:（不理睬他，而是侧耳倾听远处的歌声）像他们那样唱歌玩耍，才是城市的风范，是文化的行为。今后的日本，无论男女都要像菊代小姐那样吗？我这种旧式的乡下女人，已经不合时宜了吗？我还是怎么都想不明白。人为何一定要有城市的风范？为何不能像个乡下人？
奥　田:因为人在堕落，没有了那股子劲。什么大理想和大思潮，都没有多了不起。时代已经堕落至此了。现在，我已经成了自我中心主义者。不知从何时起，我就变成这种人了。菊代的事情，菊代自己会处理。我们二十多岁的人，也许在某些方面，远比你们更成熟。我们对自己丝毫没有幻想。

节　子:（小声地）那是什么意思？

奥　田: 妹妹是妹妹，我是我，就是这个意思。不，或许应该说别人是别人，我是我。夫人，我劝你少去在意别人的事情。

节　子: 可是菊代小姐总欺负我们。她煽动野中，把我们的家庭……

奥　田:（笑着）我们马上就搬走。

节　子:（恨恨地）那真是太好了。

歌声渐渐靠近。

起风了。枯叶随之飞舞。

奥　田: 天冷了啊。（朝睡着的野中努努嘴）怎么办？他今晚喝了不少啊。

节　子: 那恐怕不是什么好酒吧？他一直喊头痛。

奥　田: 应该没事。渔民们一大早就在喝同样的酒，好像没出什么事情。

节　子: 不过那些人的身体可比野中结实多了呀。

奥　田: 不适合试毒吗？（笑着）好了，我把他背回去吧？

节　子：（拦住他，语气尖锐地）不用了，我来。我不能再欠你人情。

奥　田：别人是别人，老公是老公啊。（坦率地笑了）这样也好。那我就到那边去（指着歌声的方向），把妹妹从那个小混混乐队里揪出来，问明事情的真相吧。真不叫人省心。（说着，悠闲自在地从上手退场）

风吹得更猛了。

歌声也更近了。

节　子：（目送奥田离开，继而蹲下来，摇晃野中的肩膀）喂，喂，你这样会感冒，快跟我回家吧。（牵起野中的手）哎呀，怎么这么凉。真是对不起，是我不好。哎，你怎么了？（脸凑过去）老公！（狂乱地抚摸野中的脸、胸口和腿）我说，老公！（猛地站起来，跑向上手）奥田老师！奥田老师！（又跑回来，扑在野中的尸体上哭泣）对不起，对不起。你快睁开眼睛啊。我会痛改前非的。今后你要我做什么都行，陪你喝酒也行。老公！（号啕大哭）

风。枯叶。歌声。

——落幕

译后记

太宰治的文字，鲜少涉及宏大叙事，就算提及战争和流行病，也只是给他的故事充当背景。在这些背景的衬托之下，寻常的爱恨情仇、颠沛流离、生活琐事，都像是笼罩上了一层淡淡的绝望的阴影。不致死的绝望，成就了太宰治的“丧”文学，哪怕是活泼明快的文字，也有着一种强撑的费力感。本书中的大部分故事都有着战争作为背景，而中国正是同一场战争的受害国。带着这个不同的视角去阅读太宰治的文字，译者读出了侵略国视角下的“兴，百姓苦。亡，百姓苦”。

太宰治在《十五年》里写下了这样一句话：“战时的日本报刊通篇没有一个字值得相信（但我们还是相信了它，并准备为之赴死。父母濒临破产、捉襟见肘，道出昭然若揭的谎言时，孩子难道会揭穿他们吗？只会默默认命，同生共死）。”这是一种清醒的无奈，也代表了他对那个时代的态度。用他自己的话说，就是“事已至此，我就要倔强到底。我要一直保持欢快的模样，直到死前的那一夜。然后，我要坚持写小说。然而，我丝毫不打算写什么赞美战争的小说”。

太宰治爱着这片土地，爱着自己的国家。他的笔下有偷奸耍滑的普通人，有无知无学的乡野粗民，但这些人都明白自己在经历什么，也毫不掩饰自己的欲望和需求。他唯独批判那些伪善的主义和满口谎言的操纵战争的人。“大本营的将军们一本正经地讲授坐吃山空。他们好像不是在说笑话。然而我听了那个词，就是憋不住笑。将军们还推荐了定要打赢这场仗的歌曲，但它丝毫不流行。看来民众都不好意思唱那样的歌。将军们还总让做报纸的人用铁桶这个词。但那让我联想到棺材桶。他们还发明了‘转进’这个词，让人联想到四处滚动的球。还有一位将军冷笑着说：敌在我腹中。哪怕是一只蜜蜂飞到了腹中，我们都要吓得惊慌失措，这位将军却要将敌军大部队全部装入腹中，还觉得这样便好。”

他写出了百姓的苦乐，并质疑现实与官方论调的割裂。

他还直言了心中的“羞愧”。“日本无条件投降了。我感到无比羞愧。羞愧得无话可说。”这种羞愧，或许是对发动战争时的大言不惭的羞愧；或许是对百姓饱受战争之苦，而他却无能为力的羞愧；或许是对令人无奈的现状而生出的羞愧。

他坚称：“我终究只是一个不懂‘文化’为何物的愚笨津轻农民。”耻于承认这种“文化”，便是贯穿了太宰治所有作品的内在认知。正是这种认知，造就了太宰治文学的“丧”与“耻”的内涵。

总而言之，通过本书，读者们可以细细品味太宰治的文字中并不占据主题，却又无处不在的精神。

太宰治
パンドラの匣

图书在版编目(CIP)数据

潘多拉的盒子 / (日) 太宰治著 ; 吕灵芝译.
上海 : 上海译文出版社, 2025. 1. -- (太宰治全集).
ISBN 978-7-5327-9690-8

Ⅰ. I313. 45

中国国家版本馆 CIP 数据核字第 202427G937 号

潘多拉的盒子

[日] 太宰治　著　吕灵芝　译

责任编辑 / 姚东敏　装帧设计 / 人马艺术设计 · 储平

上海译文出版社有限公司出版、发行
网址：www.yiwen.com.cn
201101　上海市闵行区号景路 159 弄 B 座
浙江新华数码印务有限公司印刷

开本 890 × 1240　1/32　印张 13.5　插页 5　字数 193,000
2025 年 1 月第 1 版　2025 年 1 月第 1 次印刷
印数：0,001—5,000 册

ISBN 978-7-5327-9690-8
定价：68.00 元